COLLECTION FOLIO

Pierrette Fleutiaux

Allons-nous être heureux ?

Gallimard

© Éditions Gallimard, 1994.

1

ROBIN

Au bord de l'Hudson, dans le parc de Riverside Drive, au pied du monument aux héros des guerres américaines, à New York, Amérique, un petit garçon joue au ballon.

Il ressemble à la plupart des petits Américains de son âge, il a une batte de base-ball, une casquette à visière, les poches de son pantalon sont pleines d'images figurant les héros du base-ball. Pour l'heure cependant, c'est aux héros des guerres américaines qu'il a confié batte et casquette, car il n'a trouvé personne pour jouer avec lui au base-ball dans cet endroit du parc. Il a donc déposé son matériel au pied du monument et repris son ballon habituel, l'ami personnel des heures solitaires, rond, en plastique épais.

Et son accent ? Pour savoir ce qu'il en est, il nous faut attendre qu'il parle, et cela ne tarde pas, car il s'ennuie, le petit garçon. Que sa mère vienne jouer avec lui, qu'elle le regarde au moins...

— Mummy, mummy, appelle-t-il.

Son accent aussi semble parfaitement américain.

Comment s'appelle-t-il ? Il s'appelle Robin.

Comme Robin des Bois ?

Non, comme Robin, le compagnon de Batman, le compagnon du plus grand héros de notre temps.

Batman soi-même, ce serait sans doute trop prétentieux pour un petit Français, un froggy boy, une petite grenouille venue d'un pays si riquiqui que c'est à peine si ses copains savent où il se trouve.

Car ce petit garçon n'est pas américain, ni par son passeport ni par ses parents. Or tout ce qui est grand et enviable dans le monde est américain. C'est pourquoi il veut qu'on l'appelle Robin, c'est pourquoi il ne parle plus qu'anglais.

Pour l'instant, il se démène de toutes ses forces.

Il tape très fort dans son ballon, encourage et invective plusieurs partenaires imaginaires, se fixe des objectifs ardus.

Il s'efforce tant et plus.

Il mériterait un public, des ovations.

Mais qui fait attention à un petit garçon méritant ? La ville n'a pas de temps pour ces héroïsmes secrets. Quelques passants descendent de l'université Colombia, d'autres remontent vers Harlem, personne ne regarde personne. Et si par hasard quelqu'un regardait, il faudrait s'en détourner, il faudrait pour celui-là aussitôt se fondre dans le paysage, qu'il ne trouve pas motif à vous entraîner dans son sillage dangereux, qu'il passe son chemin au plus vite. Pas de contact visuel. Tout le monde sait cela dans cette ville, c'est une des premières choses qu'on apprend aux naïfs étrangers.

Le petit garçon n'en perd pas pour autant de son ardeur.

Batman et Robin se sont-ils jamais laissé réduire ? Ils luttent et la récompense arrive toujours à la fin.

La sueur coule sur son front bombé. Il s'arrête un instant, sort de sa poche un bandeau élastique rouge, le fixe sur sa tête à la racine des cheveux. Sourire fugitif de satisfaction sur son visage.

Signification du sourire : je ne suis qu'un enfant, contraint par les circonstances de jouer seul, mais je suis bien organisé, aussi bien organisé que les grands joueurs de base-ball qui sont les héros de ce pays. Autre signification du sourire : je ne suis qu'un enfant, à la tête de peu de biens, mais j'ai ce qu'il faut, c'est mon univers et mon univers fonctionne comme il convient.

Ballon, bandeau, plus quelques mètres carrés d'espace dégagé : il y a de quoi être content. L'enfant reprend de plus belle.

De temps en temps cependant, il tourne rapidement la tête, jette un regard sur le côté, là-bas, vers une silhouette immobile. Ce n'est qu'une fraction de seconde, mais son expression se modifie du tout au tout. Espoir et souci passent sur son visage, un trop grand espoir, un souci incompréhensible, alors vite pan dans le ballon.

— Mummy, mummy...
Pan.
Chute du ballon au pied de la maman.

Peut-être y a-t-il longtemps que le petit garçon appelle. Son ardeur ne peut se soutenir indéfiniment toute seule. Il a besoin d'un encouragement, il a besoin qu'on le regarde. Oui, il y a sans doute plusieurs dizaines de minutes qu'il appelle ainsi, pas de façon continue bien sûr, en oubliant pendant de longues séquences de temps. Car il y a des moments où le ballon est plus fort que tout, si fort qu'il commande à lui seul toute l'attention disponible en face de lui. Le paysage s'évapore, le ballon avale cette vapeur sans consistance, il reste le seul dans l'univers, son mouvement vous enveloppe comme la queue d'une comète, il n'y a plus rien d'autre au monde et le bonheur est grand. Mais à d'autres moments, le ballon faiblit, toute puissance se retire de lui, le paysage libéré se dépose là où il était avant, comme si rien ne s'était passé : gros fleuve, gros immeubles, grand ciel. Pas la moindre gentillesse à attendre de la part du paysage, le paysage fait face au petit garçon décontenancé, « hein, semble-t-il dire, et maintenant qu'est-ce que tu vas faire ? » Le gros vantard, plein de murs et d'autos, bourdonne avec emphase. Il ne recule pas, il est planté là. Dans ces moments, le petit garçon est bien obligé de s'avouer vaincu. Il n'a pas les armes qu'il faut. Ceci n'est plus de mon ressort, semble-t-il se dire, on a fait ce qu'on a pu, mon ballon et moi, mais pour l'instant on n'est pas les plus forts, alors j'appelle ma maman.

La maman est jeune. Ses cheveux longs sont noués en queue de cheval, elle porte un short, des sandales. Au supermarché A&P de Broadway, le Noir jovial qui l'aidait à remplir les grands sacs de papier brun a dit au petit garçon : « Hé toi le môme, lâche ton ballon et aide ta sœur. » La maman est trop jeune pour que cette remarque lui fasse plaisir. Quant au petit garçon, cela ne lui a pas été agréable, il a serré son ballon encore un peu plus fort.

La maman parle français, elle s'appelle madame Carel. « Oui, oui... » répond-elle de loin. Elle regarde le grand fleuve, l'Hudson, qui coule devant eux. Elle est assise sur l'un des canons de Riverside Park, ce à quoi elle pense on ne le sait pas, mais ses pensées font en cet instant une pierre lourde dans sa tête. Cela lui est étrange d'être là assise sur un canon, devant un fleuve très grand, très étranger, au milieu d'un après-midi dont les heures semblent tourner en rond. Elle n'adhère pas très bien à sa propre vie, cette jeune femme. Il s'en faudrait de peu qu'elle ne s'en détache. Trente ans que tout cela dure, elle ne sait pas si c'est peu ou beaucoup. Parfois il lui semble qu'elle a assez vécu, tant de choses terribles se sont déjà passées, mais lesquelles ? Personne n'est mort parmi ses proches, pas de noire maladie ni de grimaçante pauvreté, pas de tortures ni d'emprisonnement. Quelques bombes dans son enfance sans doute, mais elle n'en a aucun souvenir. Pourtant les choses terribles sont là, elle le sait bien.

Et parfois il lui semble qu'elle n'a pas commencé de vivre, qu'elle tâtonne encore, que la vie se dérobe au fur et à mesure de ses efforts.

Elle a trente ans. Est-ce peu ou beaucoup ?

Des larmes lui viennent aux yeux. Elle contracte le visage pour les refouler. Pas question que le petit garçon la voie pleurer. Là-dessus elle a des idées fermes.

En ce qui concerne le petit garçon, elle est inébranlable.

D'ailleurs elle n'est pas triste.

— Maman, maman, regarde-moi, crie le petit garçon.

Il dit cela en anglais.

« Qu'est-ce que tu veux être plus tard ? » lui a demandé son instituteur britannique à l'école des Nations unies.

Robin a réfléchi très sérieusement à la question, il

a vraiment pris son temps, impatientant le maître qui n'en attendait pas tant, puis il a répondu :

« Je veux être normal. »

Le maître a rapporté cela à madame Carel ainsi que d'autres petits faits qui selon lui justifieraient une visite au psychologue scolaire. Mais madame Carel a eu peur que l'Amérique ne s'empare de l'âme de son enfant. Elle a refusé net. Monsieur Carel a dit « Bah, c'est un Anglais, il a des complexes en Amérique » (ils s'entendent très bien sur beaucoup de choses ce papa et cette maman, c'est même là le problème puisqu'ils vont devoir se séparer). Monsieur et madame Carel n'ont pas emmené Robin chez le psychologue scolaire, ils ont laissé ce mot « normal » en paix, ils ont très bien compris de quoi il retournait.

Être normal, cela veut dire d'abord être américain.

Et être américain, apparemment cela ne va pas de soi pour tous les petits garçons. Certains doivent d'abord cacher un nom bizarre, corriger les fautes d'accent des parents, apprendre les noms de tous les grands batteurs de base-ball, et mille autres difficultés, il y a là largement de quoi occuper les ambitions d'une vie. La maman devine tout cela, ainsi s'explique (en partie) pourquoi elle a comme une pierre lourde dans la tête.

— Maman, maman, regarde-moi...

Alors elle cesse de rêvasser, elle se lève, la jeune femme aux yeux inquiets, elle secoue les grains de terre de ses sandales, elle secoue sa queue de cheval, « j'arrive », crie-t-elle avec un magnifique enthousiasme.

Enfin ! Tout aussitôt le petit garçon sent dans ses

bras une force surhumaine, une force qui semble lui avoir été envoyée à l'instant par Batman celui qui voit tout, il n'a même pas à faire d'effort, le ballon s'envole à une hauteur prodigieuse, « prodigieux », s'écrie la maman, un grand cri sincère qui l'entraîne, elle court, il court, le ballon s'élève toujours. Plus haut que les arbres, plus haut que le monument aux héros, redescendra-t-il, le petit dieu du ciel ? Il s'en va vers les mouettes, vers les élytres des hélicoptères, vers les panaches blancs des avions. Eux au sol, ils courent, la tête levée, le cou tendu, à perdre haleine. Où retombera-t-il, l'insouciant, le capricieux, le ciel tournoie, le fleuve, la falaise des grands immeubles, l'herbe, et le voilà, le voilà le ballon miraculeux, il se laisse tomber comme en apesanteur, comme un grand seigneur, plein de grâce, plein de majesté, il se couche dans les bras du petit garçon, le petit garçon le serre, ses yeux brillent, son cœur bat. Madame Carel, qui pile essoufflée avec un mètre de retard, a envie de les prendre tous les deux dans ses bras, l'enfant et le ballon, mais elle se retient, il est heureux, l'enfant, il n'a besoin de rien de plus, il n'a pas besoin de l'effusion douloureuse d'une maman, d'ailleurs il joue de nouveau, il joue comme un enfant normal, et elle va jouer encore un peu avec lui, comme une maman normale, après quoi ils s'en reviendront, et il tapera encore sur son ballon, tout le long du chemin qui descend vers chez eux, à la 86ᵉ Rue, et ainsi l'ennui du retour sera léger, et moins étreignant le crépuscule qui vient, qui tombe sur l'immense ville étrangère...

2

BEAUTY

Dans le même temps, à Miami, une petite fille est née.

« Miami, c'est ma ville », dira-t-elle plus tard, renvoyant ses cheveux en arrière, dans un mouvement de drapeau pris par le vent.

Elle dira cela en anglais.

Où qu'elle aille, elle ne parlera qu'anglais. Lorsqu'elle voyagera, son passeport n'aura pas l'un des tampons signifiant « alien », réservé pour les étrangers. L'Amérique l'attendait, dès sa naissance l'a prise sous son aile. L'Amérique l'a nichée à la pointe extrême de l'une de ses vastes ailes, là où la terre s'amenuise jusqu'à se fragmenter dans l'océan, face à l'horizon, au-delà duquel très loin et invisible se tient un autre continent, le continent d'où est venu Robin il y a quelques années.

Elle est la troisième fille.

Ce n'est pas exactement ce que ses parents auraient souhaité.

Son père est déjà âgé et ses affaires ne vont pas très bien, ne vont pas aussi bien qu'il le faudrait dans ce pays voué aux affaires. Il semble qu'un garçon aurait tout de même plus de chances de devenir un battant, un gagneur. Oui, un garçon aurait pu devenir un associé et aider l'affaire (une entreprise de fruits et agrumes) et la famille à sortir du marasme et atteindre la victoire.

La mère pense la même chose, mais elle ne le dira pas, car elle est comme les femmes de ce pays, décidée à se battre malgré les préjugés et ce n'est pas elle qui contribuera à dénigrer les femmes. Pourtant elle pense elle aussi qu'un garçon après deux filles, cela aurait été mieux, plus équilibré, un changement. Les deux aînées, des jumelles, lui donnent déjà du fil à retordre. Un garçon dans la couvée, cela aurait peut-être cloué le bec aux deux péronnelles.

Et puis, autre problème, le prénom. Ils avaient cherché un nom de garçon. Des noms de garçon ils en avaient plusieurs, mais de fille point. Leur liste de noms féminins s'était arrêtée à deux, ces deux noms étaient déjà pris par les aînées, et maintenant ils étaient bien embarrassés.

Les voilà à la maison, avec l'enfant revenus et toujours pas de nom. Ils la regardent.

Elle n'est pas belle, la pauvre enfant, la bouche trop grande, le corps vraiment très grêle, non rien à voir avec les deux précédents bébés, dont l'un ressemblait à la maman, fort jolie, et l'autre au papa, beau encore malgré ses cheveux blanchissant. Celle-ci ne ressemble à personne, sinon à une sorte de grenouille pâle, qu'on aurait étirée en longueur, et dont la bouche aurait été étirée en largeur.

« She is not a beauty », se disent-ils chacun à part soi, et alors voilà que l'un des deux, pris d'un amour fulgurant pour le petit être disgracié, s'écrie « on l'appellera Beauty ». Et l'autre sans le savoir avait dû penser la même chose, car aussitôt il acquiesce, mais oui, cela va de soi, l'enfant s'appellera Beauty.

C'est comme si, tous deux, ils avaient reçu une sommation divine. Ils en sont un peu estomaqués, ils se sentent presque intimidés, ils n'osent plus bouger ni pied ni patte, on les dirait figés comme dans un tableau. Mais quand les sœurs aînées déboulent dans la chambre en criant « comment elle s'appelle, comment elle s'appelle ? », ils tiennent bon.

— Elle s'appelle Beauty, disent-ils d'une voix presque sévère, et instantanément les fillettes endiablées se calment.

Les voilà maintenant pétrifiées à côté du berceau. Leurs yeux vont de leurs parents au nouveau-né. Elles pressentent un mystère. Or ce sont des enfants qui ont grandi sans mystère. Tous les jours elles regardent la télévision où des personnages de caricature mènent une sarabande effrénée. Elles connaissent par cœur les aventures de ces personnages-là, et lorsqu'elles ne les connaissent pas (cela arrive : à raison de seulement quatre ou cinq heures de télévision par jour, on ne peut tout de même pas tout connaître), lorsqu'un épisode nouveau se présente, elles peuvent toujours deviner par avance le déroulement de l'histoire et sa conclusion. On pourrait dire en somme de ces enfants-là, de ces petits êtres humains de la seconde moitié du XXe siècle, qu'ils ont vu tous les films.

Films, en ce cas, signifie bien sûr « dessins animés ».

Or dans cette scène qu'elles ont sous les yeux et qui n'est en rien extraordinaire (l'arrivée d'un nouveau bébé est chose courante à la télévision), leur science leur fait défaut.

Les parents ne s'exclament pas autour de la petite merveille, la merveille n'est pas belle, c'est une petite horreur et elle s'appelle Beauty.

Les deux sœurs sont interloquées.

Ce qu'elles ne comprennent pas, c'est que la vision qui se présente à elles n'est pas un dessin animé, c'est la vie en vrai, et dans la vie en vrai on ne peut deviner comment les choses vont tourner. D'où la sensation de mystère, désagréable mais fascinante, et leur calme relatif.

Tout cela ne dure pas. Quelques instants plus tard, les voilà qui recommencent à sauter et crier, elles veulent prendre le bébé, elles veulent s'asseoir sur les genoux des parents, elles veulent un ice-cream, elles ne savent plus ce qu'elles veulent à force, alors elles retournent au berceau, se chamaillent de nouveau pour s'emparer du bébé.

Les parents prennent une décision. Pendant quelque temps les sœurs aînées iront chez la grand-mère, jusqu'à ce que la nouveauté s'épuise, que leur excitation se calme et que la mère se repose. En ce qui concerne le père, il y a aussi de bonnes raisons pour éloigner les deux grandes, mais cela n'est pas dit.

Et maintenant voici ce qu'on voit.

On voit une grande belle maison, comme il y en a partout là où les gens sont riches, où le soleil est généreux, où les vêtements ont les couleurs des fleurs tropicales, où les voitures sont longues, longues, et la réputation touristique semblable à un halo doré qui s'aperçoit jusqu'aux confins de la planète.

« Miami, c'est ma ville », dira Beauty avec fierté.

Dans ce genre de ville, les gens marchent en parlant fort, ils n'ont pas honte du bruit de leur voix, leur voix est faite pour le monde et ils balancent les bras largement comme si celui-ci pouvait s'y précipiter à tout instant, comme s'il ne faisait que guetter à chaque coin de rue le juste appel de ces êtres magnifiques.

Les gens ne savent pas cela bien sûr, ils ont leurs soucis comme partout ailleurs, mais c'est ainsi qu'ils marchent, cependant. Leurs membres sont sans peur, sûrs de l'espace, et leur voix de même résonne sans peur, sûre que si la grande roue tournoyante du monde l'entend, celle-ci ne fuira pas, mais accourra aussitôt comme sur sa pente naturelle.

La maison se laisse imaginer sans effort, de grandes baies vitrées, des parasols rouges, une blanche maison de Miami avec un joli drapeau américain qui flotte gaiement dès que passe une brise.

Devant la maison, une piscine. Au bord de la piscine, sur des coussins, il y a le bébé, l'enfant fille, déjà capable de redresser son dos, de lever les yeux. Liza et Tania, les jumelles, encore une fois ont été envoyées chez la grand-mère. Les parents, croyant la fillette endormie, se sont retirés dans leur chambre.

Beauty est toute seule. Alors elle redresse son dos, elle lève la tête. Et elle voit quelque chose de merveilleux.

Ce qu'elle voit ressemble au ciel, mais ce n'est pas le ciel, car celui-ci elle le connaît déjà très bien. L'essentiel de sa courte vie elle l'a passé couchée sur le dos dans le jardin et ses yeux se sont habitués au ciel bleu de Miami, elle le regarde sans déplaisir, il y passe parfois des choses intéressantes, de grosses peluches blanches très haut, le visage de ses parents plus bas, le biberon qui arrive toujours opportunément, mais en dehors de cela, le ciel n'est rien de très défini, un vague espace très semblable à ce que produisaient les milliers de cellules de son cerveau avant que des chemins ne commencent à s'y tracer.

Mais maintenant elle s'est redressée, elle a levé la tête et ses yeux ont rencontré quelque chose. C'est peut-être leur première vraie rencontre, n'en déplaise aux parents qui se croient toujours si importants.

Elle voit du bleu qui brille et qui bouge, du bleu qui ondule, qui se fractionne en facettes scintillantes, les facettes se défont, se recomposent, et du bleu sans cesse surgissent des brillances, cela lui emplit les yeux, cela entre à l'intérieur de son âme comme jamais ne l'a fait le ciel, comme jamais ne l'ont fait ni les parents ni le biberon, son âme se déplie, s'imprègne de ce bleu qui brille et bouge, qui l'attire.

Elle rampe sur ses bras et ses jambes, elle active autant qu'elle peut ces membres trop longs et trop grêles qui lui donnent l'apparence d'une grenouille étirée, elle arrive au bord de la piscine, la chatoyante transparence coïncide instantanément avec son âme, elle rit, sa bouche est grande, son rire de bébé résonne fort, répercuté par les dalles de la piscine jusqu'à la chambre où les parents font l'amour.

Lorsqu'ils arrivent, tout nus comme ils sont, très rouges et très effrayés, l'enfant vient juste de tomber dans l'eau, elle rit encore, elle n'aura pas le temps de s'étouffer, déjà la voilà repêchée, mouillée et ravie.

Beaucoup de chair s'affaire autour d'elle, les cris ont alerté les voisins, chacun est accouru du milieu de ses occupations, cela fait aussi beaucoup d'odeurs de sueur, il faut y ajouter les voix énervées, seul le vieux monsieur d'à côté murmure que ce n'est pas grave, que c'est même merveilleux, cela énerve les autres encore plus, « on a le droit d'être excentrique, mais il y a des limites », tout cela n'est pas très agréable, mais Beauty s'en fiche.

Partout en elle s'est étendu le bleu magnifique, petit à petit il fera là des grottes, des fontaines, des lits, des fenêtres, des voiles qui bougeront secrètement, Beauty elle-même n'en saura rien, mais c'est peut-être pour cela qu'elle se fiche de ce qui s'agite autour d'elle, qu'elle ira s'en fichant de plus en plus, mais n'anticipons pas.

Beauty a un rêve en elle, qu'elle ignore, elle ne va cesser d'en chercher la copie au-dehors.

Mr. Gordon Smith Durand DaSilva, le vieux monsieur d'à côté, reste assis auprès d'elle, très digne dans son costume blanc d'un autre âge, tandis que les autres voisins, de solides Américains vêtus de bermudas aux couleurs vives, se dispersent, et que Mr. et Mrs. Berg tout gênés de leur nudité s'éclipsent dans la maison pour passer un peignoir.

Lorsqu'il n'y a plus personne autour de la piscine, que la pelouse a retrouvé son verdoiement habituel, luxueux et paisible, et que les palmiers recommencent à bouger doucement dans la brise, Mr. Gordon Smith Durand DaSilva se penche vers la petite enfant et lui chuchote à l'oreille :

— Il y a une petite sirène en toi, je l'ai vue, tu sais.

Il rit doucement, et le bébé glousse de plaisir.

3

LE BALLON

— Robin, j'irai te chercher.
— No, mum.
— À l'école, cette après-midi, je veux dire.
— No, mum, répète Robin.
Il se penche, ramasse son ballon.
Le ballon n'était pas là quelques instants auparavant, madame Carel l'avait rangé, elle en est sûre. Elle fait toujours ces petits rangements le matin avant le départ pour l'école, pendant que Robin mange ses corn flakes et boit son jus d'orange. L'autobus scolaire passe sur Broadway, à quelques minutes de la maison, il n'y a pas à se presser. Donc le ballon avait été fourré comme il se doit dans une des caisses à jouets de la chambre, jeté sur l'amoncellement des autres jouets, ravalé à ce rang très bas des objets à écarter du chemin, un intouchable en somme.

Et pourtant le voici surgi tout naturellement du parquet, le voici dans les mains de Robin.

Quoi qu'on fasse, le ballon n'est jamais loin de Robin.

Le ballon n'appartient pas à l'espèce des objets ordinaires, qui se tiennent à leur place, ni à celle des objets despotiques, comme le violoncelle de l'UNIS,

23

qui exige toutes sortes de soins avant de se laisser effleurer. Il ne ressemble pas non plus aux chiens par exemple, qu'on entend au moins arriver. Le ballon est un être à part, un génie très fidèle et très rusé.

La maman ne sait pas vraiment comment Robin s'y prend pour le faire surgir ainsi à volonté, elle n'a pas encore bien observé ces choses. Après tout ce rapport de maman-enfant qu'ils ont est encore récent, il y a eu jusque-là des urgences plus grandes. Il y en a une maintenant. Pourquoi Robin refuse-t-il qu'on aille le chercher à l'école ? Il se montre toujours heureux, prodigieusement heureux même (beaucoup plus que Brad ou Jim par exemple, dans les mêmes circonstances), lorsqu'on vient l'attendre à l'arrêt du bus scolaire, sur Broadway près de chez eux. Alors pourquoi pas à l'école même ?

Faut-il insister ? Interroger peut-être ?

Le ballon est maintenant en train de rebondir à petits coups réguliers, là entre eux deux, tac tac sans se biler, pas un saut plus haut que l'autre, comme si ce n'était pas le moment de se remuer, de partir pour l'école. Madame Carel a bien envie de lui flanquer un coup de pied. À la niche, le ballon, avec les autres jouets ! Elle ne le fait pas.

Elle ne le fait pas parce qu'elle est en train d'observer ceci :

Robin ne la regarde pas. Il regarde le ballon, il ne le quitte pas des yeux, mais il ne joue pas. Non, il ne joue pas. Il s'applique seulement à le faire revenir à la même hauteur, avec régularité, il n'y a pas de plaisir sur son visage, qu'une concentration presque douloureuse. Et le ballon lui non plus ne joue pas, on dirait qu'il obéit à un ordre secret et retient toutes les forces de bondissement qui sont en lui, il s'applique à suivre son jeune maître dans une affaire qu'il est le seul à connaître.

Madame Carel observe cela. Elle n'a plus de colère à l'égard du ballon. Elle devine qu'avec ces aller et retour verticaux, avec ce mouvement discret, presque silencieux, il est en train de construire un mur autour de l'enfant. Un mur très fragile, qu'un rien pourrait détruire, et alors l'âme de l'enfant serait à découvert.

— Oh là là déjà moins le quart, murmure-t-elle en s'éloignant, de cet air affairé qu'ont en général les mamans et qui est si rassurant pour les enfants, il faut que je prépare la lunch-box.

Oubliée, l'affaire litigieuse.

Robin s'intéresse toujours beaucoup au contenu de sa lunch-box. À l'époque dont il s'agit, l'école n'a pas encore de cafétéria, les enfants apportent leur déjeuner dans une boîte en métal conçue à cet effet, décorée de façon attrayante, et munie d'une poignée. Sandwiches au thon, au beurre de cacahuète, au Nutella, Coca-Cola et chocolat, la lunch-box est une boîte au trésor très aimée.

— About my school, mum, dit l'enfant en marchant vers l'arrêt d'autobus.
— Oui ? dit la maman.
— It's a great school, isn't it ?
— Oui, c'est une école formidable, répond-elle avec sincérité.
— The best school in town ?
— La meilleure de la ville, oui.

Elle sent une légère pression sur sa main. Ils sont réconciliés, ou plutôt réconciliés à leur vie. À ce moment l'autobus jaune arrive, Brad déboule du carrefour, tout essoufflé parce qu'il est un peu gros, et criant « Robin, Robin ». Jim est déjà assis à sa place, on le reconnaît à cause de son dos qu'il tient très droit (comme les Marines, qu'il admire), il leur fait signe de se presser. Les deux enfants s'engouffrent dans la porte, le conducteur fait un grand sourire, la maman agite la main, à la vitre on ne voit que trois têtes baissées, les trois écoliers sont déjà en train de comparer le contenu de leur lunch-box, et le bel autobus jaune se glisse avec autorité dans la circulation descendante de Broadway, on le voit longtemps encore par-dessus le flot anonyme des voitures. « School bus, School bus, faites place », semble-t-il claironner tout du long, et les grosses, les impudentes voitures de New York s'écartent avec respect.

« J'aime ce pays », se dit la maman avec une soudaine chaleur.

L'école, c'est celle des Nations unies.

Le bâtiment est construit à la bordure du Franklin Delano Roosevelt Drive et s'avance sur pilotis jusqu'au-dessus de East River, l'autre grand fleuve de New York.

Madame Carel est contente que son fils soit inscrit à l'école des Nations unies. Elle aime la couronne de rameaux d'olivier encerclant la mappemonde qui symbolise l'organisation internationale. La couronne se trouve sur tous les T-shirts que porte son fils et sur ses sweatshirts de sport. L'enfant en utilise beaucoup, il y a chaque semaine de grosses lessives de T-shirts et de sweatshirts, enfin pas vraiment très grosses car l'enfant est encore petit.

La maman fait une chose curieuse. Lorsqu'elle a sorti de la panière le linge à laver, elle se penche sur le tas et opère une séparation rapide, presque inconsciente. D'un côté tout le linge ordinaire, de l'autre les petits vêtements bleu de ciel qui portent la couronne blanche encerclant la mappemonde. Ceux-ci, elle les met dans la baignoire, ajoute quelques cuillerées de savon en flocons, fait couler l'eau, remue le tout, puis s'essuie les mains.

Après elle fourre tout le reste du linge dans un sac plastique et descend au sous-sol de leur immeuble, où se trouvent les machines à laver automatiques et les sèche-linge. Le superintendant se trouve en général dans les parages. Il est d'origine cubaine. « Ah, dit-il en espagnol, voici le linge du demonio ! »

La maman rougit.

Le superintendant et Robin ne s'aiment pas. C'est normal, leurs intérêts sont contraires. Le superintendant ne veut pas d'enfants dans la cour intérieure ni dehors sur le trottoir de l'immeuble. Il trouve les enfants américains trop gâtés et, naturellement, pour lui tout ce qui n'est pas cubain est américain. Ça ne l'intéresse pas du tout de savoir que Robin est français. « Mais, Antonio, il faut bien que les enfants jouent quelque part », lui a dit madame Carel. Le superintendant a fait semblant de ne pas comprendre cette phrase dite dans la langue du pays où se passait la conversation, c'est-à-dire en anglais, et madame Carel n'a pas osé insister, ne voulant pas le mettre en face de ses déficiences linguistiques. Elle sait trop ce que c'est, elle, de ne pas être à la hauteur de son interlocuteur.

Un petit démon !

La scène du matin repasse dans sa tête, Robin penché sur son ballon, soucieux et muet. Cette vision lui fait mal. Imbécile de superintendant ! Elle enfourne son linge, sans vérifier le programme, trop prise par un enchaînement d'arguments en faveur des enfants, et en ce cas des enfants exilés comme le sien, qui se déroule tout seul dans sa tête.

Il y a ainsi dans sa tête des séries de raisonnements qu'un rien peut activer. Il suffit d'un mot, d'un regard, d'une remarque comme celle du superintendant, et aussitôt le raisonnement s'enclenche, comme les programmes de la machine à laver justement. C'est à cause de tous ces raisonnements préprogrammés qu'elle a la tête souvent lourde.

— Demonio ! hurle le superintendant.

Quoi, encore ? Elle se retourne, la maman, prête à se fâcher cette fois, avec toutes les bribes de langue qui lui sauteront à la tête, elle va se fâcher, c'est sûr, malgré sa timidité, elle se fâche, ça y est presque, ça y est, l'insulte franchit le goulet serré du gosier, l'insulte s'arrête net.

Le superintendant est en train de trépigner sur place, il s'acharne sur quelque chose qui doit se trouver sous ses deux pieds, puis il s'arrête et se penche. Sur le ciment, plus rien ! Son ventre trop gros a obturé le champ de vision au dernier moment, la proie qu'il chassait s'est enfuie. Et madame Carel qui vient de voir l'énorme cafard d'eau disparaître entre deux machines à laver réprime un sourire. Elle ne dénonce pas la bestiole. Pour l'instant le cafard d'eau (au moins dix centimètres de long) est son allié objectif. Le superintendant s'est trouvé un ennemi de prédilection, pendant une semaine ou deux il en oubliera les enfants.

Madame Carel plante là le superintendant et s'en remonte vite chez elle. Car sa vraie lessive n'est pas encore faite. Sa vraie lessive n'est pas celle qui tourne en ce moment dans la grosse machine du sous-sol de l'immeuble, sous la surveillance hargneuse du superintendant. C'est celle qui l'attend dans la baignoire, nageant dans les paillettes de savon, les T-shirts de coton léger gonflés comme des nuages dans un ciel pommelé, les sweatshirts plus lourds, échoués au fond.

Car ce linge-là, madame Carel le lave à la main.

Ne pas croire qu'elle le lave soigneusement. Elle n'est pas une jeune femme soigneuse. On ne peut appliquer ses forces aux soins du ménage lorsque tant de choses obscures remuent dans la tête. « Je ne sais pas où passent mes forces », dit-elle parfois. Le papa et l'enfant la regardent alors, atterrés tous deux, et pleins d'une compassion informulée. Le papa a la ressource de se mettre en colère (une petite colère, c'est un homme sans méchanceté) sur quelque détail de la maison, le petit garçon lui s'en va cogner sur son ballon.

Non, elle ne frotte pas vraiment, ce n'est pas la nostalgie des lavandières qui la tient. Elle trempe ses mains et les fait aller d'un bout à l'autre de la baignoire. Alors les couronnes ondulent au gré des vagues paresseuses. Et la maman les regarde vivre de leur vie propre, les couronnes de l'utopie des hommes, les couronnes de son petit prince. Elle est bien.

Puis soudain le souvenir de ses devoirs lui revient, elle plonge alors brutalement à pleins bras, ramasse le tout, tord rapidement, fait couler l'eau, voilà, c'est fini.

Ce linge-là, le linge bleu, le linge princier, n'est jamais très bien lavé, on s'en doute. Elle ne s'en aperçoit pas, le petit garçon non plus. Il ne se plaint pas.

Ce n'est pas un enfant qui tyrannise sur des points aussi matériels. Lorsqu'il tyrannise, c'est qu'il y va de quelque chose de capital pour son âme.

Beaucoup de gens trouvent le petit garçon infernal, un « demonio ». Mais la maman pense qu'elle a de la chance avec cet enfant. Après tout, ce qu'il veut, c'est qu'on le regarde jouer au ballon, ou qu'on joue avec lui lorsqu'il n'y a personne, et bien sûr comme ils sont des exilés, des récemment-arrivés, il n'y a pas encore grand monde pour jouer avec l'enfant.

Il y a eu Émilie l'espace d'un dimanche. Émilie est la fille d'un couple d'exilés comme eux. Madame Carel avait fondé de grands espoirs sur cette enfant, qui a le même âge que Robin, et monsieur Carel les a emmenés tous deux avec lui sur le terrain de foot. Ils ont joué ensemble sans entrain puis se sont tourné le dos. Émilie est une fille, elle est plus costaud que les garçons, et elle ne va pas à l'école des Nations unies, elle va au lycée français. Le dimanche s'est terminé misérablement, et madame Carel n'a pas osé proposer une nouvelle rencontre.

Ils ne connaissent aucune autre famille. Dans ce pays où ils l'ont amené, il n'y a personne pour jouer avec leur enfant. Véritablement personne.

Alors madame Carel joue avec Robin, même lorsque cela l'ennuie à mourir.

Elle devine que c'est important, ce qui se passe, lorsqu'il réclame ainsi, impérativement ou en geignant. Elle n'y réfléchit pas, elle sent, c'est tout.

C'est bien plus tard qu'elle réfléchira à tout cela, le petit garçon sera déjà un homme, ce sera trop tard en somme. Mais pas trop grave, puisque justement elle avait su sentir. « J'ai su au moins cela », se dira-t-elle.

Et voici qu'il est quatre heures. Elle a oublié le linge en bas dans le sous-sol, le linge qui n'est pas important, celui qui ne porte pas le symbole magnifique des Nations unies, la mappemonde entourée des deux rameaux d'olivier. Antonio ne sera pas content, il aura sûrement tout sorti en vrac sur le ciment. Aucune importance. Ce n'est pas à cela que pense la maman dans l'ascenseur. Elle pense qu'il est quatre heures, que c'est l'heure à laquelle les enfants dévalent en courant l'allée qui mène de l'école, the UN school, au Franklin Delano Roosevelt Drive, les uns vers l'autobus jaune, les autres vers leurs parents. La maman de Brad doit déjà y être, et la maman de Jim. Pour l'instant elle ne connaît que ces deux noms dans la classe. Elle espère qu'ils deviendront de bons camarades pour Robin, elle pense qu'il lui faudra inviter les mamans, cette idée lui donne des frissons d'inquiétude.

— Hello Mrs. Carel, vous avez l'air bien absorbé !
— Oh bonjour, Mr. Rosen ! Je vais chercher mon linge.
— Mais vous n'êtes pas au sous-sol, Mrs. Carel, vous êtes dans le hall !

C'est le portier du soir, en train d'enfiler sa belle tunique chamarrée. Il a un étrange accent d'Europe de l'Est et il raconte souvent des histoires juives à madame Carel, pour la faire rire. Il lui apprend aussi des mots yiddish pas très polis, il lui a dit entre autres qu'Antonio était un « schmurk », c'est une sorte de complicité qu'ils ont.

— Mr. Rosen, dit soudain la maman comme si c'était pour faire cela exactement qu'elle avait appuyé sans s'en rendre compte sur la touche « Hallway » de l'ascenseur au lieu de la touche « Basement », Mr. Rosen, dit-elle, Robin ne veut pas que j'aille le chercher à l'école.
— Ah, dit l'autre, c'est naturel.
— Mais pourquoi ?
— Pourquoi ? Vous ne devinez pas pourquoi ?
— J'ai peur, dit la maman, je ne sais pas de quoi, des trafics...
— Non, dit Rosen en redressant sa haute taille (et il parle avec solennité comme un oracle), non, dit-il, c'est l'accent !
— L'accent ?
— Ah, dit alors l'imposant portier dans cet anglais des Carpates qui fait rire les enfants de l'immeuble, vous ne parlez pas comme les autres mamans, vous n'êtes pas américaine, voilà ce que c'est, et ça lui fait honte...
— Mais, dit madame Carel, c'est l'école des Nations unies, il y a des enfants de tous les pays du monde...
— Peut-être, mais ici c'est l'Amérique, répond le portier en boutonnant son dernier bouton et concluant ainsi la conversation.

Ici, c'est l'Amérique.
Robin ne veut pas que sa maman aille le chercher à l'école, Robin voudrait être américain. C'est ce qu'il dit à son ballon, sans doute, lorsque avec lui il s'engage dans ce processus bizarre, tap tap, les yeux baissés, les sourcils froncés, et pas un bond plus haut que l'autre.

« Pourquoi ne suis-je pas normal, pourquoi ne suis-je pas américain ? dit ainsi Robin.
— Attends, sois patient, répond le ballon, le confident, le rusé aux infinies ressources. Tu y arriveras, j'en suis sûr, et moi je suis là, je t'aiderai... »

4

BEAUTY SOURIT

À Miami, Beauty croît en laideur.
Ses parents l'ont emmenée chez le pédiatre.
— Ses jambes paraissent trop longues, dit le père.
— Sa bouche semble trop large, dit la mère.
Le pédiatre regarde rapidement l'enfant puis, plus longuement, les parents.
— Elle sera grande, dit-il.
— Et sa bouche ? dit la mère.
— Sa bouche ? dit le pédiatre.
— Oui, regardez, on dirait, on dirait... une grenouille ! s'écrie la mère, énervée.
Les trois adultes se penchent sur le bébé. Beauty voit ces trois visages au-dessus d'elle.
Trois visages, trois paires d'yeux.
Beauty ne perçoit pas l'interrogation et l'inquiétude qu'il y a dans ces yeux. Elle voit trois rayons qui viennent vers elle, cela fait comme une pluie d'or, cela éclaire tout le bleu secret qui est en elle, les vaguelettes profondes se mettent à onduler, les myriades de facettes s'éveillent, Beauty sent tout ce merveilleux mouvement en elle, elle trémousse son petit corps trop grêle, quelque chose se forme en elle qui ne sait par où sortir, un contentement, une très

grande satisfaction, et soudain cela arrive à sa bouche, ses lèvres s'ouvrent, s'étirent, Beauty sourit, elle sourit aux trois visages d'adulte ultra-sérieux, et son contentement grandit, et son sourire aussi.

— Voyez, dit la mère, prête à pleurer.
Le bébé éclate de rire, de plus en plus joyeux.
— C'est encore pire comme ça, dit la mère.
— Comment comme ça ? dit le pédiatre.
Le bébé rit encore plus largement.
— Mais, voyez, dit la mère, on dirait que sa bouche touche les oreilles.
— Les oreilles aussi ont l'air un peu grandes, dit le père timidement.

Le pédiatre se redresse. Les parents aussi. Le bébé interloqué cesse de sourire. Le pédiatre brusquement se penche de nouveau et derechef les lèvres du bébé s'écartent, rejoignent les oreilles toutes roses de tant d'émotion. Le pédiatre en sourit lui aussi. Puis il reprend son sérieux. Il prononce son verdict.

— C'est un bébé qui aime être regardé.

Voilà donc le verdict du pédiatre, le plus grand pédiatre de Miami, son cabinet est à Belle Isle, sa liste d'attente est longue, il publie de nombreux articles.

— Comment ? disent les parents qui craignent d'avoir mal entendu.

— C'est une petite fille qui...

Le pédiatre s'interrompt. Il se souvient qu'il est un praticien de renom, on le poursuit en justice pour un rien, les assurances qu'il paye pour se prémunir sont très élevées. Harcèlement sexuel, attouchements déplacés, paroles indélicates, atteinte à la dignité, à l'avenir, à la liberté, atteinte au bonheur, c'est fou ce que les droits constitutionnels garantis en ce pays sont envahissants, autant être prudent.

En fait, en examinant sa nouvelle petite cliente, il lui est venu une pensée qui l'étonne lui-même, tant il saute aux yeux que la pauvre enfant n'est guère jolie en effet. Il a pensé à Marilyn Monroe et à Marlène Dietrich, il a revu les oreilles de l'une, la bouche de l'autre, mais il n'a pas le temps de s'interroger sur ces images, il se retient de marmonner quelque chose, de se lancer dans une mauvaise blague par exemple, ce genre de parents peut vous faire brusquement dérailler, il sent qu'il faut être prudent, oui très prudent.

— Mrs. Berg, Mr. Berg, reprend-il de sa voix la plus professionnelle, l'examen clinique ne révèle aucune malformation susceptible de vous inquiéter.
— Et les oreilles ? murmure le père.
— Pas de pathologie auriculaire et pas d'indication chirurgicale non plus, répond le médecin sèchement.
Il sait que le ton sec rassure certains parents.
— Donc elle est...
— Parfaitement normale, oui.
Il prescrit ensuite quelques formules alimentaires et beaucoup de vitamines pour que le bébé grossisse un peu. C'est tout.
Heureusement la visite coûte très cher. Cela aussi rassure les parents.
Maintenant le grand pédiatre a fini de parler dans son dictaphone, déjà la porte s'ouvre, la secrétaire arrive, Beauty que personne ne regarde plus se met à pleurer.

Dans la grosse Impala qui les ramène vers la villa à la piscine bleue, le père demande :

— Tu as compris ce qu'il a dit, toi, quand il l'examinait ?

La mère répond qu'elle n'a pas vraiment compris, elle a cru entendre « Marilyn », mais ça n'a pas vraiment de rapport. Le père lui a cru entendre « Marlène », ce qui n'a guère de rapport non plus.

— En tout cas, il était vraiment froid à la fin, dit Mr. Berg, que ce genre de façons déconcerte, lui-même est naturellement jovial et chaleureux, même avec ses clients les plus récalcitrants, même avec son comptable et son agent du fisc.

— On le sollicite de partout, son agenda doit être surchargé, dit Mrs. Berg.

Mr. Berg hoche la tête. Ils ne disent plus rien, mais ils ont en tête la même chose : pauvre bébé, pauvre petite Beauty, si peu séduisante que même son médecin est pressé de se débarrasser d'elle. Et cela leur fend le cœur.

C'est Mrs. Berg qui a pris l'initiative de la visite au grand pédiatre, mais c'est Mr. Berg le plus affecté. Ses deux aînées, pourtant bien plus remuantes, ne lui ont pas causé le même bouleversement. D'une certaine façon, c'est à peine s'il les a vues grandir. Elles sont nées, il a été content, puis occupé, de plus en plus occupé, il accomplissait son rôle de père, Liza et Tania accomplissaient leur rôle d'enfants, tout allait comme il se doit, vers l'avenir, avec des hauts et des bas, des joies et des soucis, exactement comme le disait le pasteur au temple, mais vers l'avenir. Et en cela Mr. Berg se sentait authentiquement en accord avec son pays.

Or avec Beauty, quelque chose de différent et de profondément déroutant s'est produit. Peut-être ne s'était-il pas attendu à une enfant laide, peut-être ne s'était-il pas attendu à l'amour qui avait surgi en lui devant cette laideur, un amour d'un genre inconnu, plein de trouble secret, de questions informes, presque douloureux à force. Et la douleur, pour Mr. Berg, c'est le passé.

Sa famille est originaire d'Europe, d'Allemagne et de Hollande, croyait-il savoir. Les histoires qu'il avait entendues de ce lointain passé n'étaient pas gaies, il les avait énergiquement oubliées. De toute façon, ils étaient tous morts. Après quelques tribulations, oubliées par la même volonté énergique, il avait été adopté par un homme qu'il appelait « mon cousin ». Une fois arrivé chez ce cousin adoptif, l'enfant n'avait plus entendu parler de sa première famille, ni de leur ancienne et lointaine patrie. Le « cousin » n'en voulait rien savoir. L'Amérique, ou plutôt la Floride, suffisait à son bonheur, disait-il, et l'enfant avait été aussitôt d'accord. Mais l'Europe avait rattrapé ce « cousin » pourtant si peu disposé à quitter sa patrie et il était mort à son tour, à peine quelques années plus tard, quelque part dans les eaux froides de mers étrangères. Disparu cet homme qu'il avait aimé, pas de tombe en terre américaine à visiter et honorer.

Mr. Berg avait hérité la part de son parent dans l'affaire import-export de fruits et agrumes. Par respect pour ce héros américain et malgré les ambitions artistiques qu'il avait cru nourrir, il avait accepté cet héritage. Son deuil, il l'avait fait en se lançant dans l'affaire. Avec énergie et enthousiasme. C'était dans l'ordre des choses.

L'Amérique, l'avenir. Il ne pense jamais au passé.

Or voici ce qui lui arrive avec Beauty. Il pense à ce

cousin qu'il avait aimé, à ses parents qu'il avait à peine connus, et cela amène d'autres pensées, la guerre, non, pas même la guerre, le malheur en général, disons. Ces pensées-là glissent, n'arrivent pas à se maintenir en lui tant elles lui sont étrangères, néanmoins elles viennent. Le passé ne convient pas à Mr. Berg.

Il y a pire. Lorsqu'il regarde le petit corps de Beauty, les membres si dysharmonieusement maigres et longs, les yeux qui mangent les joues, les os qu'on devine sous le crâne, sous les épaules (pense-t-on jamais aux os devant un bébé!), des visions furtives, presque insaisissables, se mettent à circuler. Mais quoi, quoi donc? Il sait seulement qu'elles font mal, aussi préfère-t-il dire comme Mrs. Berg que cette enfant ressemble à une grenouille.

— Ma petite grenouille, dit-il avec émotion, en tendant la main vers la boîte à gants.

Il se reprend aussitôt, pas de bourbon devant sa femme, règle d'hygiène, règle d'amour, pas de dérogation.

— Bon, dit-il, elle sera championne.
— De quoi? dit sa femme qui a bien vu le geste et s'empresse d'entrer dans la nouvelle lubie de son mari, si c'en est une.

Empressement de ruse, empressement d'amour. Son mari est un homme fantasque, elle l'aime.

— De saut. Ou de course. Championne nationale, dit-il.

L'Amérique, l'avenir, les champions, ces pensées lui conviennent beaucoup mieux. Il est presque ragaillardi. Il est prêt à nouveau à repartir sur la grande autoroute de la vie, d'ailleurs il y est, il aime les routes de ce pays, sa voiture, sa femme dont il regarde maintenant le profil, les genoux, et Mrs. Berg est prête à le suivre dans sa bonne humeur retrouvée, elle aime conduire avec cet homme à côté d'elle, qui la regarde, qui lui raconte des choses qui la font rire, elle accélère...

Cependant à l'arrière de la voiture, le bébé continue de pleurer. Elle ne pleure pas à la façon de ses sœurs, dont les cris rameutaient aussitôt toute la maisonnée, tant ils étaient brutaux et stridents. Beauty pleure d'une façon particulière.

C'est étrange cette façon de pleurer qu'a Beauty. Pour la décrire, il faudrait convoquer des choses qui n'ont rien à voir avec un bébé, peut-être par une nuit pluvieuse un gémissement de feuillages contre le carreau d'une maison abandonnée ou encore le chuintement des raquettes d'un malheureux égaré par la neige sur une plaine désolée du Grand Nord...

Bien sûr les parents de Beauty ne sont pas familiers de telles choses, il ne pleut pas de cette façon à Miami, il n'y neige guère, alors ce bruit est insupportable, bien plus insupportable que ne l'avaient été il y a quelques années les cris furibonds de leurs deux aînées.

« Que faut-il faire ? » se demandent-ils en eux-mêmes depuis un moment. Ils n'osent plus parler, tant ils sont angoissés de nouveau. « Que faut-il faire avec une enfant qui pleure ainsi ! » Et presque en même temps, ils savent.

C'est Mrs. Berg qui conduit. Dans les circonstances médicales, toujours si éprouvantes pour les hommes, le père se met automatiquement à la place du passager. La mère a la tête solide, les nerfs aussi. Elle travaille dans un centre d'aide sociale, elle n'a pas peur des médecins ni des malades, en général elle ne redoute pas la vie quotidienne, mais en cette circonstance quelque chose lui arrive qui ne lui est jamais arrivé, du moins jamais lorsqu'elle est au volant sur une route à grande vitesse.

Elle oublie la route, elle se tourne.

Beauty pleure, sa mère se tourne, son père se tourne, et la voiture comme pour suivre le mouvement se retourne.

Car ce qu'ils ont découvert en même temps, et l'ordre en est passé aussitôt dans les muscles de leurs épaules avant même qu'ils aient le temps d'y réfléchir, c'est qu'il fallait regarder Beauty.

Il fallait verser sur elle les rayons d'or du regard. Seul le regard des autres pouvait dissiper le voile aveugle et morne que faisait autour d'elle tout le grand univers inconnu, pouvait faire onduler la belle eau bleue cachée dans ses grottes secrètes depuis les tout premiers jours de sa vie. Mr. et Mrs. Berg ne connaissaient pas ce secret, bien sûr, ils savaient seulement qu'il fallait en cet instant lui donner leurs regards, et cela marchait ! Friselis et vaguelettes affluaient en scintillant, risettes sur risettes venaient aux lèvres, envolé le chagrin métaphysique, le cœur du bébé se réjouissait, Beauty gloussait de rire dans son siège rose à l'arrière, tandis que ses parents se dévissaient le cou pour la regarder et que la voiture laissée à elle-même tranquillement se retournait.

Ce fut un formidable accident sur le McArthur Causeway. On en parlera longtemps dans la famille de Beauty. La mère a eu une côte brisée, le père a eu le crâne scalpé, ils se sont retrouvés tous les deux éjectés de la voiture, immobilisés sur le bas-côté, mais conscients, et terriblement inquiets pour Beauty, qu'ils regardaient, regardaient intensément, Beauty qui était on ne sait comment assise à l'endroit derrière les vitres de la voiture renversée, et qui ne pleurait plus, mais souriait de toute sa trop grande bouche parce que ses parents la regardaient, et aussi plein d'autres gens et les policiers et les pompiers. Elle souriait pendant que la voiture brûlait, et même après avoir été désincarcérée, échappée de justesse aux flammes, elle souriait encore tandis que le jeune infirmier s'exclamait « mais elle est brûlée ! ».

Beauty a été brûlée à la plante des pieds, mais elle a souri jusqu'au bout.

— Elle a un sacré courage, la gosse, disait l'infirmier en lui appliquant ce qu'il fallait sur la plante de ses trop grands petits pieds.

Et les parents dans l'ambulance, tout souffrant qu'ils étaient, se sont enfin sentis très fiers de leur enfant. Si elle n'était pas belle, elle serait courageuse.

Ils ne savaient pas que ce n'était pas exactement du courage.

Qu'importait à Beauty une petite flamme rouge venue en douce lui grignoter la peau du dessous des pieds. Il y avait en elle cette eau bleue secrète qui se mettait à miroiter, à scintiller, à onduler dès qu'un regard venu du grand inconnu dehors descendait l'éclairer, cette eau suffisait à éteindre les flammes qui brûlent et aucun fracas ne pouvait troubler les grottes où elle se déployait.

Et le jeune infirmier enchanté babillait avec l'enfant, qui en retour lui souriait, lui souriait.

— Quand elle sera grande, je viendrai la demander en mariage, a-t-il dit aux parents, I love this girl, really !

Cela, Beauty le racontera à Robin. Elle racontera beaucoup d'autres choses, mais ce souvenir d'amour de sa première enfance sera la toute première chose.

5

« LA VIE, ÇA FAIT PLEURER »

La maman de Robin s'est fait une amie.
C'est une jeune femme au regard doux qui vient de Birmanie. Elle a pu partir de son pays grâce à son mari, qui est américain et travaille pour les Nations unies. Elle vend des bijoux dans les boutiques qui sont au sous-sol de l'ONU, juste en dessous du mobile au mouvement perpétuel. Son rêve est d'ouvrir un magasin de tissus orientaux. Lorsqu'elle met son sari de soie jaune et pique une fleur dans ses cheveux sombres, elle a l'air d'une déesse orientale. Elle est très belle mais un peu triste. Elle ne pourra sans doute plus retourner dans son pays où les dirigeants sont très méchants. « J'ai droit à sept jours dans le pays, mon mari m'attendrait à la frontière, mais ils ne me laisseraient plus sortir, j'en suis sûre, alors nous avons peur. » Ses parents sont vieux, elle ne les reverra plus.

Son vrai nom est Aung San. Mais en américain cela sonne comme « Uncle Sam », alors comme elle vient de Rangoon, on l'appelle Rangoona, et cela lui convient. C'est son nom d'exil.

À New York on peut rencontrer des gens qui viennent du bout du monde, qui ne peuvent plus repartir, qui sont de vrais exilés. Madame Carel, elle, n'est pas une vraie exilée, dans son pays les dirigeants ne sont pas méchants, si elle le voulait elle pourrait rentrer dans le pays de sa naissance.

Ce qui l'empêche de retourner en France, ce ne sont pas les dirigeants, ce sont des choses obscures qui habitent dans son âme et qu'elle n'a pas appris à connaître encore. Monsieur Carel ne souhaite pas non plus retourner en France, du moins pas dans l'immédiat, mais pour des raisons différentes. Il a trouvé du travail aux Nations unies, ce qui donne un visa à toute sa famille, et ce travail lui plaît. Il a appris à parler l'anglais, il accompagne ses collègues américains aux matches de base-ball, il a formé une équipe de football européen pour le personnel de l'organisation, avec les Russes de la section il boit de la vodka, et un jour, à la sortie d'une de ces beuveries russes justement, il s'est acheté une Cadillac d'occasion, longue comme un paquebot, généreusement chromée et cabossée, et dotée d'une capote qui en principe se roule. Il sait bien que c'est une fantaisie qui le ridiculise un peu, mais cette voiture le fait rire, c'est une sorte de jouet. « Il n'y a vraiment qu'en Amérique... — dit-il sans finir sa phrase. Entendez : il n'y a qu'en Amérique qu'un adulte peut se permettre de jouer comme un gosse.

Ou bien, lorsqu'il contemple cet invraisemblable engin : « Ils ne sont pas sérieux, ces Américains ! » Il dit cela avec une certaine timidité. Mais c'est une déclaration d'amour.

D'une certaine façon, monsieur Carel n'en revient pas d'être arrivé là, à New York, et de jouer à ces jeux des Américains, et d'entrer si aisément dans leurs manières, lui le rejeton d'un village passablement misérable du vieux continent.

Ce pays est à n'y pas croire. On n'y a peur de rien, personne n'y est sombre et grave. Le poids qui a pesé sur ses épaules d'enfant et de jeune homme s'allège. Le poids de l'horrible guerre, du veuvage de sa mère, de la mort de ses frères, des calculs étroits de la pauvreté, de la prudence, de la honte... Lui qui a toujours marché sur la pointe des pieds, il roule maintenant en Cadillac. Il y a vraiment de quoi rire. « Il y a de quoi se marrer, hein Antonio », dit-il sur le trottoir au superintendant qui n'y pige que couic bien sûr, mais répond quelque chose en espagnol qui ressemble tout à fait à une approbation.

Celui-ci aussi a une grosse voiture impossible, il passe de longues heures à la bricoler devant l'immeuble, il bricole aussi la Cadillac de monsieur Carel et il est clair que pour ce travail-là il n'est pas question qu'il se fasse payer. Cette grandeur d'âme de Tonio agace beaucoup madame Carel. « C'est lui qui devrait te payer ! dit-elle. Je suis sûre qu'il invente des pannes pour le plaisir de les réparer. De toute façon, cette voiture est absurde. — Bah, dit monsieur Carel en haussant les épaules, c'est l'Amérique. »

C'est l'Amérique ! Phrase talisman, qui le protège de tout. Monsieur Carel est heureux dans ce pays.

Donc madame Carel a maintenant une amie.

À New York il y a les Américains, avec qui tout se passe toujours très facilement, et il y a les autres Français, provisoirement ou temporairement exilés, avec qui ça va banalement, comme en France.

Mais c'est avec Rangoona qu'elle se sent bien, qu'elle se sent en pays commun.

Ce soir-là elle est étendue sur son lit, elle parle au téléphone avec sa nouvelle amie.

C'est le bon moment du jour.
Un peu plus tôt elle est allée chercher Robin à l'arrêt de l'autobus scolaire, sur Broadway. Ni Brad ni Jim n'étaient là, car c'est le jour de répétition pour l'orchestre de l'école, et leurs mères, redoutant une mauvaise aventure pour les instruments de musique, sont allées les attendre à l'école même. Le professeur a attribué le violon à Brad, la flûte à Jim et à Robin le violoncelle. Ils joueront en trio un chant de Noël tout simple que leur professeur a adapté pour eux. Robin est très fier de se produire à la fête de l'école avec ses deux nouveaux copains. Il annonce cette grande nouvelle à madame Carel, qui en est très fière aussi. Elle pense aux tristes heures de solfège qu'elle a subies dans son enfance, pas un seul instrument de musique à l'école et jamais une fête. « Des débutants, se dit-elle, et déjà dans un orchestre. » Elle aime l'UNIS, elle est heureuse.

— On va célébrer cela, dit-elle.
— Ici, dit Robin aussitôt.
— Formidable, dit-elle.

Ils sont entrés dans la petite pizzeria-couloir qui est juste en face de l'arrêt de l'autobus. Ils se sont assis côte à côte sur les hauts tabourets devant la tablette collée au mur, Robin a placé son violoncelle entre eux deux, et ils ont commandé une pizza-Coca.

Un triangle de pizza chacun, moelleux comme un gâteau, et brûlant, mais la brûlure est bonne, elle n'est là que pour provoquer la fatigue, cette fatigue qui se terre on ne sait où dans le corps et s'y accroche comme le lierre. Le triangle doré de la pizza est un rusé, il connaît ce genre de fatigue, il est plus rusé qu'elle, sa brûlure attire la mauvaise en surface, alors aussitôt il fonce sur elle et la consume instantanément. Cela fait il s'efface aussitôt en douce chaleur, tomate, fromage et pâte accomplissent leur œuvre de restauration des forces.

Le Coca, lui, est froid et pétillant. Ce froid est de même nature que celui des rings de glace où on s'agite allégrement, la patinoire de Central Park par exemple qu'ils ont découverte cet hiver et où ils se sont enrhumés tous les deux parce qu'ils n'étaient pas préparés aux rigoureux hivers de ce pays. Mais quel amusement ! Rien à voir en tout cas avec le froid morne qui engourdit et détruit, et l'exemple qui viendrait là serait celui des tranchées de Verdun, dont la maman a entendu parler toute son enfance. Le Coca, c'est le froid dans sa légèreté. On dirait qu'il danse dans la gorge comme s'il y cherchait des rires endormis, et il réussit à tout coup, la maman et l'enfant se sentent bien, au bout d'un moment ils rient ensemble, « c'est bon », dit l'enfant.

La chaleur de la pizza et le froid du Coca : ils font une bonne paire, ces deux aliments, ils se complètent parfaitement, l'une extermine la fatigue, l'autre suscite la gaieté.

Ils sont bien, la maman et l'enfant, après l'école, dans cette pizzeria plutôt piteuse et pas très propre de Broadway, accoudés à la tablette qui ne leur offre comme paysage que le mur à la peinture jaunâtre (l'établissement n'est en fait qu'un couloir). Ils mangent leur goûter dans des assiettes de carton tachées, et ils boivent à même la boîte qui coupe un peu aux lèvres, rien à voir avec les jolis « quatre-heures » de leur pays, — mais ils sont contents, c'est un bon moment, comme un îlot dans la journée, ils ne se disent pas grand-chose mais ils ont beaucoup de petits rires et se permettent sans consultation une deuxième pizza, un deuxième Coca.

Le gros Italien les sert placidement, c'est d'ailleurs un Portoricain, qu'importe.

— On n'aura plus faim pour le dîner, dit madame Carel.

Robin endosse la remarque sans chagrin. C'est ce que disent les mamans normales, cela lui fait plaisir quand sa maman se comporte comme on doit s'y attendre. Il est bien qu'elle soit la gardienne des règles et des horaires, mais il est bien aussi qu'elle soit celle qui l'aide à contourner ces règles et ces horaires. En cet instant, Robin est parfaitement satisfait, il a à la fois la loi et le moyen d'y échapper, en toute sérénité en somme, puisque c'est avec l'assentiment de la gardienne de cette même loi.

La maman et l'enfant sont très proches l'un de l'autre.

Ils mangent leur second triangle de pizza dans le même carton encore un peu plus taché et boivent leur second Coca. Leurs jambes à tous deux pendent dans le vide, le violoncelle est entre eux bien serré et Broadway est là devant, dans sa poussière et son fracas. Ils s'essuient la bouche avec un carré de papier. Robin fait une tentative obligée.

— Encore, dit-il.

— Non, dit la maman.

C'est très bien ainsi, on n'est pas loin de l'écœurement, le bar-couloir cesse d'être le havre de repos et de bien-être, les cafards ne se gênent pas, le mur a vraiment l'air sale, les clients comme déchus. D'ailleurs l'Italien (le Portoricain en fait) ne s'intéresse plus à vous. On s'en va sans regret, à la maison il y a encore quelques bons moments qui attendent, avant les tâches du soir.

Sitôt arrivé dans sa chambre, Robin se jette sur son ballon, ou sur son attirail de base-ball, selon ses prévisions concernant la situation dans la rue ce jour-là. Si Brad se pointe, il utilisera la batte et la balle, si personne ne vient, il se rabattra sur le ballon, l'essentiel est que Tonio ne soit pas dans les parages. Espérons qu'il est occupé à réparer une fenêtre ou une autre dans l'immeuble (les fenêtres-couperets qui coincent toujours). Il repart dans le même mouvement vers l'ascenseur qui le remettra sur le vaste trottoir du West Side où madame Carel lui permet de jouer, car il y a à chaque porte d'immeuble un portier en uniforme, de belles couleurs chamarré, hautain mais protecteur.

Les doormen sont les gardiens des immeubles et les guetteurs de la rue, on peut compter sur eux, ils savent ce qui se passe, ils surveillent les échanges entre les immeubles et la ville, c'est là leur domaine, ils sont fiers de leur rôle, pas d'irrégularité qui puisse leur échapper, les mamans peuvent se reposer sur eux et se détendre quelques instants.

Madame Carel est donc maintenant à demi étendue sur son lit au dixième étage, elle parle au téléphone avec sa nouvelle amie.

— Dans ce pays, tout est minuté. Il faut toujours faire quelque chose. Rien n'est prévu pour rester à ne rien faire, à être seulement. Et ainsi la vie passe sans qu'on s'en rende compte. Et qu'est-ce qu'une vie qui passe sans qu'on s'en rende compte ?

C'est ce que dit Rangoona, de sa voix langoureuse où de fascinantes inflexions évoquent les ondulations des serpents, les joncs, les fleurs de lotus qui décorent les objets qu'elle a ramenés de son pays, tous d'argent sombre et ouvragé, théières, vases, bracelets, dieux et déesses, il y en a partout dans son appartement. Son mari, qui est diplomate aux Nations unies et américain, s'irrite parfois de cette profusion aux reflets obscurs qui fait de leur appartement ultramoderne, high tech comme on dit — une jungle étrange, presque hostile. Ces objets appartiennent à un autre espace, mais ce n'est pas là le plus inquiétant, ils appartiennent à un autre temps.

— Dans mon école, nous faisions retraite dans la montagne. Et là on ne nous enseignait pas les sciences, pas les langues étrangères, pas la littérature, mais le temps.

— Le temps ? dit madame Carel, étonnée.

— C'était le seul enseignement, et à travers cet unique enseignement, tout revenait, les sciences, les langues étrangères, la littérature, mais comme c'était différent alors, ce n'était plus des matières d'études, extérieures à nous, c'était nous, notre corps et notre âme, c'était la vie et la mort. Dans la montagne, rien que la forêt, le ciel, le silence...

Madame Carel écoute avec passion. Elle a l'impression d'entendre véritablement pour la première fois. Les paroles de Rangoona sont comme ses objets d'argent, sombres et pleins de lueurs, moins claires que tout ce qu'elle entend chaque jour, mais attirantes, si émouvantes qu'elle sent des larmes remuer en elle. Les paroles de Rangoona la touchent si fort qu'elle n'arrive pas bien à les saisir, et lorsqu'elle voudra les retrouver plus tard, pour y repenser ou les rapporter à monsieur Carel, elle aura beaucoup de mal, elles lui paraîtront confuses, il ne lui viendra que ces mots isolés « le temps, le silence, la montagne »...

Madame Carel parle aussi.

— Les choses à faire, les petites actions, cela s'entasse devant moi. Je réussis à me hisser au-dessus du tas, et aussitôt il se reforme devant moi.

— Ma sœur a oublié notre pays, dit Rangoona. Elle veut gagner de l'argent, mais ce n'est pas pour se reposer plus tard, c'est pour faire comme les Américains.

— Je me dis « encore ce tas à grimper », répond madame Carel, « après je serai libre, je lirai de la poésie ».

— Ma sœur me fait peur, dit Rangoona. Elle veut gagner beaucoup d'argent, elle veut dépasser les Américains.

— Seulement d'autres tas se présentent, dit madame Carel. On peut très bien passer dix ans comme ça, sans se rendre compte.

— Elle minute son temps. Même moi elle me minute. Elle vient me voir une fois par semaine, jamais elle ne déborde, et je suis sa sœur.

— Oui, dit madame Carel, j'ai peut-être déjà passé la moitié de ma vie et il me semble que je ne l'ai pas encore commencée.

— Le temps ici n'est qu'un outil, dit Rangoona, le temps est avili, j'essaye de résister, mais je sens que je perds, je perds...

— Je ne fais que préparer mon arrivée à la vie, et la vie est toujours repoussée, et voilà que la moitié est déjà passée.

— Le temps est devenu un esclave, et nous sommes les esclaves de cet esclave.

— La moitié de ma vie, c'est injuste, c'est inhumain...

La maman se sent mieux. C'est étrange, les choses qu'elle dit à Rangoona, elle n'y aurait pas pensé par elle-même, mais avec Rangoona cela lui vient tout seul et cela lui fait du bien. Elle ne sait même pas si ce qu'elle a dit est vrai.

— Au revoir, Rangoona, dit-elle.

Puis elle raccroche et s'étend, les mains sous la nuque et les genoux croisés. Elle se sent bien, tout à fait bien. Elle pense au beau tissu brodé que Rangoona a sorti pour elle de sa malle aux trésors, un tissu qui vient de Birmanie, avec lequel toutes deux elles ont commencé de confectionner un couvre-lit. Comme elles se sont bien amusées à tailler et papoter ! Rangoona portait un sari de son pays, d'un jaune éclatant qui faisait ressortir l'éclat sombre de sa peau, madame Carel en avait essayé un du même genre, mais sur elle le tissu trouvait mal sa place, il lui faisait la peau blême et elle se prenait les pieds en marchant. Tout cela les avait beaucoup fait rire, la sœur de Rangoona était passée, elle avait jeté un coup d'œil désapprobateur aux deux saris et au fouillis de tissus qui débordait de la malle. Après son départ, Rangoona avait parlé de leur enfance et expliqué les problèmes de sa sœur, puis elle avait récité un poème, « La complainte de la princesse Hlaing ». Rangoona avait promis de le traduire en anglais, pour que madame Carel puisse à son tour le traduire en français. Ce serait là leur prochaine tâche, après le couvre-lit.

La vie dans ce pays est pleine de choses intéressantes. Madame Carel soupire d'aise.

C'est alors qu'elle voit le petit garçon, blotti contre le lit. Elle le croyait en bas à jouer, mais il est là, il écoutait. Son visage est crispé, ses lèvres tremblent.

La maman saute du lit, le prend contre elle.

— Qu'est-ce qu'il y a, mon bébé ?

L'enfant sanglote. « La vie... la vie. » Il ne peut que répéter ce mot.

— Pourquoi tu as dit cela ? Ça me fait pleurer. La vie...

Il sanglote encore plus fort.

Il dit encore :

— La vie, ça m'a fait penser qu'elle était finie, la tienne, la mienne, et la vie, toute la vie...

Il y a danger. Le danger qu'on sent rôder toujours, qui parfois recule mais jamais ne lâche, a trouvé son occasion. Il est là. La maman le sent, sa peau se hérisse, son cœur bat à tout rompre. Alors elle appelle sur elle les grandes ailes de Batman. Viens à nous, toi l'ami des enfants, le sauveur et le justicier, donne-nous tes forces, Batman n'est pas sur l'écran de télévision en ce moment, mais il lui souffle ce qu'il faut faire. Elle se redresse, se campe devant l'enfant :

— Non mais, qu'est-ce que tu crois ? Tu crois que je veux mourir moi ? Mais c'est que j'ai l'intention de rester là, tu sais, et de t'embêter encore longtemps, très longtemps, pour que tu attaches tes lacets, pour que tu te laves les dents, pour que tu fasses ton lit, et que tu écrives à tes grand-mères, et que tu ranges tes ballons, oui parfaitement, que tu ranges tes ballons, et tes battes de base-ball, et tes mitts de base-ball, et tes cartes de base-ball...

Cette énumération des choses familières fait rire l'enfant, il se love contre la maman qui s'est rassise sur le lit, il s'endort en suçant son pouce. Les voitures dehors roulent dans un chuintement incessant, bientôt la pluie bat aux fenêtres, la lampe creuse des ombres dans la chambre.

Pour l'enfant c'est fini, pour madame Carel cela commence.

Et c'est presque très affreux.

Elle sent la nuit qui se presse contre les carreaux, se glisse par les fentes du climatiseur, elle sent la ville géante qui s'étend autour d'eux, les rues anonymes qui se croisent à angles droits, les immenses déserts des terrasses des toits, les parcs où rôdent les criminels, elle pense à sa mère à elle, à la mère de monsieur Carel, restées seules là-bas en France, à l'enfant qui n'a d'autre famille ici que ses deux parents, comment élèveront-ils l'enfant dans ce pays où il faut tant d'argent, elle pense qu'il a besoin d'amis, elle se dit qu'il lui faudra moins voir Rangoona qui n'a pas d'enfant, qu'il faudra voir Adrien davantage par exemple, c'est le moniteur du camp d'été du lycée français, il a une fille du même âge que Robin qui s'appelle Émilie, il connaît les mêmes problèmes qu'eux dans ce pays, monsieur Carel dit que madame Carel n'est pas assez sociable, il dit que Rangoona n'est pas une bonne influence, les grand-mères disent qu'il faudrait rentrer en France, madame Carel souffre, les choses obscures qui sont dans sa tête gonflent, gonflent.

Elle se lève, prend délicatement l'enfant dans ses bras, le porte dans sa chambre, il dort si paisiblement, elle ne le réveillera pas, tant pis pour le dîner, d'ailleurs elle aussi se passera de dîner, elle est si fatiguée, elle veut dormir tout de suite, monsieur

Carel sûrement ne se fâchera pas, c'est un homme très bon, ils se connaissent depuis l'adolescence.

Lorsqu'elle glisse dans le lit, elle sent quelque chose de résistant sous son oreiller. Intriguée, elle glisse la main.

C'est le ballon de Robin.

Madame Carel sourit dans ses larmes, elle tire l'objet de sa cachette, hume son odeur familière de plastique, effleure les lignes de coutures, les petites égratignures, et s'endort contre lui, le fidèle ballon, le consolateur tout rond, le petit dieu des faibles et des enfants.

6

MR. BERG TOMBE
DANS LA PISCINE

Voici qu'à Miami, non contente de croître en laideur, Beauty croît aussi en stupidité.

Elle va à l'école maintenant. Le matin, elle récite le serment d'allégeance avec les autres. Le texte en est le suivant :

« Je fais serment d'allégeance au drapeau des États-Unis d'Amérique, et à la République qu'il représente, Nation une devant Dieu, indivisible, avec Liberté et Justice pour tous. »

Certains matins elle le récite avec ferveur, oui mais pas tous les matins. Et quand elle ne le récite pas avec ferveur, elle ne le récite pas du tout. Elle garde les lèvres fermées et les yeux en l'air. La maîtresse a remarqué ce manège. Au début elle n'a pas grondé, pensant à une gêne éphémère, mal de gorge ou fatigue enfantine. Mais ce silence s'est reproduit. Et elle a fait quelques observations supplémentaires : Beauty en ces moments-là avale ses joues, elle se pince les lèvres de l'intérieur, ce qui lui fait la bouche en cul-de-poule, et son regard au lieu de suivre les paroles sur les lèvres de la maîtresse reste fermement tourné vers le ciel, comme s'il n'y avait rien sur terre qui comporte le moindre intérêt. Cette attitude ne prête pas à équivoque : c'est de l'insolence, une insolence plutôt rare chez les enfants très jeunes et de classe aisée, mais qu'elle reconnaît tout de suite car elle en est littéralement marquée. La maîtresse en effet a enseigné longtemps dans les quartiers les plus défavorisés de la ville. Là-bas, même les tout-petits peuvent être difficiles et elle y a reçu un jour un coup de lanière de pneu qui lui a laissé une vilaine zébrure sur le mollet.

Elle y serait restée pourtant, mais son ami Justo, qui vient de ces mêmes quartiers mais admire les femmes riches, lui a dit que, si elle voulait s'élever dans les classes sociales, elle devait d'abord s'élever dans les classes tout court. Elle a donc obtenu ce poste, c'est une belle école, mais elle ne s'y sent pas à l'aise.

La maîtresse a senti sa vieille zébrure au mollet se réveiller. Elle est alors allée reconsulter la fiche individuelle de l'enfant, qu'elle croyait bien connaître pourtant.

Famille d'origine européenne, rien là d'inquiétant, ces origines ne sont pas récentes. Père, codirecteur d'une société agro-alimentaire, mère secrétaire-comptable dans un service social, plusieurs déménagements, actuellement installés dans une maison d'un beau quartier de Miami. Tout cela indéniablement en faveur de l'enfant. Ah, deux sœurs, des jumelles. Les a-t-on vues dans cette école ? Non, elles vont dans une autre école. Ou plutôt c'est Beauty qui va dans une autre école que celle de ses sœurs. Petite note là-dessus : les parents ont jugé préférable de séparer la plus jeune de ses deux aînées. Y a-t-il là un problème ? C'est en tout cas le seul point intéressant que la maîtresse trouve dans la fiche de l'enfant et elle est bien décidée à creuser en ce sens. Sûrement là doit se trouver l'explication.

Mais d'abord elle observe l'enfant. Trois matins de suite (les enfants sont dans la cour, en cercle autour du drapeau, il fait beau, il n'y a pas de vent), Beauty se tait au serment d'allégeance. Le quatrième matin (les enfants sont dans la cour, en cercle autour du drapeau, il fait beau, une belle brise souffle de l'océan), elle récite.

Et quand Beauty récite, elle le fait de tout son cœur, on ne peut s'y tromper, sa voix est forte, on l'entend par-dessus celle des autres élèves. C'est vrai qu'elle a une grande bouche. Cette grande bouche qui lui donne un air un peu particulier. Y aurait-il là une débilité non détectée ?

La maîtresse retourne à ses fiches. Cette fois elle vérifie les tests d'intelligence. Non, Beauty n'est pas débile. Elle serait même d'une intelligence supérieure à la moyenne, étonnamment supérieure même si l'on y réfléchissait. On n'y réfléchit pas. Bon, là n'est pas le problème, passons à quelque chose de plus tangible.

Restent les sœurs. La maîtresse a choisi sa ligne d'action. Elle interrogera Beauty sur ses sœurs, doucement, chaque jour. Elle ne le fera jamais au même moment de la journée, elle ne le fera jamais de façon frontale, elle sera habile.

Mais Beauty est intelligente, ne pas l'oublier. L'école n'a pas commencé depuis un mois que Beauty claironne un jour chez elle :

— La maîtresse me pose toujours des questions sur mes sœurs.

— Des questions sur tes sœurs ? s'enquiert Mrs. Berg, surprise. Quelles questions ?

— Des questions sur mes sœurs, répond Beauty, et ni le père ni la mère n'en pourront rien tirer d'autre.

Ils apprennent ainsi à connaître un autre trait du caractère de leur plus jeune fille. Leur plus jeune fille est une enfant obstinée. Cependant il leur faudra du temps pour reconnaître totalement cette obstination.

« Elle est trop jeune, se disent-ils d'abord. Comment une si jeune enfant pourrait-elle rapporter les paroles précises d'un adulte ? »

« Allons voir la maîtresse », se disent-ils ensuite.

Mais curieusement ils diffèrent cette visite à la maîtresse de Beauty.

Ce n'est pas qu'ils se désintéressent de leur plus jeune fille, loin de là. Mais ils sont si occupés par leur métier respectif, et puis les deux aînées, qui deviennent grandes, réclament une part de plus en plus grande de leur temps. Elles font toutes deux partie de la chorale de leur école, il faut donc que les parents assistent au concert, il y a l'église et les après-midi de charité de l'église, il y a aussi les invitations de leurs camarades de classe, il faut les emmener, aller les chercher, et puis ensuite inviter celles qui les ont invitées, et du même coup les parents, qu'on reçoit dehors, autour de la piscine, il y a les garçons qui commencent à apparaître à l'horizon, enfin il y a toutes sortes de rituels auxquels les parents doivent participer. Les deux jumelles réussissent assez bien en classe, elles sont populaires, leur vie sociale est intense, les parents font de leur mieux mais en oublient un peu les problèmes de la petite.

Jusqu'au jour où ils reçoivent un coup de téléphone de la maîtresse. Elle voudrait leur parler. De quoi ? De Beauty. Y a-t-il une sortie en perspective, pour laquelle on a besoin d'un parent ? Non, ce n'est pas cela. Un problème, alors ? Non plus, pas véritablement, cependant il serait bien que les parents de Beauty et la maîtresse d'école de Beauty se voient un peu plus régulièrement.

Le jour du rendez-vous, le père de Beauty, codirecteur d'une société d'agro-alimentaire, président du club d'échecs, membre bienfaiteur de plusieurs clubs, membre du parti démocrate, membre du Miami Club, possesseur de plusieurs cartes de crédit, le père se sent mal.

Cette visite à la maîtresse d'école lui rappelle la visite au grand pédiatre spécialiste des enfants à problèmes. « Aucun symptôme d'anormalité. » Cette phrase se répète toute seule en lui, la même humiliation lui revient. Ce n'est pas un homme habitué à l'humiliation, c'est un homme jovial, qui aime être heureux. Il s'efforce donc de chasser la phrase, comme il s'est toujours efforcé de chasser ce qui lui causait du déplaisir. Mais il ne conduit pas un raisonnement intérieur, il produit seulement un grand effort, exactement comme lorsque, enfant, il soulevait les caisses de fruits dans l'entrepôt de son cousin où il gagnait quelques dollars. Un rude effort de tout le corps, cela lui envoie de la chaleur dans la tête, ses oreilles se mettent à bourdonner.

Ah ! les oreilles qui bourdonnent, il n'aime pas cela, ce n'est pas un bon signe chez les hommes de sa corpulence. Et parce qu'il pense à ce bourdonnement dans ses oreilles, aussitôt lui revient l'autre phrase du célèbre pédiatre : « Pas de pathologie auriculaire et pas d'indication chirurgicale non plus », et derechef la même humiliation qu'il ne s'explique pas. Qu'il ne cherche pas à s'expliquer.

Mauvaise journée pour le père de Beauty.

Rentré dans sa belle maison l'après-midi, l'après-midi du rendez-vous avec la maîtresse de Beauty, il tourne en rond autour de la piscine. Et voici ce qui lui arrive : brusquement il fait un faux pas. Il glisse, ne peut se rattraper, tombe.

Il tombe tout habillé dans la piscine. Son épouse qui l'attend au bout de l'allée dans la nouvelle voiture s'impatiente. Elle descend de la voiture, le cherche, et le trouve flottant, les bras écartés, la tête couchée sur l'eau, son pantalon gonflé, sa chemise gonflée, déjà elle le croit en mauvaise posture, elle pousse un hurlement.

— J'ai glissé sur la dalle, s'écrie aussitôt le noyé, je n'ai pas le temps de me changer, vas-y, s'il te plaît, ne sois pas en retard, va voir la maîtresse, vois comme je suis mouillé, chérie, ma chérie, je suis désolé, vraiment désolé et mouillé.

Il est très prolixe soudain, le noyé, l'eau fraîche de la piscine a chassé le bourdonnement d'oreille, il se sent extraordinairement bien.

— Je prépare le repas, je m'occupe des filles, ajoute-t-il, toujours étendu sur l'eau, la tête dans l'alignement du corps, et criant comme s'il parlait aux nuages.

— Ne crie pas si fort, je t'entends, chéri, dit sa femme qui le croit un peu choqué, j'y vais, ne te tracasse pas.

— Appelle Fowley, si tu veux, crie-t-il encore, demande-lui de te rejoindre là-bas.

Mrs. Berg se garde de répondre. Elle rit toute seule en montant dans sa voiture. William Fowley est l'associé de son mari, et en fin de compte son ami le plus proche, malgré leurs grandes différences de tempérament. Il a une fille, Tricia, qui est la copine d'enfance des jumelles, et leur est totalement dévouée, soumise même, ce qui irrite son père, qui lui voudrait plus de caractère. « Tu ferais mieux d'imiter Liza plutôt que de lui obéir », lui dit-il souvent. Quant à son fils Willie, un garçon fantasque et bavard, c'est à Beauty qu'il s'est attaché. Il est né le même jour qu'elle et semble le seul capable de la comprendre. Depuis qu'ils savent se tenir sur leurs jambes, on les voit marcher ensemble, toujours marcher (ils ne jouent presque jamais), Willie parlant et Beauty écoutant, mais nul ne sait ce qu'ils peuvent se raconter ainsi, au cours de ces curieuses déambulations enfantines.

À cause de toutes ces circonstances, la famille Fowley et la famille Berg sont très liées. William Fowley est sans doute un peu amoureux de Mrs. Berg, mais bien trop puritain pour le montrer. Cela amuse Mr. Berg, il en est peut-être fier, sa femme est si gracieuse, si différente des rudes Américaines et de la particulièrement rude Mrs. Fowley. Si elle n'était si sérieuse dans son travail, si dévouée à sa famille et surtout si totalement installée dans la vie américaine, peut-être l'accuserait-on de frivolité et lui reprocherait-on ses origines françaises. Heureusement Mrs. Berg ne fait aucun cas de ces origines, ne manifeste aucun regret, ne remue aucun souvenir, si ce n'est devant ses filles, de temps en temps, pour évoquer l'atelier de couture où travaillait leur grand-mère à Paris, et sa frivolité se borne à porter de vraies robes qu'elle coupe et coud elle-même.

Mrs. Berg arrange sa robe sur le siège, se passe un coup de rouge à lèvres dans le rétroviseur, rattache la lanière de ses talons hauts, aller voir la maîtresse de Beauty est une distraction pour elle, c'est certainement plus agréable que de traiter les dossiers de son bureau d'aide sociale, qui ne parlent tous que de misère et de désespoir. La voiture est toute neuve, son mari vient de la lui offrir pour l'anniversaire de leur mariage. « Appeler Fowley, se dit-elle, quelle idée ! » Traîner ce requin des affaires devant une maîtresse d'école, quelle idée ! Elle en rit encore.

Sur la route qui mène à l'école de Beauty, située un peu plus loin que l'école de ses sœurs, Mrs. Berg revoit son époux dans la piscine, flottant comme un noyé dans son pantalon gonflé et sa chemise gonflée, et criant à tue-tête, les yeux vers les nuages. Pendant qu'elle serpente adroitement à travers les voitures rapides, elle revient à cette scène. Quelque chose l'étonne. Elle finit par découvrir ce que c'est. La chose qui l'étonne n'est pas tant que son époux ait glissé tout habillé dans la piscine, mais qu'il n'en soit pas sorti aussitôt. Et cette façon de crier vers les nuages ! Elle est prise d'un énorme attendrissement soudain.

Ce grand homme robuste et jovial, il peut être comme un enfant parfois, étourdi, inconséquent. C'est son mari. Il avait une autre femme il y a longtemps mais c'est elle qu'il a épousée, elle se répète tout fort dans la voiture « mon mari » et c'est comme si sa rencontre avec lui et sa victoire sur l'autre femme venaient de se produire, c'est comme si elle en était encore tout étonnée, et cet homme enlevé de haute lutte, cet homme si attrayant et chaleureux, il avait glissé sur une dalle et il flottait tout habillé sur l'eau en criant aux nuages...

Cette vision poursuit la mère tandis qu'elle écoute l'institutrice de Beauty. Elle en éprouve une telle émotion qu'elle peut tout juste hocher la tête aux propos qu'on lui tient, elle a chaud entre les jambes, elle a envie de s'alanguir, soudain elle reconnaît cette sensation, « Aïe, se dit-elle, que va penser l'institutrice ! », justement il lui semble que celle-ci la regarde d'un air bizarre.

Mrs. Berg reprend ses esprits.

— Bien sûr, dit-elle, c'est étrange.

— Certainement c'est étrange, répond l'institutrice, au bord de l'irritation.

— Nous ne la comprenons pas toujours très bien, nous ferons attention.

— Je pense que c'est nécessaire en effet, dit l'institutrice en se levant.

Ce n'est pas ainsi que la maîtresse avait imaginé la mère de son élève et son entretien pédagogique avec elle. Cette femme ravissante et qui semble voguer sur un nuage alors qu'on lui expose des problèmes sérieux l'exaspère brusquement. Ah c'est sûrement ce genre de femme que Justo, son copain du moment, lui donne toujours en exemple. Riche et insouciante, et sûre de sa supériorité comme les Américaines, et séduisante bien entendu, c'est facile. La maîtresse a tout à la fois envie de lui caresser les cheveux et de lui flanquer une gifle. Sa cicatrice au mollet picote. C'est mauvais signe. Elle éprouve une envie urgente de voir son psychanalyste, tout de suite, mais bien sûr il faudra attendre le prochain rendez-vous. Comme avec Justo. « Toujours le prochain rendez-vous », se marmonne-t-elle, irritée.

— Oui, dit la mère qui sent bien qu'elle a quelque chose à se faire pardonner, oui je viendrai avec mon mari au prochain rendez-vous.

Et sur ce malentendu, elles se quittent, la mère joyeuse parce qu'elle est toujours joyeuse lorsqu'elle éprouve cette émotion dont j'ai parlé entre ses jambes, et l'institutrice indignée de tant d'inconscience et jalouse de tant de séduction.

Beauty n'a pas de bons jours en perspective à l'école.

Lorsque Mrs. Berg arrive à la maison, elle trouve le dîner merveilleusement préparé, une salade de fruits de mer, du champagne de France, des bougies, les enfants sont couchées.

— Comment as-tu fait pour les coucher si tôt ? s'étonne-t-elle.

— J'ai mes trucs, dit Mr. Berg en riant.

Il ne lui dira pas qu'il leur a donné un peu d'aspirine, en fait du sirop calmant, et elle ne demandera pas, il lui a pris les mains, il lui dit qu'il l'aime, ils boivent le champagne, ils vont faire l'amour, cela fait quinze ans qu'ils font l'amour ensemble et cela leur plaît toujours, bien que cela devienne de plus en plus compliqué à cause des enfants, aussi quand cela est possible, on ne demande pas son reste, on s'en va au lit main dans la main, il a pris soin d'allumer les spots qui sont au fond de la piscine et qui irradient vers leur chambre une ensorcelante lueur, ce n'est pas très prudent pourtant, avec Beauty il faut faire attention, elle pourrait se relever rien que pour voir cette lumière...

Soudain le père saute hors du lit, c'est un homme de bonne corpulence mais il est leste encore.

— Bon sang, s'écrie-t-il, et Beauty, que t'a dit l'institutrice ?

— Ah, dit la mère, se rasseyant dans le lit, eh bien voilà.

Elle a repris la voix qu'elle a au centre d'aide sociale lorsqu'elle s'adresse aux assistantes ou aux demandeurs d'aide.

— Voilà. Beauty certains jours ne veut pas chanter le serment d'allégeance, mais certains autres jours elle le chante, et alors elle le chante plus fort que tout le monde.

— C'est cela qu'elle t'a dit ?
— Oui, c'est cela.
— C'est pour cela qu'elle t'a fait venir ?
— Euh, oui...

Le père part d'un grand éclat de rire, et la mère voyant ce grand homme nu tout secoué de vagues d'hilarité se met à rire aussi, ses seins tressautent, cela fait rire son mari en retour, et alors ce qui devait arriver est arrivé.

Une petite ombre est passée devant la lueur de la piscine, père et mère ont tout juste le temps d'attraper un peignoir, ils en serrent bien fort la ceinture, comme pour comprimer les battements de leur cœur, Beauty a filé sur son coussin favori, elle contemple la piscine, son sommeil est toujours léger, les parents hésitent puis sortent, ils s'assoient de part et d'autre de l'enfant.

La lueur ensorceleuse de la piscine les enveloppe tous les trois.

— Pourquoi ne récites-tu pas le serment comme les autres ? dit le père.
— Je le récite, dit la petite.
— Mais pas chaque fois.
— Non, pas chaque fois, dit-elle.
— Pourquoi ?

L'enfant les regarde gravement l'un et l'autre.

Elle se tait, elle semble presque incrédule qu'ils ne comprennent pas aussitôt.

Finalement elle pointe son petit doigt vers le ciel. Les parents lèvent les yeux et ne voient rien. La lueur venue de la piscine les aveugle dans son halo, ils se retournent vers l'enfant, prêts à questionner. Mais la question meurt sur leurs lèvres. L'enfant est en train de leur faire un grand, grand sourire.

Alors quelque chose de particulier se passe entre les parents et la petite enfant laide. Ils oublient sa trop grande bouche et ses trop grandes oreilles, ils oublient ces sottes histoires de l'école. Elle sourit. Ils la regardent, ils sont littéralement médusés.

Ils sont restés longuement assis tous les trois ainsi au bord de la piscine, l'enfant dans la chaude odeur d'amour de ses parents, et les parents pris dans le silence, un silence inconnu d'eux, ni agréable ni désagréable, au-delà de ces catégories, un silence de la même matière que ce halo bleuté qui les enveloppait tous les trois.

On imagine que de très loin parvenait le ressac de l'océan dans le golfe, on imagine qu'on entendait le frémissement des palmiers, que l'air était tiède, chargé du parfum des bougainvillées, et que le roulement espacé des voitures était aussi doux que le chant d'une sirène, on peut imaginer à loisir, Miami appartient à tous les rêveurs amoureux de l'Amérique, et la petite Beauty entre ses parents dans le halo émouvant de la piscine qui rendait flous ses traits disgraciés et ne laissait voir que leurs trois silhouettes tendrement enlacées, avec en fond la façade claire de la maison doucement éclairée et décorée de son drapeau plein d'étoiles, la petite Beauty faisait la plus jolie carte postale qu'on puisse imaginer pour sa ville.

7

« ALLONS-NOUS ÊTRE PAUVRES ? »

Du côté de chez Robin, pas de belle maison au bord de l'océan, pas de piscine, pas d'actions à la Bourse et guère d'économies.

De France, la grand-mère s'inquiète.

Que font-ils tous les trois, sa fille, son gendre et son petit-fils, dans ce grand pays étranger où ils n'ont aucune famille, où il y a tant de crimes, où il n'y a de bons hôpitaux que pour les riches ? En France les amis de leur âge s'installent, achètent un appartement, se nichent dans les cases de la société. C'est les années soixante-dix, le pays devient prospère, des postes s'ouvrent dans les administrations et les universités, les prêts à la construction sont favorables, tout cela ne durera peut-être pas, quel chagrin qu'ils n'en profitent pas. Et le petit garçon, comment trouvera-t-il sa place au milieu de ces Américains si hauts en taille et si bruyants dans leur langue ?

L'autre grand-mère a envoyé de son village une photo découpée dans le journal local et commentant les grandes catastrophes qui se produisent aux États-Unis : sur la photo on voyait une cabine téléphonique renversée par la tempête et couverte de neige. C'était au coin de Broadway, pendant le dernier hiver. Monsieur et madame Carel n'avaient même pas remarqué la cabine renversée. La grand-mère a dit que c'était dangereux de vivre là-bas et peu responsable d'y emmener un enfant.

La maman n'a rien à répondre. Ou alors ce serait trop long, trop confus. Elle pourrait dire par exemple « l'exil de la patrie n'est que le reflet de l'exil de l'âme », mais cela ferait du mal aux grand-mères, et puis une telle phrase, cela paraît grandiloquent, si déplacé, elle-même ne sait pas ce que cela veut dire.

Bon, elle pourrait dire aussi que son mari a un travail intéressant (l'ONU), que son enfant apprend une langue (l'anglais), qu'elle-même fait des rencontres qu'elle n'aurait jamais faites autrement (Rangoona), et puis que c'est amusant, oui parfaitement, que c'est amusant de vivre à l'étranger. Mais ces arguments paraissent trop simples, elle n'arrive pas à les dire non plus. Elle est trop fière peut-être, et trop timide.

Ce sont ces choses-là qu'elle remue dans sa tête, dans les travées du grand supermarché A & P où elle fait les courses avec le petit garçon.

Elle regarde les épaisses plaques de viande sous cellophane, T-bone steak, lit-elle sur l'étiquette.

T-bone, T-shirt : steak et chemise, même nom directement évocateur, même abondance de la matière, et prix pareillement faciles. Voilà un exemple de ce qui est amusant dans ce pays. La vie ici : une affaire sans état d'âme et sans embarras entre le corps et les marchandises pour le corps.

Cependant elle hésite devant la trop opulente plaque de viande. A-t-elle le sentiment de faire des infidélités, selon l'expression de là-bas, à son boucher français ? Ce n'est pas impossible, l'exil a plus de coups tordus dans son sac qu'on ne pourrait le croire.

Elle décide d'acheter des légumes, cela au moins les grand-mères l'approuveraient, mais le petit garçon n'aime pas les légumes, il la tire par la manche, il voudrait aller au McDonald, à vrai dire il n'aime que les hamburgers et les frites et le ketchup.

— Je veux la nourriture normale, dit-il.

— Mais ce n'est pas une nourriture saine, proteste-t-elle.

— C'est ce que mangent les gens américains, dit-il, sûr de la puissance de son argument.

Et puis, futé, il ajoute que c'est moins cher, ils se disputent, puis se réconcilient du côté des ice-creams. Pour contenter Robin, madame Carel met dans le caddy une boîte de quarante bâtonnets de crème glacée. Robin veut à son tour contenter madame Carel, il remet la grosse boîte dans la cuve fumante de froid et en prend une plus petite, vingt bâtonnets seulement.

— Il faut économiser, maman, dit-il, je n'en mangerai qu'un par jour.

Puis après réflexion :

— Oui, mais alors j'ai le droit d'en manger un tout de suite.

Madame Carel ne fait plus très attention, elle a déjà lâché sur toute la ligne, ils sont maintenant devant le caissier, le même, celui qui avait dit une fois que la maman était en fait la sœur du petit garçon. Cette fois il n'est pas en veine de compliments, il est pressé. Madame Carel cherche son portefeuille. Un gros homme qui porte un triple pack de bière trépigne derrière elle, pas de portefeuille, soudain elle comprend qu'elle ne l'a plus pour de bon, qu'il a été volé, avec son sac, son sac où il y a son passeport, son permis de séjour, la photo de l'enfant à sa naissance et l'argent des courses de la semaine.

Les voilà tous deux maintenant, la mort dans l'âme, qui refont à l'envers leur chemin dans les travées de l'énorme supermarché A & P, replaçant sur les rayons tout ce qu'ils avaient réussi à déposer dans le caddy au terme de leur très intime marchandage de maman et d'enfant.

Le caissier ne les a pas du tout aidés. « Si on est trop bête pour se faire voler, on ne devrait pas avoir le droit de venir dans ce pays », voilà ce qu'exprimait son regard courroucé. Et ce regard éloquent semblait faire écho aux prophéties des grand-mères.

Ils sortent sur Broadway. Le vent soulève des tourbillons de papiers gras. Un Noir dépenaillé, le pantalon coulant sur les hanches, les suit pour mendier son dû en marmonnant.

— Je n'ai pas d'argent, murmure madame Carel, les larmes aux yeux brusquement.

— Merdeux d'étrangers, crie le mendiant d'une voix soudain très vigoureuse.

Il s'attache à leurs pas, prend les passants à témoins, tonitrue. Lâchant la main de la maman, le petit garçon se retourne, lui fait face :

— Si j'avais ma batte de base-ball, je te taperais dessus, crie-t-il.

Décontenancé par cette petite voix à l'accent du plus pur américain new-yorkais de la rue, le mendiant s'arrête. Il remonte son pantalon, se remet à marmonner. Il a l'air plutôt rassuré. S'il n'a pas eu d'aumône, il a eu une injure. Finalement tout se passe comme il se doit sur Broadway. « Nice boy, dit-il, yeah nice boy. » Il tourne le dos, son pantalon aussitôt retombe sur ses hanches, il s'éloigne.

Robin jette un coup d'œil vers la maman. Elle n'a pas remarqué son exploit, elle n'est même plus à côté de lui, elle a continué d'avancer, et il semble soudain au petit garçon qu'elle marche à la façon du mendiant, défaite, vaincue.

Il court pour la rattraper, il saisit sa main, une vague indicible le submerge.

— Maman, maman, dit-il, allons-nous être pauvres ?

Madame Carel n'entend pas, elle pense au gros homme qui trépignait derrière elle. Ce n'est pas lui bien sûr qui a volé le porte-monnaie. Le voleur, lui, a déjà disparu depuis longtemps, un jeune sans doute chaussé de sneakers souples, un de ces insaisissables qui ne laissent aucune trace derrière eux, juste l'absence du portefeuille, d'un objet qui avait eu une présence dans la vie d'un être humain. Leur action est semblable à celle de la mort, on voudrait s'en prendre à quelqu'un, ou négocier encore, mais il n'y a que l'absence devant soi, et déjà on commence à oublier. Ce sont les petits moustiques de la mort, mais leur rôle n'est pas de tuer, seulement de creuser des petits trous d'absence partout où ils le peuvent. On ne peut pas flanquer un grand coup là où ils ont piqué, ni gratter jusqu'au soulagement.

Quelques pensées s'élèvent ainsi, en filaments aussi légers que les fils de la Vierge, qui viennent des cellules métaphysiques enfoncées dans les couches profondes du cerveau.

Les légers filaments voudraient se développer, ils ont en eux une grande puissance de développement, mais ils sont trop vite arrêtés, de l'obstruction partout, ils finissent par retomber vers leur couche profonde, ils s'y évanouissent pour ainsi dire, mais ils ne disparaissent pas. Là-dedans une activité secrète se poursuit sans cesse, tournant autour de mastocs conglomérats qui campent dans le cerveau. La maman parfois perçoit cette activité secrète, elle entend comme une rumeur, elle perçoit aussi le léger passage des filaments, tout cela est trop vague.

Madame Carel n'en veut pas à son voleur invisible, mais elle se sent une grande haine à l'égard de ce gros monsieur trépigneur.

Quand un gros s'agite derrière vous, forcément un peu de sa chair remuée déborde. La peau de ces gros-là : juste un sac pour contenir la graisse. Mais lorsque quelque brusque passion se met à bouillir dans le cerveau rudimentaire, la graisse se met à bouger, à faire des vagues, et l'une de ces vagues hideuses vient nécessairement à vous effleurer.

« Pourquoi sont-ils gros comme ça ici ? se marmonne-t-elle. Dans mon pays, il y a des gens gros aussi, mais ils ont de la pudeur. Les grosses filles évitent les minijupes et les gros hommes mettent des chemises qui leur couvrent le ventre. »

Cela arrive à tous les exilés, même les exilés volontaires, ce genre de crise nationaliste. Quand cela arrive, impossible de l'arrêter, il faut aller jusqu'au bout, comme dans une fièvre. Il y a « ici » et « là-bas », on ne sort pas de là.

Elle poursuit fiévreusement le raisonnement qui lui tient la tête. « Ici, on ne voit que de la chair brute. Là-bas, il y a des yeux dans la chair. »

Elle pense aux cafés de son pays, aux terrasses où l'on s'assoit pour regarder les autres qui passent, et ceux qui passent vous regardent aussi, il y a tant de choses dans ces regards apparemment indifférents qui se croisent, il y a toute une civilisation. La maman se sent affreusement exilée.

Elle pense encore à ce gros homme, à ses cuisses si larges qu'elles empêchaient les jambes d'être en parallèle, à son T-shirt qui s'arrêtait au-dessus du nombril, au nombril tout boursouflé. « Le nombril, ce n'est pas n'importe quoi, pense-t-elle, c'est le signe de votre arrivée en ce monde, c'est le rappel d'un lieu très secret, c'est le sceau de votre rapport unique avec une autre personne, cela ne se donne pas au tout-venant, comme si ce n'était que de la saucisse... »

Ce mot fait comme une décharge électrique dans sa tête. Ah, c'est cela qu'elle aurait dû dire au grossier trépigneur et à son triple pack de bière :

« Toi, la grosse saucisse, tais-toi. »

Et au caissier brutal elle aurait dû dire :

« Et vous démerdez-vous avec le caddy. »

Elle aurait dû crier plus fort qu'eux deux réunis, elle aurait dû crier au caissier : « Honte à vous qui traitez si mal une cliente », et à l'autre : « Honte à vous de vous comporter ainsi devant un enfant », et à la foule des clients : « Voyez où va ce pays, le pays de la liberté et de la poursuite du bonheur... » Et alors le caissier se serait précipité pour pousser le caddy jusqu'à la maison de la cliente, le gros homme se serait jeté à genoux en se frappant la poitrine avec une bible, et la foule du supermarché aurait chanté : « Elle a raison, c'est une vraie Américaine, gloire à ce pays, alléluia... »

« Trop polie, trop timorée, trop française, marmonne-t-elle en se mordant les lèvres, sait pas parler fort, sait pas gesticuler, sait pas brandir son oriflamme ! »

« Ici, ce n'est pas des pensées qu'il faut se mettre dans la bouche, se ressasse-t-elle encore, mais des balles, il faut parler la bouche pleine de balles de fusil. »

Robin la tire par la jupe.

— Mummy, mummy, are we going to be poor ?

Soudain elle entend.

— Maman, allons-nous être pauvres ?

Comme le visage de l'enfant a l'air anxieux ! Alors tout Broadway semble se précipiter sur elle, les grandes feuilles publicitaires, mille fois piétinées, les mendiants, les drogués, la poussière, les sirènes de police, le supermarché brutal, la pharmacie minable, les tours luxueuses en construction, les hôtels d'indigents à côté, tout cela fait un grand tourbillon qui enveloppe son enfant, il s'enfonce au milieu, il appelle au secours, « allons-nous être pauvres ? »

À une autre époque cela aurait été « irons-nous en enfer ? », à une autre époque encore cela aurait été « allons-nous être vendus ? »

Tu n'iras pas en enfer, tu n'iras pas dans les ventes aux enchères, petit Robin de la fin du XXe siècle. Madame Carel explique ce qu'est un salaire. Le portefeuille ne contenait que l'argent des courses, il y a d'autre argent à la maison, il y en a à la banque, le papa et la maman travaillent pour qu'il y ait toujours assez d'argent.

L'enfant ne dit rien, il s'accroche de plus près à la maman, son regard est presque vague à force de stupeur.

Au commissariat, les policiers sont compatissants. Ils écoutent madame Carel avec attention. Elle s'exprime bien, la maman, cette fois. Son anglais est net, Robin remarque même que pour la première fois elle gratte les « r » avec vigueur.

Il aime la façon dont les Américains prononcent leurs « r ».

Prononcés par eux, les « r » évoquent de gros chiens de garde. Les « r » américains : des ronronnements de bête puissante, dont la force est au service de la raison et de la justice. Rien à voir avec le petit crincrin parisien, ni avec les éructations guindées des Anglais, ni avec les roulements grotesques des Marseillais. En fait de « r », c'est tout ce que connaît Robin.

Or madame Carel, qui jusque-là s'en tenait à de petits frottements timides du palais, lance maintenant sans peur tout son appareil vocal sur la grande autoroute de la communication. Cela est très plaisant à l'enfant. Broum broum, maman et moi nous poussons le grand moteur et nous voilà dans la course. Brrritt brritt, maman et moi nous frappons les silex et le grand feu s'allume. Critts critts, maman et moi nous frottons les violons et le grand orchestre éclate.

Il est fameusement content, Robin. Il n'a pas besoin de Batman pour l'instant. Sa maman lui suffit. C'est surprenant, les mamans. Cela peut faire terriblement honte ou au contraire, au moment le plus inattendu, cela peut se révéler tout à fait satisfaisant, juste ce qu'il faut, totalement et absolument à la hauteur.

Ses forces de petit garçon lui reviennent. Il gigote, plie les genoux, lance le bras.

— Tu aimes le base-ball ? dit le policier, émergeant brusquement de son ennui.

— Je suis pour les Mets, dit l'enfant avec fierté.

Et voilà qu'il se passe une chose sensationnelle. Le policier fourrage sous sa table, en sort une magnifique casquette des Mets et la lui plante sur la tête.

— Here is for you, Robin, dit-il, lui donnant trois « r » d'un coup.

— Thank you, sir, répond l'enfant, ne rendant qu'un « r », mais c'est normal, simple question d'ancienneté.

Et la maman, où en est-elle dans sa tête, là où tant de choses se passent ? Il se trouve que le policier est gros, lui aussi, comme l'impatient rageur du supermarché et qu'il est noir comme le mendiant agressif de la rue, et même débraillé et bruyant comme ce quartier de Broadway, mais il lui plaît. C'est pour cela que soudain son anglais sonne si juste.

Ce n'est d'ailleurs pas pour quelque séduction particulière de sa personne que ce policier plaît à madame Carel, parce qu'il serait beau ou spécialement fin limier, c'est encore moins pour sa qualité de policier. La génération à laquelle appartient madame Carel n'était guère compréhensive à l'égard de cette catégorie professionnelle. Comme l'armée et la famille, elle lui servait plutôt de repoussoir, de bouc émissaire général, ce qui avait certains aspects confortables.

La génération de Robin se retrouvera, elle, sans bouc émissaire. Il lui faudra bien alors se trouver des petits points d'appui, des points d'appui pas trop massifs, pas trop lourds, qui peuvent se transporter facilement sur le courant de la vie et ainsi servir de gué pour passer par-dessus les abîmes sombres qu'on est bien obligé de voir de temps en temps, même si on essaye au maximum de ne pas se pencher, de ne pas y penser, de ne pas les voir.

Ainsi on se transporte avec un ballon par exemple, et dès que sur l'eau claire de la vie apparaît une de ces taches obscures qui signalent des fonds inquiétants, hop, le ballon. On peut le jeter en l'air, ce qui concentre l'attention vers le ciel, ou bien le serrer dans ses bras comme lorsque, bébé, on suçait son pouce et ainsi carrément glisser dans une demi-torpeur au-dessus du lieu dangereux. Il y a tant de façons. Pour ceux qui aiment le ballon, ces tactiques marchent presque toujours, même s'il faut parfois payer un prix un peu fort, les tendinites, les entorses, les séances chez le kiné.

Pour Beauty, bien sûr, ce n'est pas le ballon qui servira de passe, de sésame, de pierre de gué, ce sera une petite sirène cachée dans les eaux bleues de son âme. La petite sirène ne sera pas si éloignée du ballon par les services spirituels rendus, mais dans la vie quotidienne elle n'entraînera pas les mêmes effets — difficulté sur ce point, pour le petit dieu de l'amour qui jettera tant de ses flèches vers ces deux-là, Robin et Beauty, mais il ne faut pas anticiper sur cette histoire qui n'est encore que dans ses limbes.

Si madame Carel en ce moment aime ce policier et réussit à déployer pour lui son anglais le plus américain, c'est en fait pour les raisons suivantes : il n'est pas petit et nerveux, il ne porte pas de képi, ni de petite moustache noire, de ses lèvres ne sortent pas des enkystements de mots trop connus et rabotés par de vieux accents venus des vieilles provinces, tout ce paysage de la voix qui évoque par-derrière un paysage familial, national, et pour finir un paysage corporel, celui de son propre corps qu'elle voudrait tant, cette maman encore jeune, purifier de toutes marques portées sur lui sans son accord, son accord personnel d'être entier et désireux de se développer selon ses voies, ainsi que l'écrivait un Européen fameux, du nom de Spinoza.

Ce qu'elle voulait peut-être, c'était amener son être sur le rivage de l'Amérique pour que l'Amérique le vide, le lave, le frotte et le rende lisse et vierge comme un grand galet, afin qu'elle puisse en prendre possession et commencer sa vie, sa vraie vie.

C'est comme on le sait un rêve qu'ont eu bien des gens, pour la plupart beaucoup plus marqués en leur corps et leur âme que cette jeune femme, et ce rêve ne s'est en général que plus ou moins bien réalisé.

Dans le cas présent, il se réalisait partiellement, amenant dans cette partielle réalisation, un partiel soulagement et donc à proportion exacte un partiel bien-être.

Le policier de la station de police de ce quartier de West End Avenue n'avait comme caractéristique plaisante à madame Carel que d'être anonyme. Il était l'Amérique. Ses fesses étaient vastes, pas du tout les fesses étroites d'un policier français qui habiterait le HLM du coin sur le même palier que votre institutrice, laquelle se trouverait justement être la voisine de la femme de ménage du médecin de vos parents.

Autre chose. Sur les vastes fesses vêtues de bleu de ce policier américain, il y avait un pistolet, forcément jeté en relief, bien en vue, et cela n'avait rien à voir avec les pistolets bien enfoncés dans la poche revolver sur la hanche du policier français. En somme c'était petit serpent venimeux tapi dans les herbes contre grosse pétoire bien franche accrochée comme un jouet à une balançoire.

Ce policier américain lui évoque les cow-boys des westerns, films si prisés par la jeunesse française de l'époque de madame Carel. Les cow-boys des westerns, ce n'est pas sérieux, c'est du « cinéma ». Peut-être madame Carel, dans cette station de police du West End, se croit-elle au cinéma, dans un cinéma français en train de s'amuser naïvement.

Ne pas croire que cette jeune femme n'était pas capable de raisonnements plus affinés. Elle l'était. De plus, comme tout Français normal, elle portait incrusté en elle cet indéracinable penchant à la critique qui fait l'orgueil de sa nation.

Il n'en reste pas moins que ce qu'elle éprouvait en cet instant était exactement ceci : un contentement, comme si justice lui avait été rendue.

Justice lui avait-elle été rendue ?

Pas le moins du monde. L'argent du portefeuille ne reviendrait jamais, ni sans doute le visa et le passeport. Peut-être quelque caniveau livrerait-il un jour le contenant, c'est-à-dire le sac.

— Et la photo ?
— La photo ?
— Oui, celle de mon fils à sa naissance.

Le policier hoche la tête.

— Je suis sûr qu'il est plus beau maintenant, dit-il par manière de consolation en désignant le petit garçon avec sa casquette des Mets plantée sur la tête.

La maman regarde son fils avec hésitation.

— Il a l'air d'un vrai petit Américain, ajoute le policier pour conclure ce cas.

Car il s'agit d'un cas bien banal de vol à la tire

n'ayant entraîné ni mort d'homme ni destruction de propriété et nul doute qu'il ne laissera aucun souvenir dans la carrière de ce fonctionnaire par ailleurs correct et aimable de la ville de New York.

La jeune étrangère et son bel enfant s'effacent immédiatement de sa conscience.

Mais il n'en va pas de même dans le sens inverse.

Car nul doute non plus que sa banale phrase d'au revoir va désormais faire son chemin dans les méandres de la conscience de cet enfant et s'y retrouvera un jour inscrite tout aussi solidement que des phrases bien plus mémorables et étudiées dans des manuels, des phrases qui ont fait le tour du monde, du moins la partie du monde où vit un petit Robin, telles que, disons, « I have a dream » ou « Let's make love not war » ou « La France a perdu une bataille, elle n'a pas perdu la guerre ».

Peut-être même qu'elle y sera bien plus solidement inscrite que ces phrases historiques et qu'au moment ultime, dans les derniers jours de la vie qui si souvent viennent donner la main aux premiers jours de la vie, c'est la phrase du policier qui sortira des lèvres de l'agonisant, et personne ne saura alors de quoi il s'agit, car ceux qui auraient pu savoir ou s'y intéresser seront morts déjà depuis longtemps. À chacun son « Rosebud ».

Donc les revoilà sur le trottoir, la maman et l'enfant, méditant chacun de son côté.

Au bout d'un moment, Robin dit :

— J'ai l'air d'un vrai Américain ?
— Oui, dit la maman.
— Mais je suis français ?
— Oui.

— Comme toi et papa ?
— Oui.
— Et à la station de police, ils ont dit que nous étions des « aliens » ?
— Oui.

Le petit garçon ne pose pas de question sur ce mot particulièrement étrange entendu au commissariat.

La maman remarque ce silence. C'est comme si un pétard s'allumait dans sa tête. Il explose de tous côtés, jetant des phrases raides et parfaitement claires : « Secoue-toi, ma fille, prends-toi en main, occupe-toi de cet enfant, arrête de rêvasser, arrête de pleurnicher, ne vois-tu pas à côté de toi cet être qui s'inquiète, qui ne comprend rien au pétrin dans lequel tu l'as mis, en cet instant il te regarde avec ses yeux écarquillés sous un petit front bombé, et il te serre la main et il t'interroge et tu es la seule à répondre de lui, bien sûr il a son père et ses grand-mères et en cherchant bien quelques autres personnes, mais en cet instant sur ce trottoir de Broadway rempli de gens qu'il ne connaît ni d'Ève ni d'Adam il n'a que toi, cet enfant est ton affaire, tu comprends, ton affaire en ce monde en cet instant, en cet instant du monde de quelque façon qu'il soit arrangé, guerre, famine, épidémie, pauvreté... »

Cela au moins lui est clair, à madame Carel, pas la moindre ambiguïté là-dedans, finalement elle a de la chance.

Sur Broadway il y a une vagabonde qu'elle connaît bien, une femme jeune comme elle et beaucoup plus belle, bien qu'il faille de la bonne volonté pour deviner cette beauté sous les cheveux crasseux et embrouillés, sous les vêtements déchirés, sous l'expression survoltée. Eh bien cette pauvresse, cette loque, elle a un enfant aussi, élevé loin d'elle bien sûr, elle peut encore en avoir d'autres, un jour madame Carel a vu une grosse tache de sang sur sa jupe derrière et des traînées noirâtres sur ses cuisses.

Elle a eu alors l'impression que son exil était justifié. Il y avait déjà quelques mois qu'ils étaient dans ce pays, mais ce n'est qu'à cet instant, à l'instant où elle avait aperçu la tache sombre sur la jupe de la vagabonde, qu'elle avait su son exil justifié.

Jusque-là tout avait été chaos, joie parfois et détresse souvent, mais chaos de toute façon, aggravé par les lettres des grand-mères qui se suivant de près les unes les autres faisaient comme un élastique virulent qui voulait les ramener là d'où ils étaient partis, en Europe c'est-à-dire, et la maman luttait contre la force de cet élastique, elle tirait, tirait...

Mais voici qu'enfin tout était clair. Elle était partie pour venir ici, de l'autre côté de l'océan, sur ce terre-plein peu accueillant de Broadway, à seule fin de voir cette loque, cette loque qui était une femme, du même âge qu'elle et plus belle, qui avait eu un enfant et continuait d'avoir ses règles, et qui était une loque.

La vagabonde et elle s'étaient mutuellement intéressées. Lorsque madame Carel arrivait sur le trottoir, la vagabonde se dressait aussitôt de son banc sur le terre-plein et s'avançait en vacillant vers le feu de circulation. Alors sans en avoir l'air, madame Carel ralentissait, pour lui donner le temps de traverser. Elle devinait l'imprudente capable de se jeter dans le flot roulant des voitures, elle sentait sa fièvre et la fixité de son obsession et son inattention à tout ce qui n'était pas son but immédiat. Dès que la traversée était effectuée, l'une reprenait son trajet et l'autre suivait, à quelques mètres derrière. C'est tout.

La vagabonde ne voulait pas d'argent. Parfois elle avait accepté des vêtements, mais on ne voyait jamais ces vêtements sur elle par la suite.

Le lendemain de ces dons, madame Carel se rendait, le cœur battant, sur Broadway. Aurait-elle voulu voir la vagabonde dans une de ses robes ? Oui, elle l'aurait voulu, elle le désirait fort, et pourtant elle était soulagée lorsque enfin son étrange amie se dressait là-bas, de son banc sur le terre-plein, vêtue de loques inconnues...

Son amie d'ailleurs, ou son ennemie ? Parfois elle avait peur des yeux fous et des cheveux emmêlés. Les cheveux étaient monstrueux. Abondants et puissamment frisés, ils auraient pu être une parure, mais ils étaient devenus une tignasse énorme, dressée de tous côtés autour du visage, le recouvrant, une tignasse de Gorgone. Et ce n'était rien à côté du regard.

Le regard de la vagabonde était effroyablement incisif, il allait droit au but, rien ne traversait ce regard, il n'admettait ni les couleurs des vitrines, ni les facéties du vent, il était droit tendu sur son but, et ce but semblait se trouver au fond des yeux de madame Carel, mais madame Carel savait bien que la force qui portait ce regard si violemment vers elle n'était qu'une force de hasard, cela justement était ce qui l'attirait.

Elle n'avait jamais eu l'occasion de rencontrer ainsi le hasard tout nu et dans une telle violence. Le hasard pouvait faire d'une belle jeune femme un être dominé par les forces du chaos et incapable de s'occuper de son enfant. Le même hasard avait fait d'elle-même une jeune femme visitée par les forces du chaos, mais tout de même très capable de les mater et en tout cas absolument certaine de ne jamais abandonner son enfant.

La vagabonde s'appelait Olympia. Batman n'avait pu veiller sur Olympia, mais il veillait sur madame Carel. Voilà pourquoi elle avait de la chance.

Donc madame Carel, ayant un jour croisé cette vagabonde sur Broadway, ayant appris par elle combien finalement elle avait de la chance, avait su son exil justifié.

Et maintenant elle répond à Robin en toute bonne foi de maman, en toute aisance et fermeté.

Elle dit qu'il est bien d'être français et bien d'être américain et bien aussi d'être un alien, et que c'est amusant d'être toutes ces choses, bien plus amusant que de n'en être qu'une. Et Robin, qui a toujours préféré avoir plusieurs ice-creams qu'un seul, plusieurs pizzas et Coca qu'un seul, et plusieurs ballons qu'un seul ballon, trouve le raisonnement de sa maman accessible, logique et intéressant.

— Mais « alien », qu'est-ce que c'est ?
— C'est ce qui permet à un Français d'être en Amérique sans être pauvre.

L'enfant réfléchit.

Madame Carel ne peut s'empêcher d'ajouter :
— Émilie aussi est « alien ».

L'enfant ne dit rien.

— Son papa est moniteur au lycée français. C'est lui qui s'occupe du camp d'été dans le Vermont. Il a dit que tu pourrais y aller toi aussi si tu veux.

Émilie, le camp d'été français, ce serait là un ancrage pour Robin. La voix de madame Carel vibre d'espoir. Mais l'enfant ne s'intéresse pas au camp d'été du lycée français.

C'est à autre chose qu'il réfléchit.

— Donc, même si le portefeuille est volé, nous ne sommes pas pauvres ?

— Non.

— Donc, nous pouvons toujours nous acheter ce qu'il nous faut ?

— Oui.

— Alors prouve-le, dit l'enfant.

— Comment ça ? dit la maman.

— Achète-moi une soft-ball.

— Où ça ?

— Là, dit Robin, qui aussitôt désigne le magasin devant lequel justement ils se trouvent, un bazar désordonné où se vend une foule d'objets hétéroclites, parmi lesquels bien entendu des balles de soft-ball.

— Mais tu en as déjà plusieurs.

— Quand même, achète-m'en une.

« Aïe, se dit la maman, que faire ? »

Il se passe avec l'enfant ce qui se passe parfois avec la vagabonde. Ami ou ennemi ?

Elle le regarde de côté. Il a tiré sa casquette des Mets en arrière, il est planté sur ses deux petites jambes aux mollets bien dessinés, son front bombé est droit devant la vitrine, il ne bouge pas. Tout cela est indéchiffrable.

Madame Carel se sent très jeune, très démunie.

Faut-il conjurer une terrible angoisse enfantine, et là sur-le-champ convoquer Batman et faire un tour de prestidigitation, quelles qu'en soient les conséquences, et elle est prête à tout en ce cas, la jeune maman, même à commettre un larcin. Oui, mais est-ce de cela qu'il s'agit ?

Ne faut-il pas plutôt arrêter net un penchant nuisible, une obsession de consommation, une fascination matérialiste développée par ce pays dominateur, que penser, que faire ?

On ne voit pas bien comment ils ont pu se tirer de leur affaire, madame Carel et Robin, ce jour-là. C'était un jour plein de complexités. Parions que la balle n'a pas été acquise, mais même si elle l'a été, il y a toutes chances qu'elle n'ait pas causé grand plaisir. Pour une fois, le ballon sauveur n'était pas à la hauteur.

Important, pas important ?... L'histoire de Robin et Beauty passe par ces méandres, y prend de la force ou de la faiblesse, ou peut-être rien du tout, c'est une histoire d'amour.

8

LES SOULIERS DE BEAUTY

Voici qu'à Miami, les pieds de Beauty aussi sont trop grands.

Ils ont poussé de façon autonome, dirait-on. Chaque partie de son corps semble se développer de son côté, quand cela lui plaît et sans en aviser les autres. À première vue, on a le sentiment d'une anomalie, difficile à définir mais tout à fait frappante. Quelque chose cloche, mais on ne sait quoi. Beauty continue donc d'être laide.

Cela a commencé avec les oreilles et la bouche, puis il y a eu les jambes, si maigres, apparemment juste des os emmanchés les uns sur les autres, puis le buste monté en graine et sans souci des parties voisines, dernièrement les épaules, qui s'écartent si loin du corps que les bras semblent baller comme de part et d'autre d'une planche, et maintenant les pieds. Tout cela sans le moindre compromis de rondeur. Le surnom de Beauty à l'école : Flat B.

Ce qui en anglais se prononce Flat Bi.

« B la plate ? dira Robin, qui rirait volontiers s'il ne voyait l'air grave de Beauty.

— Oui, et mes sœurs, B la chef et B la grosse ! »

Flat B. Impossible d'éradiquer un surnom lorsqu'il

est si bien trouvé. On peut punir ici, cela recommence ailleurs. Et dire que la mère est si jolie, et le père si beau (la maîtresse l'a vu en photo dans le journal, car il n'est pas encore venu au second entretien qu'elle a demandé, seule Mrs. Berg est venue, accompagnée d'un certain Fowley, ami de la famille). Flat B. Il y a là comme une revanche, ne peut-elle s'empêcher de penser. Une seule famille ne peut cumuler tous les bienfaits. Cette pensée lui donne du remords, elle a pris Beauty à part et lui a dit que c'est un surnom dont il faut être fière. « Tu as de la chance, a-t-elle dit, tu es une note de musique. »

— Mum, Dad, a-t-elle crié à la maison, je suis une note de musique.

— Comment ça ? ont dit les parents prêts à se sentir flattés.

— Mon surnom à l'école, c'est Flat B et la maîtresse dit que j'ai de la chance.

Atterrés, Mr. et Mrs. Berg, encore une fois !

Ils devraient en rire. Ils avaient ri lorsqu'ils avaient appris qu'on appelait Liza *Big B*, et Tania *Fat B*. D'ailleurs ces moqueries n'avaient pas duré. L'aînée savait se défendre, ce surnom qui mettait en valeur son autorité sur les autres ne lui avait d'abord pas déplu, puis lorsque Willie Fowley lui avait rapporté qu'il faisait d'elle la risée des garçons, elle s'était acharnée à en imposer un autre, et son obstination était telle qu'elle y avait réussi. Elle s'appelait donc *Blue B*, l'abeille bleue, ce qui lui permettait de jouer sur plusieurs tableaux : tantôt elle était la jeune fille bleue qui distillait le miel, tantôt elle était l'insecte redoutable qui pique quand on l'embête et que nul n'en ignore ! Quant au surnom de la seconde, qui décrivait parfaitement ses formes trop rondes, personne ne s'en était inquiété et on ne sait pas si l'intéressée en souffrait.

Mr. et Mrs. Berg ne connaissaient pas leur bonheur alors, le bonheur de l'insouciance. Avec leur troisième enfant, pas d'insouciance, mais une sorte de stupeur qui peut fondre sur eux à la moindre occasion, les laissant paralysés, et désarmés. C'est comme s'ils étaient dans l'attente alors, l'attente de quelque chose qui doit arriver, bon ou mauvais, mais qui sera stupéfiant, et comme on ne peut s'y préparer, on reste figés, dans une sorte de qui-vive presque douloureux.

Flat B! Plate, oui elle l'est, la pauvre Beauty, et comme elle est sage, plus sage que les aînées, et en bonne santé selon le pédiatre et sans aucune exigence virulente contrairement à la plupart des petits Américains, c'est même tout ce qu'il y a à remarquer en elle... si on ne connaît pas son QI.

QI élevé, n'oublions pas, mais qui ne se manifeste en aucune façon, ni à la maison ni à l'école. En ce cas par exemple, Beauty ne voit-elle pas que son surnom est un méchant quolibet ?

Elle ne semble pas le voir.

Assise au bord de la piscine, elle contemple ses pieds. Ils sont blancs et fins, et très longs. Elle les plonge dans l'eau très délicatement, puis les ressort avec la même précaution et se tient, jambes tendues, les orteils vers le ciel, totalement immobile. Un peu plus tard, elle recommence le même manège.

On dirait que l'eau de la piscine est un bain alchimique dans lequel elle tremperait de très précieux objets pour une transmutation connue d'elle seule.

Tania et Liza déboulent de la pelouse en se

chamaillant (l'une a pris le maillot de l'autre), se jettent à l'eau tout en continuant à se battre, la victime toujours agrippée à la bretelle de sa voleuse, tels deux crapauds électrisés. Tricia Fowley les suit par l'échelle, timidement. D'un bord à l'autre, l'eau jaillit en grandes éclaboussures. Tricia essaie surtout de se tenir à l'abri. De temps en temps, les jumelles oublient leur querelle et crient à leur sœur de venir les rejoindre.

Beauty ne répond pas. Elle se contente de replier les jambes au passage de la tornade puis aussitôt reprend sa contemplation.

Beauty est assise immobile au bord de la piscine et elle regarde ses pieds.

Mr. Berg qui l'observe du living-room en a le cœur serré. Le quant-à-soi est chose inquiétante pour un Américain. Il a envie de crier un encouragement à sa fille cadette, une bonne phrase pleine de punch qui la pousserait dans la piscine et la lancerait dans le jeu. Mais d'une part il ne trouve pas la phrase (cela n'arrive qu'avec Beauty, cette hésitation sur les choses les plus simples), d'autre part il répugne à se montrer. En principe il ne devrait pas être à la maison à cette heure de la journée.

C'est que depuis quelque temps il fait une chose inhabituelle. Il revient chez lui au milieu de l'après-midi, fait un petit tour à travers la maison et repart juste avant l'arrivée des filles.

Le rituel est le suivant : il monte dans sa chambre où il change de chaussures, passe dans la salle de bains où il ouvre et referme distraitement les robinets (distraitement mais attentivement en même temps : les robinets installés depuis peu sont de véritables pièces d'orfèvrerie représentant des tritons, c'est lui qui les a choisis, c'était un choix coûteux, désapprouvé par Mrs. Berg, mais c'était un bon choix, car, chaque fois qu'il voit l'eau jaillir de la bouche des animaux d'or, il entend dans sa tête les mots « fontaine de jouvence » et cela lui fait du bien), puis il descend à la cuisine où de la même manière distraite mais précise il tapote la pyramide de fruits installée au milieu de la table de marbre, ensuite il traverse le living-room, ouvre très rapidement le bar, boit une rasade à même la bouteille, il ne lui reste plus alors qu'à faire le tour de la piscine, après quoi il peut s'en retourner à son bureau.

Pourquoi fait-il cela ? Une lubie sans doute. « I have to touch base », a-t-il dit en riant à Will, son associé.

Mais cette fois il a été retardé à cause d'une affaire véreuse avec l'un de leurs fournisseurs, il a été retardé et puis il a traîné, et maintenant les filles sont là, or il n'a pas terminé sa promenade privée, il lui reste encore le tour de la piscine à faire. Il ne peut pas repartir sans accomplir cette dernière partie du rite, mais s'il l'accomplit, ce ne sera pas le rite puisqu'il sera vu, etc. Dilemme ridicule, mais qui le ramène devant le bar, et cette fois ce n'est pas une rasade, mais plusieurs. Finalement il se laisse tomber sur le canapé, découragé ou soulagé, ce qui est presque la même chose. L'alcool le délivre des choix, il s'abandonne au destin.

Lorsque les filles remontent de la piscine, elles s'étonnent à peine de sa présence. Tania et Liza ont à cet instant un but dans la vie et rien ne saurait les en distraire. Les événements dans la piscine ont pris un tour inattendu, elles ont fini par s'intéresser à leur sœur, et voici ce que cela donne :

— Papa, papa, il faut aller lui acheter des chaussures tout de suite, crient-elles en même temps et sans prendre le temps de dire bonjour.

La perspective d'un achat leur cause toujours une grande excitation. C'est même là une des sources principales de conflit avec Mrs. Berg, qui résiste par principe et ne cède qu'après examen raisonné des besoins. Elle cède rarement. Mais cette fois les sœurs sentent que leur cause est bonne, de plus l'occasion est rêvée : leur père est le maillon faible du couple, dire non lui est par nature difficile, et il aime la dépense lui aussi.

Ce qu'elles ne savent pas, c'est qu'il est en cet instant précis presque incapable de se lever.

— Tout de suite, papa ! Ses pieds ont grandi, si elle marche encore avec les mêmes chaussures, elle va boiter, elle va avoir la colonne vertébrale déformée...

— N'est-ce pas Tricia, disent-elles, n'est-ce pas ?

Tricia, éperdue, terrifiée d'être prise à partie, voudrait bien se cacher derrière son frère Willie, comme elle a coutume de le faire dans les circonstances difficiles, mais il n'est pas là.

— Oui, murmure-t-elle.

— Tu vois, crient les deux autres.

Les jumelles ne lâcheront pas prise, sans doute ont-elles vu une émission sur la croissance des enfants à la télévision, elles se sentent sûres de leur compétence et du coup pleines de sollicitude pour leur jeune sœur.

— C'est urgent, papa, vraiment urgent. Déjà qu'elle a une cicatrice !

La cicatrice du feu, l'accident de voiture, la visite chez le grand pédiatre... Mr. Berg sent la tête lui tourner.

— Qu'elle mette les chaussures de sa mère, dit-il faiblement.

— Mais maman n'a que des talons hauts ! répondent aussi les deux harpies.

— Alors qu'elle mette les vôtres !

— Mais elles sont trop petites, sinon on les lui donnerait !

Elles sont sincèrement indignées. Est-il possible que, dans cette famille, leur famille, on contrevienne aux valeurs enseignées par la télévision, aux valeurs fondamentales de l'Amérique ?

Les chaussures de ses sœurs ne vont pas à Beauty, ni celles de sa mère. Mr. Berg se sent acculé. Une idée lui vient, qui va le sauver, il en est absolument sûr. Ah, s'il avait su être aussi malin dans l'affaire véreuse avec le fournisseur ! Mais il le sera désormais, il le sera.

— Eh bien, qu'elle mette les miennes, dit-il.

Mauvaise idée.

Aussitôt les sœurs le renversent dans le canapé, s'attaquent à ses lacets, le père fait semblant de se défendre, il bat des bras à tous vents, puis il se laisse brusquement aller en arrière, il abandonne toute lutte, c'est qu'il sent qu'il va se trouver mal. Une sensation déplaisante qu'il commence à connaître l'envahit, il lui semble entendre des gargouillis dans le côté gauche de son poumon, il rassemble ses forces et hurle « stop ».

Trop tard. Les deux sœurs ont les chaussures en main. Il ferme les yeux, il se promet de ne boire que des cocktails de fruits ce soir au club, il se promet de retourner courir le lendemain avec son associé William Fowley, il hait son angoisse, il voudrait sa femme.

Elle arrive.

Qu'elle est belle, sa femme, sa reine ! Ah, pourquoi faut-il que les hommes aient des filles, pourquoi faut-il que les femmes aient des enfants, s'il pouvait à l'instant même agripper ses seins et laisser choir sa tête sur son épaule et tomber avec elle sur le grand tapis souple, et s'envoler pardessus tout ce qui grouille là au sol, dans son appartement, dans son living-room, où il a promis de ne jamais laisser traîner ses chaussures, pour que les enfants ne se mettent pas à l'imiter, pour que le beau palais d'amour de leur couple ne devienne pas une vulgaire zapatería comme il y en a plein les rues pauvres de Miami, il a promis, mais maintenant que lui dire, à sa femme, sa reine ?

Ses chaussures sont au milieu de la pièce, sur le tapis blanc, entre les canapés de cuir blanc, de grosses chaussures d'homme posées là comme deux cancrelats bourrés de mauvaises intentions, et sur les accoudoirs des fauteuils il y a les baskets de Beauty, avec leurs lacets sortis de leurs œillets et prêts à mordre la peau blanche des fauteuils...

— Qu'est-ce qui se passe ? dit Mrs. Berg.

Les sœurs sont pétrifiées. Le père se sent rapetisser. Comment faire pour rester un homme lorsque l'épouse parle ainsi ? Il sait bien qu'elle s'adresse aux enfants, il sait bien qu'il est toujours son mari, qu'elle l'accueillera ce soir entre ses cuisses, qu'elle sera douce pour lui, mais comment se fait-il que ce savoir se mette à trembloter lorsque les enfants sont là et que leur mère les gronde ?

Et puis comment expliquer sa désertion du bureau, et son haleine alcoolisée, et son attitude affalée, toutes ces choses si peu dignes d'un mari américain ?

Beauty est assise sur le fauteuil, ses longues jambes grêles étendues devant elle, les deux sœurs sont à ses pieds, de part et d'autre, elles étaient prêtes à chausser la fillette des grandes chaussures de son père, mais elles n'osent plus. Et comme chaque fois que leur mère leur a fait peur, elles se rebiffent, l'une se plaint qu'elle n'a pas la tenue de majorette qu'il faut pour le prochain défilé, l'autre veut qu'on l'emmène aussitôt acheter un sac pour la sortie de camping prévue par l'école, la mère dit qu'il y a déjà tout cela dans la maison, dans les placards, il suffit de les ouvrir, de chercher un peu, les filles disent que tout cela date des dinosaures, qu'il faut évoluer, qu'elles vont avoir honte, le père se lève sans bruit et s'en va négligemment vers la porte.

Il a hâte d'être de l'autre côté de la cloison, il a hâte d'être de l'autre côté de la maison, vraiment il ne se sent pas bien, il pense que tondre la pelouse lui fera du bien, puisque son tour solitaire de la piscine est condamné. Il s'éclipse.

Il oublie de remettre ses chaussures.

Les chaussures de Mr. Berg, oubliées, restent au milieu de la pièce.

Avant de filer dans le jardin, Mr. Berg est passé par la cuisine, car il lui faut prendre des forces avant de tondre la pelouse.

La cuisine de la maison de Miami possède de grandes baies lumineuses, et c'est tout ce qu'on y voit d'abord : la lumière. Ce qui est utilitaire est escamoté, pas une casserole en vue, personne ne pourrait deviner où se trouvent le réfrigérateur, le four, les placards. Mrs. Berg l'a voulu ainsi lorsqu'elle s'est mariée. Une cuisine aux entrailles invisibles, belle et fraîche comme les jeunes filles des publicités pour pâte dentifrice. Cependant la mère de Beauty, contrairement à la maman de Robin, est une excellente cuisinière.

Il faut la voir pénétrer en ce lieu apparemment lisse et vide. Elle appuie sur un bouton ici, sur un autre là, aussitôt des portes coulissent, des plaques surgissent, des diodes se mettent à clignoter, des compte-minutes entrent en action, elle-même est en activité au milieu d'une armada d'appareils ménagers et bientôt de ce lieu magique sortiront les chilis, les paellas, les salades savantes qui impressionneront le jeune Robin lorsqu'il sera invité à les consommer, sous l'immense parasol rouge devant la piscine, à l'ombre des palmiers et des bougainvillées, près du père de Beauty et des sœurs de Beauty, au moment de sa grande visite transatlantique, quelques années plus tard.

Puis aussitôt le repas terminé, les portes dans la cuisine coulissent en sens inverse, les plaques se rentrent, les fours s'autonettoient, les diodes s'éteignent, les compteurs rengainent leurs cadrans, le vide-ordures avale les détritus, et la lumière reprend possession des lieux sur les vastes surfaces lisses conçues pour l'accueillir. Les plats ont jailli et disparu sans laisser de traces, la boîte magique se referme, ne reste que la lumière. Cela aussi impressionnera Robin.

Il dira que la cuisine est plus grande que le salon de sa maman, que le parasol est plus grand que la cuisine de sa maman, et qu'il y a plus de lumière et de ciel et de soleil en cet instant sous les palmiers et les bougainvillées qu'il n'y en a dans toute la rue et à vrai dire tout le quartier de sa maman. Il dira aussi que celle-ci ne sait guère cuisiner que les pizzas toutes prêtes de l'italien du coin. Mais il dira cela avec tant de bonne humeur que les parents de Beauty se feront une tout autre idée de la maman de Robin. Par la grâce de Robin, ils auront le sentiment que cette maman d'au-delà de l'océan est digne d'eux et leur est peut-être même supérieure, puisque sans qualités apparentes et nettement descriptibles, elle a pu insuffler en Robin cette exubérance joyeuse qui s'épanouit si magnifiquement en leur compagnie sous le ciel de Miami.

Robin aura oublié la conversation de madame Carel avec son amie Rangoona au téléphone un soir à New York et le trou noir qui s'était ouvert en lui et ses sanglots. « Pourquoi tu as dit cela, la vie ? Ça me fait penser à la fin de ma vie, la mienne, la tienne, toute la vie, ça me fait pleurer... »

Là, devant la façade blanche de la maison de Beauty à Miami, il éprouvera une effervescence. Il sera enthousiaste avec vigueur et sincérité. Les parents de Beauty aimeront cela. Ils auront eu des déceptions avec les copains de leurs filles. Bill (l'ami de Liza) était trop doucereux, on ne savait ce qu'il pensait (on l'a su par la suite) et Willie, le fils de Fowley, était trop excité, toujours à brasser des rêves (maintenant il est loin, on ne sait ce qu'il devient), et les autres ne valaient guère mieux. Comme Robin est simple et positif ! C'est un vrai **Américain**, se diront-ils, ce qu'il faudrait à Beauty et à ce pays.

Se seront-ils trompés ? En cet instant de la grande visite de Robin, certainement pas et la suite n'appartient pas à cette histoire.

Le père de Beauty est dans la cuisine, il mange.

Dans cette cuisine apparemment vide, il y a cependant quelque chose. Ce quelque chose, la mère de Beauty n'a pas réussi à l'éliminer. C'est posé au centre de la table, c'est énorme et débordant de couleurs. La base en est un compotier. Le corps principal s'élève haut. Le compotier est chargé de fruits. Les fruits font une pyramide expertement construite quant aux formes et magnifiquement agencée quant aux couleurs.

Car Mr. Berg aime les couleurs. Ce n'est pas lui qui a voulu un salon tout blanc et une cuisine toute en lumière. Il trouve que cela fait clinique. Mrs. Berg, qui par son travail a justement l'occasion de visiter de nombreuses cliniques, lui dit qu'il ne connaît rien à la philosophie de ces lieux. Dans les cliniques, on cherche justement à introduire beaucoup de couleurs pour égayer les malades.

Blanc, couleurs, curieusement le noir échappe à cette querelle de couple. Beauty ne portera que du noir, Robin s'en agacera, et Beauty s'agacera de cet agacement, mais ils ne chercheront pas l'origine de ce goût exclusif de Beauty pour le noir, ils auront bien autre chose à faire, et d'ailleurs ce goût ne devra peut-être rien aux parents de Beauty, aura peut-être des justifications beaucoup plus élevées, qui relèveront de domaines aussi complexes que l'art et la beauté abstraite, comme on le verra plus tard, mais n'anticipons pas.

Donc Mr. Berg trois fois par semaine fait envoyer de son entreprise d'import-export les fruits qui ornent le compotier. Il a même, en cachette de sa femme, loué les services d'une jeune Japonaise spécialiste en compositions florales, qui vient le jour de la livraison choisir parmi les deux ou trois cageots les fruits les plus admirables et les arrange dans le compotier. Cela se passe aux heures où Mrs. Berg est à son centre d'aide sociale. Les voisins feront des allusions, cela créera des tensions, mais Mr. Berg préférera cacher son secret jusqu'au bout.

Le compotier surmonté de sa splendide pyramide de fruits est en quelque sorte le jardin privé de Mr. Berg. Lorsqu'il a un souci, il s'y rend. Dans ce genre de jardin, on ne se promène pas, on contemple. Et puis on mange. C'est ainsi que Mr. Berg est devenu corpulent.

Après avoir décortiqué une mangue et pris d'assaut la carapace d'un ananas, il s'en va tondre la pelouse, faisant ronfler bien fort le moteur pour ne pas entendre les criailleries qui viennent du living-room.

À peine est-il sorti qu'un petit mouvement se produit sous la table. C'est Tricia qui ose enfin sortir de sa cachette. Elle tremble. Si Tricia est si souvent fourrée chez les Berg, c'est pour échapper aux querelles qui agitent sa propre maison. Car Mr. Fowley n'est pas content de ses enfants, ni Willie ni Tricia ne répondent aux ambitions qu'il nourrit pour eux. Chez les Berg, tout est plus calme et plus gai. Mais maintenant voici qu'ici aussi, dans cette famille qui lui a toujours servi de refuge, il y a tempête. Pauvre

Tricia, que va-t-elle faire désormais ? Elle fera ce qu'elle a toujours fait. Elle achètera une autre plante pour sa collection de plantes vertes, une collection de tout petits pots qui ne cesse de s'étendre et gagne de plus en plus sur ses étagères. Elle se sauve sans dire au revoir, elle va acheter sa petite plante, son réconfort.

Or, pendant que ses deux sœurs et sa mère se chamaillent, Beauty ne bouge pas.

Elle garde ses longues jambes nues étendues devant elle, ne les relève pas, les querelleuses sont obligées de les franchir comme un obstacle, elles ne s'en rendent même pas compte.

La querelle a changé de motif, une question de coiffure maintenant, la mère contourne les jambes, les deux sœurs sautent par-dessus, elles sont violentes, ces jeunes filles, et plus aussi jolies qu'en leur petite enfance, elles se sont mises à grossir, elles sont devenues volumineuses, cela les rend hargneuses et toujours insatisfaites. Elles réclament toujours un vêtement neuf ou un autre, mais sitôt acquis l'objet désiré, elles en sont dégoûtées, puisqu'il ne les a pas transformées en princesse Barbie. Les vêtements abandonnés s'accumulent dans les penderies, sous les lits, « la fortune d'un milliardaire n'y suffirait pas », dit la mère. Certains n'ont même pas le temps de voir le jour, ils disparaissent aussitôt avec leur sac d'origine dans la poubelle, pas dans la poubelle de la maison, les sœurs ne manquent pas de ruse, mais au coin de la rue dans la poubelle toujours à demi vide d'un vieux monsieur célibataire et qui sait fermer les yeux, Mr. Gordon Smith Durand DaSilva. Les sœurs achètent, grossissent, jettent, achètent encore, la mère remonte, résiste, cède, remonte encore, le père se tait ou disparaît. Ces querelles de femmes ne sont pas son affaire.

De façon générale les querelles ne sont pas son affaire. Crier comme un chien, c'est fatigant, et surtout c'est ridicule. Il évite soigneusement toute situation qui pourrait le pousser à de telles extrémités. Il fait cela sans effort. C'est une disposition qui lui est naturelle, comme son élégance.

Dans le salon, Mrs. Berg et les deux aînées se bagarrent. Dans le jardin, Mr. Berg tond la pelouse. Beauty n'est plus là. Elle a disparu.

Quelque chose a disparu avec elle du salon.

Beauty prépare un coup. Elle s'en va sur ses chemins, comme le chat solitaire de Kipling. Certains diront qu'elle est sur la mauvaise pente. En tout cas, rien à faire pour l'arrêter. C'est une enfant têtue.

— Où sont mes chaussures ? hurle le père de Beauty quelques jours plus tard à travers toute la maison.

Le même jour un peu plus tard un cri semblable venu d'une autre partie de la ville semble lui faire écho.

— Enlève ces chaussures, hurle la maîtresse de Beauty à l'école.

Dans la maison, les chaussures ne se retrouvent pas.

Mr. Berg n'aime pas les querelles. Il sait en général les éviter. Mais cette fois, il est hors de lui et il crie.

C'est un homme coquet, il était très fier de cette paire de chaussures, qu'il avait montrées aussitôt à ses filles le jour même de l'achat. Il s'en souvient, car c'était aussi le jour de la mauvaise affaire avec le fournisseur véreux, la mauvaise affaire expliquant d'ailleurs l'achat. De fines chaussures d'homme, venues d'Europe, qu'il a payées très cher. Il n'a pas osé les montrer à sa femme, mais il est à peu près sûr de les avoir montrées à ses filles.

Ou peut-être à quelqu'un d'autre.

Peut-être était-ce finalement à la jeune artiste japonaise, spécialiste des arrangements floraux et pour lui des arrangements de fruits. Aussitôt il se sent mal. Oui, ce doit être à Kim qu'il a montré ses chaussures, et c'est en les lui montrant qu'il les a perdues.

— Quelles chaussures ? répond sa femme de son bureau à l'autre bout de la maison.

— Rien, crie-t-il aussitôt, je les ai retrouvées.

Quel pétrin ! Le voici pieds et poings liés. Il n'osera en parler à personne, ni à sa femme, ni à ses filles, ni à Kim, que cela ne pourrait que blesser terriblement (et alors elle ne viendrait plus), ni à son associé et ami, le très puritain Will, qui a horreur des histoires troubles.

Mais qui dit que c'est une histoire trouble ? Voilà bien une idée qu'il vaut mieux noyer tout de suite à l'alcool, l'alcool tue les microbes, utilisé modérément c'est un médicament.

Insatisfait cependant, il descend à la cuisine, se plante devant la pyramide de fruits. Les fruits se rétractent sous son regard courroucé, c'est eux qui vont payer, ils le pressentent, « voilà ce qui arrive quand on est trop glorieux, semblent-ils se dire entre eux, on attire le mauvais œil, vite ratatinons-nous ». Mr. Berg perçoit cette mauvaise volonté des fruits, les contours de la pyramide deviennent flous, semblent vaciller. Il lève alors le bras et exécute à la file un kiwi, une banane et une mangue. Aussitôt il a des crampes d'estomac. Pour faire passer les crampes d'estomac, il reprend un peu d'alcool.

« Il y a eu des choses terribles dans notre famille », dira Beauty à Robin, quelques années plus tard. Et la première fois Robin écoutera avec beaucoup d'attention.

— Non, répond Beauty à la maîtresse.
— Comment ça, non ? dit la maîtresse.
— Je ne veux pas marcher pieds nus, dit Beauty.
— Je ne t'ai pas dit de marcher pieds nus, dit la maîtresse qui sent qu'elle s'enlise.

Elle sent aussi en elle le désir de battre cette enfant déroutante. Jamais aucun enfant ne l'a contrariée à ce point. Les autres élèves regardent, intéressés.

— Écoute, reprend-elle plus doucement, mais son cœur est plein de rage, tu vois bien que ces souliers sont ridicules pour toi. N'est-ce pas, les enfants, que ces souliers sont ridicules ?

Les élèves hochent diversement la tête.

L'un d'eux s'écrie :

— Ce sont les souliers de son père.
— Oui, je vois bien que ce sont les souliers de son père, s'exclame la maîtresse, énervée.

Soudain quelque chose la frappe.

— Les souliers de ton père ? Tu les lui as volés ?

(Convoquer le père, se dit-elle en elle-même, le père, et surtout pas la mère cette fois. Trouver le numéro de téléphone du père à son travail. Lui passer un savon. Ah, ces gens riches ici qui se croient tout permis, même de se laisser voler leurs chaussures par leurs mômes.) La maîtresse est d'origine cubaine, son père n'aurait jamais toléré pareille ânerie. Convoquer le père au plus vite. Mais que dit la gosse maintenant ?

— C'est lui qui m'a dit de les mettre.

— Ah, il t'a dit de mettre ses chaussures ? Tu t'imagines que je peux croire ça ?

— Il m'a dit de les mettre parce que mes pieds sont trop grands.

— C'est parce qu'elle n'est pas normale, crient aussitôt les élèves.

La maîtresse va mal. Cette histoire de souliers lui tourne la tête.

— Mais enfin, crie-t-elle, perdant momentanément contrôle, tu ne peux pas mettre des chaussures de petite fille, des sneakers de gosse, comme tout le monde ?

— Je ne suis pas comme tout le monde, dit la fillette avec dignité. Ma bouche est trop grande et mes pieds sont trop grands.

— Mets les chaussures de ta mère alors !

— Ma mère ne porte que des talons hauts.

La maîtresse sent bien que quelque chose ne va pas dans ce raisonnement. Mais la phrase des élèves lui a brouillé l'esprit. « Pas normale. » Elle se sent en terrain dangereux. « Pas normale. »

— Ton père est d'accord, alors ?

— Oui, dit Beauty.

— À vos tables, crie la maîtresse.

Incident clos. On ne convoque personne. On est en Amérique, chacun a le droit de s'habiller comme il le veut. Pas de remarque là-dessus.

Les autres enfants respectent Beauty pour sa détermination. Mais ils ne jouent pas avec elle. D'ailleurs les jeux collectifs ne l'attirent pas. Les membres mêlés, les cris, tout un désordre fatigant et surtout ridicule ! Sur ce point, elle ressemble à son père, elle a les mêmes aversions.

Si Willie Fowley était là, ce serait différent. Willie non plus n'aime pas les jeux, il reste à ses côtés pendant qu'elle marche, et il parle. Ses discours sont insensés, remplis de noms d'acteurs et de films qu'elle ne connaît pas, mais cela ne la dérange pas. Elle n'écoute pas vraiment. C'est ainsi qu'ils sont ensemble et ils se sont toujours bien entendus. Hélas ! Willie n'est pas dans son école, il est avec sa sœur dans celle de Liza et Tania.

Beauty se plaît dans ses souliers.

Elle a le sentiment d'avoir réussi un coup, même si elle ne sait pas trop de quoi il retourne. En effet elle a plutôt du remords d'avoir privé son père de ses souliers et d'avoir irrité sa maîtresse.

Elle ne serait pas capable de dire pourquoi c'est un bon coup, mais elle en est intimement sûre.

Elle a le sentiment d'être sur un chemin, voilà, et ce sentiment, lorsqu'on l'éprouve et si obscur qu'il soit, est toujours très fort et peut conduire très loin.

Dans la cour de l'école, elle marche de long en large, toute seule, sur ses drôles de chaussures, qui la singularisent encore plus, qui lui font les pieds encore plus grands et les jambes encore plus grêles, et qui semblent l'isoler du sol. Elle marche comme un héron solitaire. Elle regarde le ciel. Le ciel lui rappelle quelque chose qu'elle a aimé, à quoi elle aspire. Elle ne sait pas ce que c'est, c'est enfoui loin en elle. La petite sirène qu'a détectée un jour le vieux voisin Mr. Gordon Smith Durand DaSilva ne s'est pas encore mise à nager dans ses eaux secrètes. Le ciel se révèle toujours décevant.

Beauty se plaît dans ses chaussures. Mais il n'empêche, elle s'ennuie.

9

LES SOULIERS DE ROBIN

À New York, à côté de chez Robin, il y a un magasin de chaussures pour enfants. Sur Broadway, naturellement.

Ce magasin joue un grand rôle dans la vie de madame Carel et de Robin. Lorsqu'ils y sont entrés la première fois, intimidés tous les deux, le vendeur leur a désigné deux chaises, puis sans leur poser aucune question, est allé chercher un objet qu'il a déposé aux pieds de Robin.

Sur cet objet on voit une ligne noire graduée. Les chiffres sont dorés. Robin et sa maman regardent l'objet avec beaucoup de curiosité. Avec une sûreté de chirurgien, le vendeur fait descendre le siège sur lequel est assis Robin, amène son pied sur l'appareil, l'y installe, ajuste une tirette, ajuste ses lunettes, puis sort de l'appareil une empreinte très nette, une empreinte absolument magistrale.

C'est l'empreinte du pied de Robin.

Robin est très ému. Il regarde la feuille qui porte témoignage de son existence, il aimerait pouvoir s'en emparer pour la ressortir plus tard et la contempler seul, en toute tranquillité. Il sent qu'il vient de se passer quelque chose d'important dans sa vie, un événement qui demanderait du recueillement et de la solennité, mais il doit se tromper car personne ne semble s'en rendre compte, le magasin continue sur son train-train, Broadway roule son flot habituel, non rien de spécial ne se passe.

Il en est souvent ainsi dans la vie des enfants, il leur faut sans arrêt reprendre le train des choses, ils n'ont le temps de rien, c'est pour cela qu'il leur arrive parfois d'être si fatigués, de tomber dans des trous noirs de fatigue, et ils ne peuvent alors que sucer leur pouce, l'œil éteint.

Robin aurait bien aimé regarder plus longtemps la feuille portant l'empreinte de son pied, mais on n'en est déjà plus là. Et finalement ce qui suit est tout aussi passionnant.

Le vendeur pose des questions, des questions qui ne sont pas celles auxquelles s'étaient préparés les deux acheteurs potentiels (Robin avait en effet fait réviser à sa maman les formules nécessaires à toute tractation dans un magasin de chaussures américain). Ce que le vendeur veut savoir, c'est l'âge de Robin, ses goûts en matière de couleurs et de sport, ses maladies antérieures ayant pu affecter la voûte plantaire, le cou-de-pied, le mollet et l'équilibre général. Il mène cet interrogatoire avec tant de sérieux et d'intérêt que madame Carel ne s'offusque pas. Ses souvenirs d'histoire européenne font qu'elle se méfie en général des interrogatoires, mais en ce cas, on sent que le vendeur est de leur côté.

Quant à Robin, il est content de se voir ainsi pris en considération. Il ne s'agit bien sûr que de ses pieds, mais s'il ne connaît pas la synecdoque, cette figure de rhétorique par laquelle la partie en vient à désigner le tout, il en éprouve les effets. En cet instant par ses pieds, il découvre que non seulement il existe dans la société, mais qu'il y a des droits et que cette société dans le même temps lui dévoile ces droits et les lui accorde.

Il lâche la main de la maman, il se redresse et répond avec clarté et précision.

Pour les pantoufles il aime le rouge, pour les souliers de classe il préfère le bleu foncé, et pour le sport il souhaite les chaussures les plus vivement colorées, avec des lacets et une semelle bien rebondissante. Il a parfois mal aux mollets quand il a trop couru et il a les pieds un peu plats mais ce n'est pas la maladie des pieds plats. Dans l'ensemble il veut des souliers comme ceux de son copain Brad, qui est aussi client du magasin. Le vendeur note tout cela, puis disparaît.

Il revient avec plusieurs boîtes.

Dans la première, les pantoufles rouges, en cuir.

— Tu as le cou-de-pied fort, dit-il, je t'ai donc pris celles qui ont un triangle élastique, là de chaque côté de la languette.

Robin approuve, il est content d'apprendre qu'il a le cou-de-pied fort. Il essaye les pantoufles, elles vont.

Deuxième boîte : les souliers de classe.

— Je t'ai pris les mêmes que ceux de Brad, mais je te donne une demi-pointure de plus que ta taille, car tes orteils sont assez longs. Je vois que tu regardes avec inquiétude le bout de la chaussure. En effet elle est différente de celle de Brad sur ce point. Je te donne une paire qui est renforcée à l'empeigne devant, car je vois à tes anciennes chaussures que tu uses par là. Tu dois taper beaucoup dans le ballon.

Robin acquiesce.

— À Brad, je donne la même paire mais avec la

semelle renforcée derrière, car c'est par là qu'il use. Il traîne les pieds, n'est-ce pas ?

Robin, médusé par la science du vendeur, abandonne son inquiétude concernant le bout différent.

Il essaye les chaussures de classe, elles vont.

La troisième boîte est le feu d'artifice. Ce sont des chaussures de sport à vous tourner la tête, tant elles sont belles. Il voit les trous pour l'air, la triple épaisseur sous les talons, les renforts côtelés comme une armure, les couleurs semblables à celles d'une oriflamme, les lacets qui montent haut, haut. Robin est foudroyé de plaisir.

Il fait à peine attention à la dernière paire apportée par le vendeur.

— En hiver il neige beaucoup ici, et la neige devient de la boue, il te faut des bottes qui tiennent chaud et soient étanches, tout en permettant au pied de respirer.

Le vendeur note les pointures des quatre paires sur la fiche, leurs signes distinctifs, leur couleur, leur marque.

Il empile les quatre boîtes les unes sur les autres, les fait glisser dans un vaste sac à poignées transformables en bandoulière (« ça te fera un sac de sport », dit-il), y ajoute quatre ballons en baudruche et quatre bâtons de friandise, puis il se tourne vers madame Carel :

— Le voilà paré, miss, et je puis vous assurer que ses pieds se développeront harmonieusement et qu'il n'aura aucun problème de colonne vertébrale. Nous vous enverrons la facture. Bye bye kid et dis hello à Brad de ma part.

Les voilà derechef dehors, sur Broadway.

Madame Carel n'a pas eu le temps de prononcer une parole.

Robin porte le sac serré à deux bras devant lui, contre son ventre. Quand il se sentira un peu habitué, il tirera la bandoulière et portera le tout par-dessus l'épaule. Pour l'instant il veut avoir ses nouvelles possessions devant, sous ses yeux. D'une manière ou d'une autre, le sac paraît quasiment plus grand que lui. Quatre paires !

Madame Carel finit par murmurer :

— Mais on ne voulait que se renseigner.

Robin ne dit rien.

— Et on n'était venu que pour une paire.

Robin ne dit rien.

— Et on ne sait même pas combien ça coûte.

Robin serre son sac contre lui. Broadway peut être le lieu de tous les désastres, il le sent bien. Il y a ce mendiant qu'il a dû repousser à coups imaginaires de batte de base-ball, il y a cette clocharde affalée sur le banc du terre-plein et qui se dresse parfois, toute droite avec ses cheveux de Méduse, il y a le voleur invisible, recruteur de la pauvreté, et maintenant il y a ce vendeur tapi dans le magasin de chaussures qui se saisit sournoisement des passants sans défense pour les étouffer de ses factures. Cependant rien n'est clair, il sucerait volontiers son pouce, mais il lui faut ses deux mains pour tenir le sac. Le sac, pas question de le lâcher. Il continue de marcher, horriblement fatigué, mais l'oreille aux aguets.

Or les mamans sont des êtres surprenants. Que dit-elle maintenant ? Elle dit « c'est formidable ».

— Quoi ? dit Robin.

— Vraiment c'est formidable, dit madame Carel. Tu as vu, je n'ai même pas eu besoin de leur dire ta pointure. Comment est-ce qu'on peut vraiment savoir la pointure d'un enfant, puisque justement il n'arrête pas d'en changer ? Et puis, on oublie ou on mélange. La taille des vêtements, celle des cols de chemise, des ceintures, des slips, la température en Fahrenheit, le numéro de carnet de chèques, le numéro de téléphone, ça fait trop de chiffres, tu comprends ?

— Oui, dit Robin.

— Mais ici, ils ont un instrument qui donne la pointure exacte au moment voulu et ils ont ta fiche, c'est sérieux, c'est vraiment sérieux. On peut se reposer sur eux, pas besoin de se faire du souci, de réfléchir. On sait même à quelle date il faut revenir, c'est comme chez le médecin, je suis contente, très contente.

— Oui, dit Robin, dont la vie s'éclaire.

— Et tu es paré. Tu as tout ce qu'il te faut et en plus tout ce qui te plaît.

— Oui, dit Robin, dont la fatigue s'est envolée, qui se sent prêt à gambader.

— Quand j'étais petite, on a dû me faire des souliers avec une semelle découpée dans du bois, c'était la guerre, et après il y a eu l'après-guerre et ce n'était pas beaucoup plus marrant.

Robin n'écoute plus que de loin.

Que Broadway est gai et animé ! Il balance son sac sur l'épaule, comme le vendeur l'avait suggéré, regarde avec intérêt les gens et les vitrines. Sa maman a raison, tout ici est plus marrant que là-bas. Voici un monsieur qui porte une radio énorme sur l'épaule, la radio fait un énorme bruit, et le monsieur chante à tue-tête en remuant ses fesses parsemées des étoiles blanches du drapeau américain.

Voici un autre monsieur qui porte à la manière d'un fusil un long balai sur le manche duquel sont enfilées par leur anse une série de bouilloires en cuivre rouge, la plus grosse est contre la poitrine du monsieur et la plus petite, à peine plus grosse qu'une clochette, tintinnabule tout en haut du manche à balai, lequel est surmonté d'un fanion sur lequel Robin en se tortillant un peu déchiffre le mot mystérieux de « Zabar's ». Et pas même le temps de demander à sa maman ce que cela signifie, car voici maintenant la boutique de Baskin Robin, qui offre les meilleures glaces du monde.

C'est en quelque sorte le genre de glace qu'on n'a pas le droit de refuser lorsqu'on en trouve sur son chemin, même la maman sent cela.

Pas l'ombre d'une discussion. Tous deux glissent naturellement devant le comptoir aux merveilleuses couleurs de boîte de peinture, et les deux cornets s'élèvent naturellement de derrière le comptoir, et redescendent vers eux, chargés à en déborder, gros comme des fruits, éclatants comme des fleurs, et mille fois meilleurs. C'est comme s'ils passaient en pirogue devant un grand navire plein d'abondance posté là spécialement pour eux.

— Tu te rappelles... dit la maman.

La maman de Robin dit souvent « tu te rappelles... » ou « je me rappelle... » Robin aime bien écouter ces souvenirs, en même temps cela lui cause de l'inquiétude.

Ce n'est pas comme les livres qu'on lui lit le soir et qui racontent souvent des choses troublantes, effrayantes même. Cependant ces choses sont contenues dans le livre et lorsqu'on ferme le livre elles se taisent, elles n'ont plus de voix pour se pousser devant vous et agiter leurs horreurs grandes ou menues. Elles se ratatinent. Elles ne pourront recommencer à exister que lorsque Robin le voudra bien. Sur ce point Robin domine bien les situations. Si le livre fait peur, hop il le referme et passe vite à autre chose, les Lego, les maquettes et si vraiment le livre est très perturbant, un bon coup de ballon sur le trottoir en bas. Robin n'est pas un garçon à traîner sur la moquette de sa chambre à ravasser des idées bizarres.

Avec les souvenirs de madame Carel, il en va autrement. D'abord aucune des autres mamans qu'il connaît ici, à New York, n'utilise ainsi l'expression « je me rappelle... » La seule maman française de son entourage, une femme costaud et véhémente, n'a pour sujet de conversation que ses disputes avec sa fille Émilie, qui menace de devenir aussi redoutable qu'elle. Quant aux autres mamans, américaines exclusivement, si parfois elles disent « je me rappelle... », l'impression produite est entièrement différente. Leurs souvenirs ressemblent exactement au présent, ce ne sont que des anecdotes qui pourraient tout aussi bien se produire maintenant. On entre dans ces souvenirs-là de plain-pied, sans trébucher.

Mais pour entrer dans les souvenirs de madame Carel, il semble qu'il faille presque se transformer soi-même. On sent une sourde rotation de l'être, des portes, des couloirs obscurs s'ouvrent très loin en soi, là où on n'a pas accès, et la réalité autour change. Elle devient mince comme une feuille de papier, ressemble à un dessin sur une feuille de papier. Soudain rien n'est normal.

Et voilà ce que n'a pas compris l'instituteur à

l'école des Nations unies, voilà pourquoi le but avoué d'un petit garçon comme Robin est la normalité. C'est qu'avec madame Carel, la normalité vacille toujours, et comme c'est sa maman, il est sensible à ces vacillements, très très sensible, la normalité ne lui est pas donnée, il sent qu'il lui faut la conquérir et reconquérir toujours.

— Tu te rappelles, dit madame Carel, cette pâtisserie près de chez ta grand-mère, où je t'avais emmené un jour, parce que ta grand-mère nous reprochait d'être devenus américains, et que cela nous avait rendus malheureux. C'était comme une grotte sombre, qu'il fallait traverser pour arriver jusqu'à la vitrine au fond, derrière laquelle il y avait les gâteaux. Nous ne connaissions pas le nom des gâteaux, nous n'avons pas osé demander, nous avons montré du doigt au hasard, et montrer du doigt cela paraissait grossier, nous aurions voulu partir vite avec le butin, mais la dame nous a mis les gâteaux sur un plateau, a mis le plateau sur une table, et nous avons dû nous asseoir. On n'arrivait pas à utiliser les petites fourchettes comme il fallait, et les gâteaux s'écrasaient, on avait l'impression d'être des barbares, de saccager une œuvre d'art. Il y avait des miroirs au mur, mais ils semblaient seulement multiplier la pénombre. La dame nous regardait manger... Tu te rappelles ?
— Yes, mummy, dit Robin.
Il se rappelle, un peu.
Peut-être est-ce toute la France et l'Europe qui sont pour lui cette grotte obscure aux règles de vie compliquées, peu faites pour les petits garçons impétueux et les mamans révoltées, où le gâteau de la vie

pour ainsi dire doit se déguster avec précaution et culpabilité, où on ne peut remuer ses jambes sous les chaises aux pieds dorés, où une dame semblable à quelque reine mère de votre livre d'histoire vous observe de derrière le comptoir... Et au fond de cette grotte, loin comme dans un couloir étroit infiniment long, il y a des lueurs d'incendie, des choses terribles, des gens brûlés, la guerre, et une silhouette minuscule qui trébuche sur des semelles de bois attachées avec des ficelles...

Robin a fait repasser son paquet de chaussures sur sa poitrine. Il le serre très fort, si fort qu'il aura les marques de l'arête des boîtes sur son bras.

— Tu veux que je les porte ? demande madame Carel.

Robin secoue la tête. En cet instant, il n'arrive pas à parler, ni en français ni même en anglais. La langue qu'il lui faudrait n'est pas à sa portée. Ce pourrait être celle qu'inventera Anthony Burgess pour le film tiré de *La guerre du feu,* une langue d'hommes préhistoriques serrés en un groupe pathétiquement petit devant la plaine infinie où tombent les pluies et les orages.

— Elle regardait tes sneakers aussi, tu te rappelles ? Peut-être que cela ne lui paraissait pas approprié, des sneakers dans sa pâtisserie pleine de miroirs et de chaises en bois doré. Tu comprends, à son époque les chaussures devaient faire paraître le pied plus petit, et là c'était juste le contraire, tes chaussures faisaient le pied deux fois plus gros, et, exprès, avec fierté. Oui, cela devait lui paraître un affront. Des chaussures aussi voyantes, pleines de reliefs et de sigles incompréhensibles, alors qu'une chaussure distinguée doit présenter un cuir tout lisse. Tes sneakers, c'est comme s'ils lui proclamaient à la figure : « Je suis jeune, j'ai la pêche, j'ai pas honte et je me fous de vous... »

La maman rit. Robin ne rit pas. Il n'arrive plus à suivre.

Il sent bien que dans ce souvenir sa maman est de son côté, mais de façon si excessive que cela en devient gênant. Il ne se reconnaît pas dans cette phrase bizarre, « je suis jeune, j'ai la pêche, j'ai pas honte... »

Dans son esprit se tortille un autre souvenir, du même jour peut-être, en tout cas de la même petite ville de province, chez sa grand-mère. C'est une scène confuse, dont il n'a pas à proprement parler le souvenir, mais qui persiste à le déranger. Il voudrait bien que madame Carel n'en vienne pas à celui-ci, il en a assez maintenant, mais c'est là le défaut de sa maman, elle ne sait pas s'arrêter.

Monsieur Carel aussi évoque souvent des souvenirs, lui aussi semble avoir un passé énorme, comme personne n'en a ici, énorme et étrange, mais il emballe chaque histoire en quelques mots, termine par une phrase de portée générale qui n'engage à rien, et s'en revient bien vite aux occupations courantes. « Tout ça, c'est de l'histoire ancienne », dit-il. Cela convient à Robin, cette façon de procéder. Cela ne le dérange pas pour exister dans ce pays, normalement.

Madame Carel sait s'arrêter pourtant. Un petit coup d'œil en coin sur le visage de Robin et elle se tait. Le souvenir en question est bien là, il a déjà commencé à se déployer dans sa tête, mais elle l'empêchera d'aller plus loin, de déborder vers l'extérieur. Cela, elle sait le faire. En revanche elle n'a pas encore trouvé le moyen d'écraser ce genre de souvenirs dans l'œuf pour ainsi dire. Il faut qu'ils fassent tout leur cirque, et elle doit assister à la représentation jusqu'au bout, exactement comme si elle était liée au poteau. Et ce sont des histrions de première force, ces souvenirs du Vieux Continent, impossible de leur rabattre le caquet.

Un jour la grande épicerie-droguerie de Broadway, Zabar's, a fait toute sa vitrine avec des tapettes à guêpe. Ce magasin a l'art de grandir les objets modestes : on les fait venir en très grand nombre de tous les coins possibles du pays, un étalagiste talentueux les dispose pendant la nuit, et au matin l'objet modeste se dresse en pleine puissance, flamboyant de beauté et de vérité, attirant tous les regards, bientôt une petite foule se forme... Il en a été ainsi avec l'exposition des bouilloires en cuivre rouge. Depuis, les bouilloires ont réintégré un poste moins en vue, elles sont maintenant accrochées au plafond du magasin d'où elles pendent par grappes comme des chandeliers, mais qu'importe, les clients ne les oublient plus...

Madame Carel avait vu les tapettes à guêpe dans la vitrine de Zabar's. Elle en avait éprouvé une sensation très agréable et l'envie immédiate d'en posséder une. Envie déraisonnable, apparemment. Il y a peu de guêpes en ville et, contrairement à ses voisins américains, elle n'a pas à prévoir des séjours à la campagne, dans les Catskills ou à Martha's Vineyard (comme sa voisine Diana de l'étage en dessous, « la princesse juive », dit sans aménité Mr. Rosen, le portier du soir), ou plus modestement dans le Vermont où Adrien, le moniteur du lycée français, les invite toujours de grand cœur (mais Émilie fait la chipie et Robin l'indifférent, et cela tourne misérablement), ou même tout simplement à Long Island (mais les locations sont chères, on ne peut y aller que pour la journée).

Là-dessus tout aussitôt, le désir de tapette à guêpe s'était mué en regret d'une maison de campagne bien à eux, où monsieur Carel et elle pourraient emmener Robin le week-end, pour qu'il puisse jouer au ballon sans entrave, pour qu'il ait une vie saine, comme cela aurait pu se passer s'ils étaient restés dans leur pays natal, où les jeunes couples de leur génération ont déjà des maisons avec des jardins dans lesquels il y a des balançoires et des toboggans, autre cheminement amer de l'esprit... Mais alors pourquoi la sensation agréable, et qui persistait ?

C'est que la tapette convoitée n'était pas pour les guêpes mais pour les scènes qui se jouent toutes seules dans l'esprit, ah comme ce serait bon de brandir le manche et tap, un coup sur le souvenir qui pique, et la route serait libre et le cœur serait léger.

Pas de tapette pour le souvenir.

Le souvenir fait son cinéma, installe sa scène. Rue de province, en France, maisons-bunkers, jardins hauts bien clos, ciel nuageux, rue vide. Une porte s'ouvre. Un jeune couple apparaît, vêtu de survêtements d'une nouvelle sorte, blanc-gris de couleur et mous de tissu, ils sautillent un peu sur place dans leurs volumineuses chaussures de sport, ils vont s'élancer, ils s'élancent. À cet instant derrière eux sort une dame, plus âgée. Elle a l'air inquiet. Bientôt elle a l'air indigné. Puis bouleversé. Elle désigne les maisons alentour, dont les volets sont clos pourtant, elle désigne la ville silencieuse et invisible derrière les hauts murs, le ciel finalement, dans un geste d'effroi. Attend-on un cataclysme ? Incompréhension, mortification... Dans leurs survêtements qui ont la disgrâce de ressembler à des pyjamas et pourraient offenser les voisins (c'est la province, on ne connaît pas encore le jogging, le jeune couple qui vit aux États-Unis fait figure de dangereux précurseur), les deux jeunes gens sautillent plus lentement, cessent de sautiller, rentrent dans la maison. La dame rentre aussi. La porte se referme. Rue vide. Monsieur et madame Carel ce jour-là se sont sentis bien incompris, la grand-mère aussi sans doute, et le bébé Robin (mais tel n'était pas encore son nom), sentant gronder les vents mauvais, a fait une grosse crise de pleurs.

Madame Carel soupire.

— Maman, dit Robin.
— Oui ?
— Je ne les mettrai pas.
— Quoi ?

Il tape sur le sac qui contient ses quatre paires de chaussures. La maman sent son cœur qui se noie. Quatre paires, si chères !

— Tu ne veux pas les mettre ?
— Je les vendrai à Brad.
— Elles ne te plaisent pas ?
— Je lui donnerai un paquet de cartes de base-ball en prime.
— Mais pourquoi ?
— Pour qu'il ne puisse pas refuser.
— Non, pourquoi veux-tu les vendre ?
— Pour payer les factures.

— Les factures ?
— Pour qu'on ne devienne pas pauvres.
— Waoh, dit la maman.

Elle éclate de rire. Elle rit gaiement. C'est exactement ce que voulait Robin.

— Mais niquedouille, dit-elle, tes quatre paires de souliers ce n'est pas ça qui va nous rendre pauvres !

Niquedouille, filipattes, minimec, puce, puceron, sa maman invente toujours de drôles de noms lorsqu'elle s'adresse à lui. Robin pense que c'est l'anglais qui a déstabilisé son usage du langage.

En général il n'aime pas du tout ces surnoms, il en a un, un seul, qu'il a choisi, c'est Robin, il lui en coûte assez de le maintenir contre vents et marées, ce n'est pas pour se laisser submerger de sottises. Bien sûr toutes les mamans ont tendance à ce genre de niaiserie, c'est leur très grand amour pour leur enfant qui leur cause cette déformation, il faut les pardonner.

On tolère, mais on n'aime pas.

— Filipattes, minimec, dit-elle, ce n'est pas une puce comme toi qui va nous faire boire le bouillon !

... Vendre tes chaussures à Brad, non mais quelle idée !

... Je vois d'ici la tête de ses parents !

... Oh là là, wao !

Robin sent qu'il tient le bon bout. Il est content de lui, il en rajoute.

— Je pourrai porter les chaussures de papa, en mettant du coton au bout.

La maman n'en peut plus de rire. Soudain elle s'interrompt.

— Tu sais, je ne t'ai pas dit encore, j'ai obtenu une grosse traduction à faire pour les Nations unies.
— Pour mon école ?
— Non, pas l'école, les Nations unies.

Les Nations unies, c'est la grande paroi de verre qu'on aperçoit plus haut sur East River, lorsqu'on monte sur le toit de l'école pour faire la gymnastique.

C'est là que se trouve le mobile perpétuel qui signale que la vie, toute la vie, peut durer indéfiniment. Il s'y trouve aussi le portrait de Dag Hammarskjöld, que Robin ajouterait volontiers en première place de son panthéon personnel de grands héros si cette place n'était déjà occupée par Batman. Il y a un self-service fabuleux, il y a les copains de monsieur Carel qui ont constitué avec lui l'équipe des Nations unies de football européen et qu'il est amusant de voir se promener là en costume et gravement, il y a de grands couloirs où se rencontre toujours quelque Russe de la section pour lui proposer un verre de vodka, en rigolant et en lui tapant sur l'épaule (Robin n'aime ni la vodka ni la bourrade, mais la proposition le ravit). Il y a en sous-sol, là où travaille Rangoona, toutes sortes de petits objets intéressants à acheter, prévus exprès pour la bourse des enfants. De cet extraordinaire bâtiment, connu du monde entier, viennent aussi les visas qui permettent à Robin et sa famille de vivre en Amérique.

Et surtout, surtout, il s'y trouve le lieu sacré, plus fort que l'Empire State Building, plus fort que tout, la salle du Conseil de sécurité, où les meilleurs de ce monde viennent se rencontrer et se mettre d'accord pour éviter les guerres. Robin l'a visitée avec monsieur Carel, il en a été formidablement impressionné, son cœur s'est gonflé d'amour et de respect pour la splendide institution et son symbole aux rameaux d'olivier.

Les Nations unies, c'est la grande référence, le lieu sacré, la haute autorité, c'est le Bien.

Si la maman a trouvé du travail aux Nations unies, alors la vie est belle. Rien d'autre à dire.

Quatre paires !

Robin se plaît dans ses souliers, Robin se plaît en Amérique.

10

LE VILAIN PETIT CANARD

Toutes ces petites aventures sont peut-être sans importance, sont peut-être très importantes. Les anecdotes, les souvenirs se frôlent, font des petites pelotes qui contribuent à ce grand écheveau embrouillé de l'amour, si on tire sur l'une peut-être tout se défait-il, pas d'histoire d'amour en ce cas, une rencontre fugitive, pas même de rencontre, ou alors rien ne se défait, l'important était ailleurs, là où on ne l'a pas vu, et ce qu'on raconte est une tout autre histoire d'amour. Nul ne peut savoir au juste, le mystère est comme un arc-en-ciel, il ne se laisse pas saisir. Mais il brille très fort et soumet le conteur à sa fascination.

Beauty marche dans la cour de son école.

Elle porte toujours les sobres chaussures noires subtilisées à Mr. Berg. Ces chaussures font pour elle comme des cothurnes de scène, elles l'isolent dans son rêve, et déroulent une sorte de podium invisible à tous. Beauty elle-même ne le voit pas, mais ses intuitions sont fortes, elle se fie à la sirène secrète cachée pour l'instant tout au fond d'elle-même.

Elle ne joue pas, elle ne court pas, elle marche.

La maîtresse qui l'observe remarque cela. Elle en parlera le soir à son copain du moment, Justo, un garçon au métier mal défini et de peu de principes, mais qu'elle aime peut-être justement à cause de cela. La maîtresse de Beauty en a assez des principes, ils étouffent sa vie. Elle a été une petite fille très obéissante, une élève appliquée, une jeune fille sérieuse, elle est maintenant une institutrice très consciencieuse. Son père, immigré cubain de fraîche date, avait des idées précises et très sévères sur l'éducation et l'intégration. « On ne rigole pas avec l'Amérique », lui avait-il dit en brandissant une sorte de jonc qui lui servait parfois de fouet. La maîtresse ne rigole pas avec l'Amérique. Ni par conséquent avec les futurs citoyens américains que sont ses élèves.

— Elle me fait peur, cette fille, a fini par dire Mr. Berg à sa femme.

Il aurait mieux fait de se taire, car Mrs. Berg a été impressionnée par la maîtresse de Beauty. Elle la défend d'autant plus qu'elle s'est sentie en faute le jour fameux de l'entretien : une enseignante si sérieuse, et elle une maman si légère, qui ne pensait qu'à faire l'amour pendant qu'on l'entretenait de son enfant. Elle se sent encore rougir.

— Quand même, elle est raide, a insisté timidement Mr. Berg en avalant un grain de raisin.

Mrs. Berg est montée sur ses grands chevaux. Elle a dit que si tous les instituteurs et institutrices de Miami étaient comme la maîtresse de Beauty, peut-être aurait-elle moins de problèmes, elle, à son centre d'aide sociale.

Sujet difficile pour Mr. Berg. Il s'est empressé de

décortiquer une banane, puis un kiwi. L'avantage de ces fruits, c'est leur peau. Il faut un couteau, il faut une assiette, il faut le vide-ordures, cela occupe les mains et fait jaillir une succession de tintements qui résonnent à ses oreilles comme les encouragements de petits génies protecteurs. Dans sa maison, ce grand homme jovial a besoin de protection. Mrs. Berg est en général celle qui la lui prodigue, généreusement et amoureusement, mais sur ce sujet des problèmes ethniques et économiques des habitants de la ville, elle est intraitable. Elle devient alors toute semblable aux politiciens qu'on entend à la télévision et qui viennent parfois parler au Miami Club. Mr. Berg se sent mal, toujours ce vague malaise du côté du cœur, il lui faut tout de suite des fruits, les amis secrets de son intimité.

En cet instant, il s'avise d'une chose : sa fille aînée, Liza la prêcheuse, tient de sa mère. Il n'avait jamais vu cette ressemblance avant, cela ne lui fait pas plaisir. À la suite il s'avise d'une autre chose : Tania, la rondelette Tania, celle qu'on appelle Fat B à l'école, tient de lui. À cette différence qu'elle préfère les sucreries et les gâteaux aux fruits et au bourbon.

En ce cas, à qui ressemble Beauty ? À personne. Cette pensée lui est d'un grand réconfort soudain.

Il embrasse fougueusement sa femme, qui éclate de rire. « Ah, se dit Mr. Berg, très heureux, non finalement Liza ne lui ressemble pas, Liza aurait continué à prêcher, Liza aurait fait la gueule, mais pas elle, pas ma chérie, ma reine. »

Dans la cour de l'école, la maîtresse observe Beauty.

— Cette gamine t'obsède, lui dira Justo le même soir.

— Mais non, s'emportera-t-elle, mais je suis obligée de la surveiller tout le temps.

— Et pourquoi donc ? se moquera-t-il.

— Parce que, parce que...

— Oui ?

— Parce qu'elle est trop grande, voilà !

Que peut comprendre Justo à la pédagogie ? La surveillance lui évoque des choses bien différentes, celle par exemple des riches maisons de Miami. La maîtresse ne sait pas très bien s'il s'agit d'une surveillance légale (Justo lui dit parfois qu'il est gardien de propriété, mais il a aussi un taxi) ou d'une surveillance à but illégal (Justo parle parfois de gros coups, de cambriolages admirables, sans qu'on sache très bien qui en sont les auteurs). Elle préfère ne pas savoir. C'est le seul domaine de sa vie où elle met le savoir à l'écart. Justo lui fait du bien, il lui lave la tête.

Mais en cet instant, dans la cour, Justo n'est pas là bien sûr, et elle est reprise par son obsession.

« Elle est vraiment trop grande », se dit-elle.

Or en cet instant, un certain garçon qui se croit le chef de l'école se fait sans doute la même remarque. Ces choses arrivent d'un coup. On tolère un certain temps, puis soudain on est devant l'intolérable. Voilà deux fois que cette Beauty, cette fille plus haute que lui passe devant ses yeux, l'air rêveur et détaché, comme si tous les autres humains étaient trop petits pour qu'elle les regarde. Il lui faut une punition et c'est lui, le chef de l'école, qui va l'administrer.

Le voilà donc qui se gonfle comme une grosse voile, enfourche sa planche à roulettes et se précipite sur elle. Or, ainsi juché sur sa planche, il est tout de même plus grand qu'elle. Mal calculé, trop tard pour reculer. Au lieu d'arriver tel un boulet dans la poitrine de l'ennemi, c'est l'ennemi qui lui arrive en pleine poitrine. Il pile net, glougloute et sa tête devient toute rouge. Les autres garçons rient méchamment. Beauty ne s'est aperçue de rien, parce qu'elle regardait les étoiles du drapeau américain qui dansaient en haut du mât. Ou plutôt elle s'en est très bien aperçue, mais à retardement.

Cette histoire fait partie des bribes embrouillées qu'elle tentera de raconter à Robin. Ils seront à Paris, alors, et dans cette première période de l'amour où on se raconte son passé, si bref pour eux encore, où on le découvre à mesure qu'on le raconte. Les souvenirs viennent petit à petit, souvent de travers, écornés par endroits et gonflés par d'autres, et façonnés selon les désirs du moment. En fait elle lui dira qu'elle a peur des hommes plus petits qu'elle, qu'elle n'a pas rencontré d'homme plus grand qu'elle, et qu'elle l'aime, lui Robin, parce qu'ils sont à la même hauteur. Ils se mettront dos à dos, pour voir, puis face à face, la méthode sera mauvaise puisqu'elle les fera aussitôt s'embrasser, finalement Beauty quelques jours plus tard lui dira qu'elle a un rendez-vous et qu'il doit l'accompagner.

« Mais où sommes-nous ? » dira celui-ci, intrigué de se trouver devant une plaque aux inscriptions quasi illisibles, puis dans une salle aux tentures vieillottes, sans autre mobilier que six chaises et une table basse portant quelques revues ennuyeuses.

« Chez une vieille connaissance », dira Beauty, insensible au décor peu engageant.

Beauty transporte avec elle la splendeur de son rêve bleu, c'est lui qui illumine tout ce qui l'entoure, la réalité ne l'atteint pas. Il n'en est pas de même pour Robin, qui aura bien besoin de son ballon en cet instant, mais bien sûr il n'en est pas question, il refoulera un vague mal de tête.

« Une vieille connaissance », dira-t-il, prêt à se montrer un peu jaloux.

Trop tard pour approfondir. Un monsieur qui ressemblera fort à un médecin les fera entrer dans son cabinet.

« Une visite prénuptiale sans doute, dira le praticien. Asseyez-vous, je vous prie. »

Mais Beauty restera debout.

« Ça, dira-t-elle en faisant un geste de la main qui semblera désigner le front du médecin.

— ... ?

— Ça », répétera Beauty.

Robin n'en mènera pas large alors et ce ne sera pas à cause des yeux courroucés du médecin. Une vague souffrance l'aura envahi, tournant incongrûment mais obstinément autour du mot « violoncelle ». Il en sera pris dans une torpeur, un ennui triste et sans issue, comme dans une suite de vieux escaliers, montés sombrement, il y a longtemps, mais il n'aura pas le temps de se rappeler où menaient ces escaliers et ce qu'ils avaient à faire avec un violoncelle, car soudain le praticien cornera un retentissant « veuillez sortir, je vous prie », et ce « veuillez » le sortira brutalement de sa léthargie. Il sera sur le qui-vive aussitôt. « Veuillez » ce n'est pas un mot anodin, c'est le signal du danger, un signal ancien, jamais effacé, même s'il ne se rappelle plus où il l'a entendu pour la première fois.

« Attendez, docteur, dira-t-il, attendez », et tandis que Beauty, royale et impassible, pointera toujours son doigt, Robin enfin apercevra ce que désigne ce doigt si impérieusement tendu et aussitôt se lancera dans une profuse explication extrêmement polie et conciliante concernant les besoins professionnels de son amie américaine qui ne parle pas le français et ne connaît pas le mot « toise » et « veuillez nous excuser, je vous prie », conclura-t-il, insistant en toute bonne foi sur ce « veuillez » sans comprendre la perverse satisfaction qu'il y mettra. Mais qu'importe. Le médecin, comme lui-même, n'y verra que du bleu.

Sous la toise, Robin et Beauty seront mesurés, les chiffres écrits et paraphés sur un papier très officiel, poignées de main, sourire de Beauty, courbette du médecin, sortie radieuse de Beauty.

« Je t'avais bien dit que c'était une vieille connaissance », dira-t-elle triomphalement.

Robin alors n'aura peut-être pas encore entendu parler de la longue cohorte de visites médicales qui avait empoisonné l'enfance de Beauty. Il ne fera pas très attention, il sera inexplicablement content, et n'en demandera pas plus.

Il aura échappé à cet appartement vieillot qui aura réveillé en lui un vague sentiment de défaite ancienne et triste, à ces « veuillez » qui auront résonné si désagréablement dans son cœur, il se retrouvera sur le trottoir à l'air libre (trottoir étroit bien sûr, ils habitent un quartier de Paris plein de charme mais très antique, et Beauty a choisi le premier médecin venu, à trois rues de chez eux). Il marchera à côté de cette grande fille aussi haute que lui (on respire mieux près d'elle, on se sent comme sur Broadway, rue large, vaste ciel, grandes enjambées libres) et qui brandit son papier comme un drapeau et le montre maintenant à un jeune agent de police comme si elle demandait des indications concernant une rue.

« Mais je ne vois que deux chiffres », dira le jeune agent de police, un peu inquiet tout de même, car il se trouvera en faction devant une banque et sait-on jamais.

« Yes, et lesquels ? » dira Beauty en dépliant son grand sourire.

Le jeune agent de police obligeamment lira les deux chiffres et Beauty dira :

« Cela veut dire : we are lucky.

— Nous avons de la chance », traduira Robin.

De la chance, oui, car les deux chiffres seront les mêmes, à la décimale près.

Robin et Beauty ont la même taille, exactement, et cela plaira beaucoup à Robin.

Dans les livres d'enfants, toujours le père est plus grand et la mère plus petite. Le couple, c'est un rectangle à décochement, un escabeau à deux degrés, une double flèche d'inégale longueur, une paille longue et une paille courte, une affaire à double tranchant, de quelque côté qu'on la prenne. Dans ce décalage, quelle part peut bien être réservée au petit garçon, au futur époux ?

Ce n'est pas clair, c'est un jeu douteux, une loterie sans certitude, mieux vaut le rectangle bien net, les flèches au même niveau, le tirage au sort sans courte-paille et, s'il faut grimper à deux, le télésiège double plutôt que l'escabeau d'inégale hauteur. Pas de mauvaise surprise à retardement, les sournois développements aplatis dès le départ, un horizon plane et bien dégagé. Ainsi raisonne sans le savoir le petit garçon qui regarde les livres d'images.

Un garçon et une fille de la même taille, c'est bien. Robin et Beauty trouveront qu'ils ont beaucoup de chance.

Dans l'enfance de Beauty, cela n'a pas été une chance pourtant.

— Elle pourra toujours se montrer dans un cirque, si elle continue comme ça, dit Justo à la maîtresse d'école, sa maîtresse, en lui mordillant les fesses comme il aime le faire.

La pédagogue en elle se rebelle, mais on ne discute pas avec Justo, et il a des arguments auxquels elle ne peut résister. Pourtant, pendant qu'il lui fait l'amour, elle pense encore à son obsession. Ce qui l'irrite si fort dans cette élève, ce n'est pas sa taille insensée, c'est autre chose, que la taille ne rend que plus apparent, c'est son allure, cet air de se foutre de tout, de regarder ailleurs, d'être dans les nuages. Elle-même, la maîtresse, a dû trimer dur dans son enfance, s'accrocher très fort au sol, toujours regarder où elle mettait les pieds, travail et sérieux, sinon gare au fouet du père, gare au grand fouet de l'Amérique.

— Ma vieille, dit Justo, si tu continues à penser à cette môme quand je te baise, je vais faire sauter la baraque de ses parents !

Pas facile de faire l'amour avec un voyou quand on est une institutrice très consciencieuse.

Beauty est moquée de tout le monde. Même ses sœurs sont méchantes pour elle. Elles se disent « si la mafia pouvait l'enlever, ouh elle nous fait honte ! » Beauty a dix ans, onze, douze. Elle dépasse Mrs. Berg d'une tête, en comptant le cou et même les épaules.

Parfois elle regarde Liza et Tania qui se font cajoler, chacune sur un genou ou nichée contre un flanc de leur mère. Elle, elle reste debout sur le côté, comme exilée en haut de son corps, longues jambes maigres, buste étroit, épaules voûtées, tout cela gauchement assemblé. Mrs. Berg dit « viens sur mes genoux aussi », mais on voit bien que c'est impossible, on voit bien que les segments de son corps ne pourraient se plier suffisamment pour aller sur les genoux de la mère, cela dépasserait, cela ferait des angles déplaisants, ce serait ridicule. Et les deux autres, lovées dans leur douillette enveloppe de chair, bien à l'abri dans cette doudoune naturelle qui s'accole si aisément aux flancs de leur mère, la regardent par en dessous, savourant une revanche inquiète et menacée, car Mrs. Berg, étreinte soudain de la vieille angoisse familière, les secoue bientôt de part et d'autre. Il leur faut quitter leur nid double, le seul où leur gémellité leur est douce, les rend fortes au lieu de les affaiblir, et tout ça à cause de cette espèce de volatile disgracié qui est venu après elles et a changé toutes les règles de la maison.

Les jumelles se passeraient bien de cette sœur à la fois transparente et encombrante. Elles n'ont jamais pu jouer à la poupée avec elle lorsqu'elle était petite et maintenant les choses ne sont guère plus satisfaisantes. Liza, en tant qu'aînée, aimerait bien lui donner des ordres, mais les ordres se donnent de haut en bas, pas de bas en haut, c'est ainsi que cela se passe à la télévision où le chef est toujours aussi le plus grand. C'est Liza le chef des enfants Berg, incontestablement, mais sa troupe (Beauty) est plus grande qu'elle et qui plus est indifférente aux règles habituelles et reconnues de toute hiérarchie. Cette situation anormale ronge Liza. Avec Beauty, elle se tait donc. Reste Tania. Mais celle-ci plie trop facilement et depuis toujours. Et Tricia Fowley de même. Impossible avec ces deux-là d'éprouver l'ivresse du pouvoir. À la place, un vague écœurement et le sentiment permanent que sa famille n'est pas digne de l'Amérique. Il semble à Liza que toujours il lui faut tirer sa famille sur les voies glorieuses de l'Amérique. C'est une enfant souvent mécontente.

Tania, elle, aimerait bien embrasser sa sœur cadette. Elle a le cœur tendre, mais elle est un peu timorée. Le problème pour elle est très bête : pour embrasser Beauty, qui jamais ne se penche, il lui faudrait grimper sur un tabouret. Pour grimper sur ce tabouret, il faudrait une montagne de courage. Tania n'a pas ce genre de courage. Elle n'embrasse pas sa jeune sœur.

Et Mr. Berg ?

Mr. Berg ne cajole pas Beauty non plus. Son associé, William Fowley, lui a parlé de ce problème qu'il avait rencontré lorsque sa fille était devenue grande. « Elle se serre contre moi dans la rue, et moi, mon vieux, ça me met mal, les gens me regardent, ils me prennent pour un vieux qui sort une minette, et finalement ça me fait bizarre à moi aussi, je la repousse un peu mais pas trop, je suis coincé, tu comprends, j'en attrape des crampes dans les bras, elle s'en rend bien compte et elle ne comprend pas, non, mon ami, les filles ce n'est pas marrant, heureusement que l'autre est un garçon. »

L'autre, William Fowley junior, autrement dit Willie, était né le même jour que Beauty, et c'était un garçon. Mauvaise pensée pour les Berg.

Mr. Berg a hoché la tête, il a bien compris le dilemme en effet, mais ce problème précis lui a été épargné, au moins. Pourquoi ? Parce que sa fille à lui (les aînées) est double pour ainsi dire, et dans ce doublement l'embarrassante féminité perd de sa virulence. Quand on est trois, on ne fait plus couple, on fait bande, on est dans le chahut et la taquinerie. Liza et Tania, protégées l'une par l'autre, ne s'en privent pas. Donc Mr. Berg peut bien marcher dans la rue ou sur la plage, une jumelle pendue à chaque bras, on ne voit que ce qu'il y a à voir, un père et ses deux filles. De toute façon, un vieux ne sort tout de même pas DEUX minettes. Pas dans l'univers de Berg and Fowley, directeurs associés d'une respectable entreprise de Miami.

Reste le cas de Beauty. Là aussi le problème de William Fowley lui a été épargné, mais d'une manière exactement contraire. On ne peut tout simplement pas marcher enlacé avec Beauty, ni la prendre dans ses bras, ni la cajoler. Cela tient à la maigreur de ses jambes qui évoquent de fragiles baguettes de moineau, ou les pattes du héron solitaire, ou celles du dédaigneux flamant. Cela tient à ses épaules en portemanteau qu'on ne peut glisser sous les siennes, à son buste si étroit qu'on a presque peur de l'effleurer. Cela tient surtout à son air, et c'est encore plus radical.

Cet air de Beauty ! Qui aurait pu le décrire ?

Il aurait fallu pour cela connaître ce qui allait se

passer quelques mois plus tard, ou du moins le deviner.

On ne pouvait le décrire. Un sentiment inconnu vous étreignait, et comme on ne savait pas que c'était une prémonition d'une chose à venir, d'une chose qui serait stupéfiante, littéralement éblouissante, on se sentait bizarrement désorienté, alors on se tenait à distance.

C'est cela que disait cet air de Beauty. Il disait « tenez-vous à distance ». Il disait « tenez-vous à distance et regardez-moi ».

Et c'est exactement ce que faisait Mr. Berg. Il se tenait à distance et la regardait, il la regardait plus qu'il ne le faisait pour ses autres filles et même sa femme, il la regardait constamment, à tel point qu'il en arrivait à ne plus la voir, à ne plus voir que son malaise, la sournoise inquiétude qui s'était mise dans son cœur dès la naissance du malheureux bébé.

Mais Beauty demeure dans un rêve bleu que le regard des autres aussitôt fait vibrer et onduler et étinceler. Beauty, lorsque son père la regarde, se tourne alors vers lui et lui fait un grand sourire. C'est bien sûr le sourire qui lui écarte les lèvres jusqu'aux oreilles, l'inconfortable sourire qui avait bouleversé ses parents dès la première fois au bord de la piscine, et qui encore aujourd'hui fait en Mr. Berg une commotion qu'il croit être de la souffrance, pour la disgrâce de son enfant chérie.

Une seule personne semble échapper à ce mur transparent qui isole Beauty. C'est Willie Fowley. Willie est un bavard et personne chez lui ne s'intéresse à ses bavardages. Son père en est même franchement irrité. « Un homme ne parle pas, lui dit-il, il agit. » Beauty, elle, ne dit rien de tel, elle ne dit rien du tout d'ailleurs, et cela lui convient parfaitement. Leur différence de taille ne le gêne pas, il ne s'en aperçoit pas. Lorsqu'il y a réunion chez les Berg ou les Fowley, il entraîne Beauty à l'écart et ensuite on les voit déambuler de loin tous les deux, lui plus petit et gesticulant avec ardeur, elle hautaine et regardant ailleurs, de long en large, aller et retour, de la même façon tous les deux, pendant que les autres enfants se pourchassent en piaillant dans la piscine et que l'eau bouillonne férocement comme si elle était emplie d'anguilles électriques. « Qu'est-ce que racontait Willie ? demande Mr. Berg le soir. — Willie ? dit Beauty, presque surprise. — Oui, Willie, il n'a pas arrêté de parler, il me semble, dit Mr. Berg. — Mais je n'entendais pas, dit Beauty, il y avait trop de bruit. » Il y avait eu beaucoup de bruit en effet, Mr. Berg a mal à la tête maintenant, trop mal à la tête pour insister. Et ce n'est pas de penser à Willie qui peut le soulager. Willie n'est qu'un jeune garçon, un jeune garçon à la tête fumeuse, il ne compte guère pour l'instant.

« En somme, tu étais le vilan petit canard de la famille », lui dira Robin, qui avait certaines lettres.

Beauty lèvera ses grands yeux étonnés :

« Le canard ?

— Oui, comme dans le conte.

— Explique », dira Beauty.

Robin sera bien en peine d'expliquer. Il ne se rappellera pas vraiment les détails des aventures du canard, néanmoins il sentira (pour la première fois sans doute) que c'est une histoire qui lui appartient de droit, qui fait partie de son héritage naturel, celui des petits Européens. Ce sera un peu comme la vieille maison de ses arrière-grands-parents décédés, il sait où elle se trouve, il se rappelle en gros la configuration des pièces, madame Carel l'aura tenu au courant de ce qui s'y rapporte (la clé aux voisins, les soucis d'entretien, la mise en vente toujours reculée), mais il y aura longtemps qu'il n'y sera pas retourné, et est-ce qu'un jeune garçon s'inquiète de son héritage ? L'héritage est là, c'est tout.

« C'est bizarre que tu ne connaisses pas cela », murmurera-t-il.

Un mot alors surgira dans sa tête, un mot dont il ne se soucie guère en général (se rappeler le ballon, les rêves de champion, plus tard le Racing Club de France, les championnats enivrants, et puis les maths aussi), un mot donc qui ne lui est ni agréable ni désagréable, mais qui ne lui semble pas de sa responsabilité immédiate, dont il laisse le soin à d'autres pour l'instant, c'est le mot « culture ».

C'était un mot de monsieur Carel et, en certaines occasions plus rares, de madame Carel. Dans le fond, il n'avait jamais bien su ce qu'il voulait dire ni en quoi il pouvait le concerner, lui le jeune Robin, protégé de Batman, et qui avait pour ami intime un ballon en plastique rond.

Or voici que ce mot fera en lui tout un retournement, un peu comme lorsqu'on devient père pour la première fois et qu'on s'aperçoit soudain de l'existence de mille choses qui jusque-là n'étaient que du décor (les crèches, les feux rouges, les surveillants de circulation aux carrefours, les produits d'entretien marqués X, les tas de sable dans les squares, les pharmacies ouvertes la nuit).

Il n'avait jamais pensé que le mot culture pouvait rencontrer le mot amour par exemple, qu'ils pouvaient même entrer en collision, que d'une certaine façon (mais laquelle ?) ils avaient partie liée.

Il en sera tout troublé, privé de ses reparties habituelles.

« Alors ? » s'impatientera Beauty.

Il ne répondra pas. Beauty ne sera pas contente. « Vous, les garçons ! » dira-t-elle. Ils en resteront là pour l'instant.

— Cette gosse a su lire avant tout le monde, dit la maîtresse en sortant de sa douche.

— Tu es une bonne fille, dit Justo, voulant dire par là « tu es une bonne enseignante ».

Après l'amour, il est prêt à lui faire plaisir. Il écoute à peine, c'est un ronron de femme.

— Mais...

— Mais quoi ?

— Elle n'en fait rien, dit la maîtresse, désolée.

— Moi non plus, j'en fais rien de tout ce que j'ai appris à l'école. Et je réussis pourtant mieux que toi, non ? Qui c'est qui paye les sorties au restau, et la bagnole, et la croisière ?

Justo s'échauffe.

— Ce n'est pas pareil.

— Écoute, ta môme, elle m'énerve. Un jour je vais prendre mon taxi et je vais aller traîner autour de l'école pour voir.

— Surtout ne fais pas ça, dit la maîtresse, prise soudain d'une folle anxiété.

— Et pourquoi pas ? Tu as peur que je la trouve plus belle que toi ?

Cette idée fait rire la jeune femme, quelle idée absurde, peut-être pas si absurde, si par hasard elle n'avait rien compris, la maîtresse est dans une colère noire.

— Bon, bon, j'irai pas, dit Justo.

Mais il sait qu'il ira, dans quelques jours ou quelques mois. C'est planté dans sa tête maintenant, il faut donner une leçon à tous ces gens, les trop riches, les trop savantes et les petites emmerdeuses, tous et toutes dans le même panier.

Ah, si Batman pouvait survoler Miami en cet instant ! Si quelque journaliste ou shérif l'avertissait de ce qui s'y trame ! Certainement il déploierait aussitôt ses grandes ailes de chauve-souris et « *Charge !* », le héros de télévision fondrait sur la légendaire ville de carte postale et bien des drames obscurs seraient évités.

Mais Batman est à New York, avec Robin qui n'est encore qu'un jeune garçon et par conséquent grandit moins vite que les filles.

Robin ne rate pas un épisode de son cartoon favori. Monsieur et madame Carel ont fini par laisser faire, on peut l'arracher sans trop de mal à toute autre émission de télévision, mais lorsqu'il s'agit de Batman et de son compagnon, rien à faire ou c'est la guerre. Devoirs, déjeuner ou autre tâche, plus rien ne compte.

L'air farouche des deux héros retentit chaque matin dans la maison Carel. *Talala tata, charge !* C'est-à-dire en français « à l'assaut », à l'assaut des méchants, toutes ailes déployées, cape au vent, cœur flambant, la vie !

Et après, lorsque l'écran s'éteint, c'est encore *Talala tata, charge !*, cette fois dans l'appartement. Robin déboule dans la chambre de ses parents, petits biceps en avant, brillant de tout le corps comme les écailles du Chrysler Building, essoufflé, batailleur et vainqueur, et monsieur et madame Carel, tout bouleversés de bonheur, ne songent pas à arrêter la cavalcade, ils la feraient plutôt durer. C'est beaucoup plus beau que la télévision pour eux.

C'est ainsi qu'ils ont fini eux aussi par s'attacher au héros chauve-souris. *Talala tata, charge !* est devenu leur cri de courage lorsqu'il y a alerte, lorsque par exemple une fenêtre coince (ces horribles fenêtres-couperets), lorsque les cafards mènent une rébellion, lorsque l'ascenseur est en panne, les éboueurs en grève, le superintendant insolent, la voiture ensevelie sous la neige, les chèques trop rapides à partir ou trop longs à venir, lorsque leur résistance faiblit et que les obstacles, les obstacles à la continuation normale de la famille Carel, se font par trop coriaces.

Robin entend ce cri et il se réjouit en son cœur. C'est le cri de ralliement de sa famille. Cela veut dire que les parents tiennent le coup, que New York ne leur a pas encore fait la peau. Braves parents ! À l'assaut avec eux, *Talala tata, charge !*

Bien sûr l'air célèbre résonne bizarrement dans leur bouche. C'est un peu comme lorsque monsieur Carel jouant avec Robin sur le large trottoir de la 86ᵉ Rue prend les poses du grand batteur de baseball du moment. Ou comme lorsque madame Carel, ouvrant la porte aux copains de l'UNIS, manifeste un contentement éclatant, comme elle l'a vu faire aux mamans américaines, et lance dans son anglais à elle des phrases de bienvenue copiées sur ces mêmes mamans américaines dans les mêmes circontances.

Effort touchant, chez l'un comme chez l'autre,

Robin le voit bien, mais un peu gênant, car ce n'est jamais tout à fait cela. La pose du batteur, non, elle ne va pas avec les gestes mesurés de monsieur Carel, pas plus que l'enthousiasme écervelé ne convient à la réserve naturelle de madame Carel.

Un jour Robin a surpris une conversation entre le conseiller des études de l'école des Nations unies et son professeur redouté (celui qui voulait l'envoyer chez le psychologue). Malgré les clapotis du grand fleuve East River, les paroles résonnent dans la cour, à cause de la dalle de béton. Un mot lui a attrapé le coin de l'oreille et il s'est approché insensiblement, en tapant sur son ballon. Le conseiller des études (un Américain) disait que les Français étaient ceux qui s'adaptaient le moins facilement (à l'Amérique sous-entendu), et le professeur (un Britannique) répondait : « Ah oui, les Français, on les repère toujours. » Cette remarque avait conforté la méfiance de Robin à l'égard de ce dernier. « I hate him », avait-il pensé rageusement. Mais il avait gardé l'infamante remarque du professeur pour lui, ne voulant pas faire de peine à ses parents. Lui, le seul vrai Américain de la famille, il sentait qu'il était de son devoir de les protéger. Lourde tâche. Il s'était contenté d'en parler avec son ballon, qui comprenait tout.

Ridicules en Batman, monsieur et madame Carel, aucun doute là-dessus. Néanmoins, lorsqu'ils se mettent eux aussi à faire *Talala tata, charge !*, Robin est content, très content. Son héros favori insuffle de la force dans la maison, inutile de chipoter sur les détails. Et puis quand ils poussent le cri célèbre, il y a de l'humour dans leur voix, et cela le chatouille agréablement. Quand les parents font de l'humour, c'est que tout va bien.

Malgré leurs problèmes d'exilés, il y a vraiment de bons moments dans la famille Carel.

Dans le même temps, mais ce doit tout de même être une ou deux années plus tard, Batman manque cruellement à la famille Berg. Des choses sombres se préparent, cernent la blanche maison de Miami, sont peut-être déjà à l'intérieur sans qu'on s'en soit rendu compte.

« Tu n'exagères pas un peu ? dira Robin à Beauty.
— Écoute, d'abord ! » dira celle-ci, peu portée à l'indulgence sur ce sujet qui lui tient à cœur.

Donc, Mrs. Berg vient de trouver, sur le parking de son centre d'aide sociale, les pneus de sa voiture méchamment lacérés.

— On essaye d'aider ces minables, dit-elle le soir au moment du dîner, et voilà comment ils vous remercient.

Mr. Berg écoute en silence, les deux mains serrées devant lui sur la table. Liza, Tania et Beauty se sont groupées autour de lui et, après lui avoir jeté un bref coup d'œil, observent le silence aussi.

Mrs. Berg ne s'est pas encore assise et de noires paroles sortent de sa bouche. On sent qu'il ne faut pas l'arrêter. Lorsqu'un malheur frappe, il faut savoir lui faire sa place, il faut qu'un certain cérémonial entoure ce signe funeste du destin, l'entoure pour mieux le conjurer. Que chacun pour ainsi dire se découvre, incline un front sombre et dans le recueillement écoute la complainte de l'officiante. C'est ce qu'ils devinent instinctivement, les quatre pénitents, bien qu'ils n'en aient guère l'habitude, et que leur chère ville de Miami, ses plages, son soleil, ses bougainvillées, et le bourdonnement incessant de ses activités en plein essor, ne leur ait rien appris de tout cela.

Du pays de ses ancêtres, la France et l'Italie, Mrs. Berg dit qu'elle regrette les rites funèbres ou du moins ce qu'on lui en a raconté à l'époque où elle n'écoutait que d'une oreille. Là-bas, avait-elle expliqué une fois, on garde son défunt chez soi avant de l'enterrer, on reste à son chevet et on manifeste son humilité, la mort ne se maquille pas, la mort se respecte, nous les Américains nous faisons semblant que nous pouvons tout vaincre. Là-bas on sait s'habiller en noir.

Le deuil n'est pourtant guère son genre. Avant de venir s'établir en Amérique à la suite d'un GI, sa mère avait travaillé pour une maison de couture, et Mrs. Berg s'est ainsi formée une vague nostalgie d'une vie sophistiquée et élégante. Elle préfère les robes aux T-shirts et ne parle jamais bruyamment. Mr. Berg avait été immédiatement séduit par sa grâce, et aussi par sa parfaite intelligence des choses pratiques, et aussi peut-être, mais cela lui est moins clair à cause de ses angoisses personnelles sur le sujet, par son appréhension directe et sans peur de la pauvreté et des horreurs qui y sont associées.

Ah, si Beauty avait sa grâce, et Liza son bon sens, et Tania sa solidité ! Mr. Berg aime ses filles, mais il trouve sa femme infiniment supérieure.

Cependant nul n'est parfait et Mrs. Berg, en ce soir des quatre pneus crevés, voulait que sa famille se revête de noir en quelque sorte et la laisse dérouler à son aise son discours de lamentations.

— Ces minables, dit-elle, on se crève pour leur obtenir des abris pour la nuit, des chèques-repas, des boulots temporaires, des drogues de remplacement, des thérapies gratuites, des parrainages, des libérations sur parole...

Personne n'ose toucher aux pizzas aux fruits de mer qui se coagulent dans leur carton (pas d'assiettes ce soir), silence et stupeur, Mrs. Berg y puise des forces, bientôt elle pourra prononcer les paroles d'apaisement, sortir la bouteille de vin achetée chez le détaillant français, et passer à autre chose.

Mais voilà que Liza relève la tête.

— Il ne faut pas parler comme ça, maman, dit-elle d'une voix pénétrée.

— Comment, comme ça ?

— Ce ne sont pas des minables, ce sont des êtres humains, à qui on doit manifester de la compréhension.

Liza a depuis longtemps abandonné une certaine croisade de l'affection qui l'avait autrefois amenée à faire choir sa sœur cadette sur la dalle de la piscine et à l'y laisser inanimée tel un paquet d'os. Elle mène désormais la croisade de la compréhension. Cela fait plus adulte et c'est moins risqué.

Mais le souvenir de son premier échec doit être encore cuisant, car soudain elle se lève, renversant dans ce mouvement brusque la nouvelle table de jardin dont les pieds ont été vissés par elle-même, mais à contrecœur et sur ordre. Cette chute de la table, répondant des années plus tard à la chute du bébé, et survenant encore une fois au moment où une grande cause la soulève au-dessus d'elle-même, cette chute d'une vulgaire table de plastique pas même ornée d'une nappe, sans verres de cristal pour faire tinter au moins un tocsin honorable, et ne faisant gicler alentour que sauce rougeâtre de ketchup, cette table avec trois pieds en l'air et le quatrième gisant sur le côté comme une jambe artificielle de mauvaise qualité, c'est affreux, c'est anti-américain, la dérision de tout ce que la télévision lui a appris.

Elle se met à crier haineusement :

— Tu es payée pour les aider, non !

Chose plus étonnante, Beauty se lève aussi, suivant sa sœur qui s'enfuit en sanglotant, et Tania fait de même, marmonnant en manière d'excuse :

— De toute façon, la pizza, ça fait grossir.

Ne reste plus autour des cartons écrabouillés, devant la piscine vide au milieu de la pelouse mal tondue, qu'un couple en plein désarroi.

« La piscine vide ? » s'étonnera Robin.

Et la pelouse mal tondue ? Et pourquoi une table de plastique, et qu'est-ce que c'est que cette histoire de paquet d'os, et pourquoi tout ce drame ?

La maison lui aura paru très jolie, à lui, quand il y sera venu rendre visite à la famille de Beauty, et très prospère aussi, et Tania pas si grosse, et Liza pas si susceptible, et toute la famille aussi séduisante et accueillante que possible.

« Bien sûr, ça a l'air comme ça, dira Beauty, mais on se connaît à peine, je ne t'ai pas tout dit. »

Robin se demandera s'il est nécessaire de tout dire. Selon lui, mieux vaut se confier à son ballon, ou tout autre ami de ce genre, qui comprend sans qu'on lui explique, ne risque pas de déformer les secrets et les garde en soi pour le plus grand bien de tout le monde.

Mais bien sûr cela ne se passe pas ainsi, pas plus pour lui que pour quiconque. Les choses se révèlent petit à petit, au hasard d'événements impondérables, en désordre, pas plus fiables que ça, bourrées de force pourtant, comme de méchantes grenades ou d'aimables fusées d'artifice, nul ne peut rien prédire, pour le meilleur ou pour le pire, ou pour rien du tout.

11

ÉTOILES ET BARREAUX

Mr. Berg tourne autour de sa piscine.

Ce n'est pas l'après-midi, cette fois, et il ne s'agit pas de son tour rituel. C'est le matin, et la raison pour laquelle il n'est pas à son travail est beaucoup plus grave.

Beauty, qui a séché l'école, l'observe de derrière le store de la salle de bains. Elle se demande s'il va tomber dans l'eau tout habillé. Pour rien au monde elle ne voudrait manquer ce spectacle. C'est pour cela qu'elle n'est pas allée à l'école. Si son père a séché le bureau, c'est qu'il se passe quelque chose.

Beauty attend toujours qu'il se passe quelque chose et elle ne croit pas que c'est à l'école que cela se passera. Dès le début, elle a éliminé l'école comme lieu possible de ce qui doit arriver. Sa mère au centre d'aide sociale, son père dans son affaire import-export, ses sœurs à leur école à elles, tous semblent avoir trouvé le lieu où doit se faire leur vie. Pas Beauty. C'est pour cela qu'elle se sent solitaire et qu'elle s'ennuie.

Comment a-t-elle su que son père n'irait pas au bureau ce matin-là ? Mr. Berg ne le lui a pas dit bien sûr et ce n'est peut-être pas cet événement précis dont elle a eu l'intuition.

Elle s'est réveillée comme à l'ordinaire, plus tôt que toute la maisonnée, et elle a attendu dans son lit en regardant son réveil. Beauty dort peu, on pourrait dire qu'elle souffre d'insomnies si on le savait. Mais elle n'en a parlé à personne. À qui aurait-elle pu en parler ? À sa sœur aînée ? Celle-ci, toujours à l'affût d'un nouveau combat, aurait aussitôt claironné l'anomalie. Quelle aubaine pour cette prêcheuse de Liza, quelle occasion de mener le genre d'impitoyable croisade où elle excelle ! Elle aurait guerroyé du matin au soir pour la santé de sa sœur, la santé de sa famille, la santé de la famille américaine. Beauty ne s'intéresse pas aux croisades. Elle aurait pu en parler à Tania, la plus jeune des deux jumelles donc la plus proche d'elle en âge (très tôt entre les sœurs Berg s'est établie cette hiérarchie de l'âge et Liza a veillé à ce que ce soit aussi une hiérarchie de l'autorité), mais Tania est une inquiète, un jour ou l'autre elle n'aurait pu se retenir. Par scrupule, par faiblesse, elle aurait tout lâché à Liza. En somme Tania aurait rapporté à Liza, qui aurait rapporté aux parents, et les parents bien sûr en auraient référé au médecin.

Beauty ne veut plus voir le pédiatre. Le pédiatre ne la concerne plus en rien.

Elle n'a aucun ressentiment particulier à l'égard de la médecine et il n'est pas sûr qu'elle ait remarqué la sourde inquiétude de ses parents à son sujet. Longtemps elle s'est laissé emmener sans murmurer à ces visites de contrôle, le médecin mesurait, pesait, prescrivait, elle souriait. Puis un jour qu'elle était dans la salle d'attente avec Mrs. Berg (des jouets en peluche débordaient d'une grande malle au trésor, un enfant à qui l'on faisait un vaccin pleurait dans la pièce à côté, deux mamans échangeaient à voix forte des informations sur les règles à venir de leurs fillettes), elle s'est penchée vers sa mère et lui a dit que cette fois elle irait seule dans le cabinet du médecin.

Beauty ne sollicite jamais, ne demande jamais de permission, elle dit seulement ce qu'elle va faire et elle le dit de façon si simple qu'il ne vient pas à l'esprit de la contrarier. En somme, elle prévient gentiment, et qui ne lui serait reconnaissant de cette politesse, inhabituelle chez les enfants ? Après il est trop tard pour s'insurger.

— Bien sûr, a dit Mrs. Berg sans réfléchir.

Elle a regardé sa fille, cette étrange sauterelle grêle et maladroite, disparaître derrière la porte matelassée et à cet instant seulement la vieille inquiétude familière l'a submergée, et aussi une colère indéfinie qu'elle a aussitôt dirigée contre Mr. Berg. Incroyable tout de même qu'il ne l'accompagne jamais dans ce genre de circonstance, ah bien sûr pas de refus frontal, mais toujours une excuse ou une autre ! Depuis sa chute dans la piscine, il a été comme entendu qu'en ce qui concernait les médecins et maîtresses d'école de sa plus jeune fille, il était inapte. Incroyable vraiment ! Le temps était loin où cette chute dans l'eau avait ému Mrs. Berg au tréfonds de son corps de femme. Ce qu'elle voyait maintenant, c'est qu'elle s'était fait rouler. Tomber dans la piscine tout habillé, faire le noyé et parler aux nuages, et ensuite le champagne français, les bougies, les câlineries, c'est comme ça qu'agissent les hommes !

Dans son agitation, Mrs. Berg était prête à se lever et à traverser la porte matelassée qui semblait en cet instant la narguer. Mais voici que les deux autres mamans s'adressaient à elle :

— Ah, disaient-elles en soupirant, c'est comme ça et vous avez bien fait.

— Oui ? a dit Mrs. Berg, perdue.

— À un certain âge, elles doivent régler leurs problèmes seules et nous, nous devons attendre.

Mrs. Berg s'est rassise. En effet, en effet.

Pendant ce temps, Beauty était dans le cabinet du pédiatre et lui disait tranquillement ceci :

— Je ne suis pas ici en consultation.

— Ah ?

— Je suis ici pour vous prévenir que je ne viendrai plus.

— Mais...

— Je ne veux plus être mesurée, auscultée et pesée.

— Mais...

Ils étaient debout tous les deux, le docteur cherchait une réponse appropriée, curieusement il n'en trouvait pas. Ses registres habituels (remontrances, admonestations, explications) lui faisaient défaut. Cela devenait embarrassant.

Et soudain Beauty a penché la tête, a renvoyé sa grande mèche de cheveux sur le côté, puis lui a fait un sourire. Un grand sourire très simple, et rien de plus. Mais pour la première fois le docteur n'a pas remarqué la trop grande bouche et les trop grandes oreilles et comment le sourire joignant les deux lui donnait un air de grenouille étirée sur une planche de dissection. Il n'a rien vu de tout cela et a simplement éprouvé une sorte d'amusement agréable qui lui pétillait dans la gorge. Il a éclaté de rire.

— Tu as raison, Beauty, a-t-il dit.

— Oui, a dit Beauty toujours debout devant lui.

La chose étant réglée, le docteur a retrouvé ses marques. Il lui a donné quelques conseils généraux, lui a tendu sa carte avec son numéro personnel, et lui a dit de ne pas hésiter à l'appeler si elle était malade.

— Mais tu n'es pas malade, n'est-ce pas, a-t-il ajouté comme pour lui-même.

Beauty a hoché la tête, écouté les conseils et pris la carte.

Ils étaient arrivés à la porte matelassée lorsque le docteur, pris de scrupule, s'est arrêté un instant.

— Je vais parler à ta mère, a-t-il dit.

— Je m'en charge, a dit Beauty.

Même sourire, même évidence, le docteur vaincu a reculé.

— Je vais très bien, a dit Beauty à Mrs. Berg maintenant en pleine conversation avec les deux autres mamans dans la salle d'attente.

— Parfait, a dit Mrs. Berg distraitement. Pour quand le prochain rendez-vous ?

La réponse s'est perdue dans le mouvement du départ, ou Mrs. Berg ne l'a pas entendue, ou peut-être encore n'y a-t-il pas eu de réponse.

En tout cas, il n'y a pas eu de prochain rendez-vous, Beauty n'est pas tombée malade, et toute cette affaire médicale s'est fondue parmi les autres souvenirs de l'enfance, se mêlant à eux sans faire d'histoires, coulant avec eux dans ce flot tiède et poisseux qui en s'éloignant et se solidifiant finit par faire comme un sucre d'orge bariolé qu'on peut sucer à volonté, sans danger.

C'est ainsi que Beauty prend ses décisions. Elle les prend en secret et les mène à bien sans secousses.

Cela lui est d'autant plus facile que ce n'est pas elle véritablement qui décide. Celle qui décide est la sirène inconnue qui habite à l'intérieur d'elle-même, dans l'eau bleue répandue au fond de son âme, et cette sirène n'a pas à se soucier du monde extérieur, de ses écueils et de ses tempêtes. Elle nage dans le mystère de son lagon et ses décisions sont comme lui, parfaites et justes.

Donc Beauty s'est réveillée dans son lit, a regardé son réveil, a constaté comme d'habitude qu'il était encore très tôt, et comme d'habitude a attendu.

À quoi pense-t-elle ? On ne le sait. Elle a cet air que sa maîtresse d'école supporte si mal, qui lui fait à tout instant penser que cette enfant est débile ou insolente ou inadaptée. Seulement il y a le QI de Beauty, qui jamais ne se dément, il faut donc bien que cette enfant pense à quelque chose, mais comment une maîtresse d'école, réellement compétente et dévouée, là-dessus pas de contestation, pourrait-elle accepter que ce quelque chose à quoi pense son élève lui soit si totalement opaque ? « Hey, c'est une extraterrestre, ta môme », lui a dit un jour son boyfriend, excédé de ce ressassement emmerdant, casse-couilles et rabat-queue. Justo, le boyfriend, a l'habitude des jugements à l'emporte-pièce et de plus ne les exprime pas comme elle le souhaiterait, autre sujet d'irritation, mais ce jour-là elle lui a été très reconnaissante. Une extraterrestre, très bien, en ce cas inutile de se casser la tête. D'ailleurs elle y croit, aux extraterrestres. Justo n'a pas cherché à comprendre pourquoi sa brutalité lui valait, pour une fois, une très agréable soirée, mais il n'en a pas été surpris. C'est comme ça qu'il faut traiter les femmes à problèmes, lui a-t-il dit sur le canapé où ils avaient dégringolé en se déshabillant et elle n'a pas regimbé.

Ce que la maîtresse d'école ne sait pas, c'est que ce n'est pas Beauty qui pense, mais la sirène qui habite dans les eaux profondes de son âme.

Et en ce petit matin d'insomnie, la sirène s'est réveillée elle aussi de son rêve mystérieux, elle s'est coulée dans l'eau et nage, nage, longues ondulations souples et régulières qui tracent des sillages, et l'eau secrète ondule aussi et frémit et miroite... Beauty attend, bientôt la maisonnée va se réveiller, Beauty ira à l'école, mais rien ne sera plus comme avant.

Beauty est descendue de l'autobus scolaire, son sac sur le dos, sans regarder personne, elle a continué à marcher, à sa façon solitaire qui repousse les avances, elle a dépassé l'école, personne ne lui a prêté attention, elle a traversé, pris un tournant, puis un autre, marché encore.

Après quoi elle a ralenti, s'est arrêtée.

Quoi maintenant ? Pendant de nombreuses minutes, rien. Beauty n'était à cet instant qu'une fillette grandie trop vite, qui fait l'école buissonnière et ne sait pas trop ce qu'il y a à espérer de son escapade.

Puis, du fond de la longue rue, un taxi est arrivé.

Et Beauty aussitôt a su ce qu'elle avait à faire.

Cela ne lui faisait pas du tout peur de prendre un taxi. Elle a très bien vu le regard hésitant du chauffeur. Elle a vu le regard de cet homme qui balayait son visage, son corps, mais elle n'y a pas vraiment prêté attention, pas vraiment, pas encore.

Le regard de cet homme n'était pour elle que celui de sa voiture, d'une masse douée d'une force qu'il lui fallait en cet instant dompter. Il lui a semblé très nettement entendre une sorte de contraction caoutchouteuse dans les pneus, qui pouvait aussi bien arrêter la masse entière sur place ou la relancer dans la rue, loin, loin d'elle.

Alors lui est arrivé ce qu'elle aurait bien aimé appeler un pressentiment de son destin si elle avait eu ces mots à sa disposition. Elle a redressé ses épaules, d'ordinaire à l'abandon sur son buste, elle a redressé son cou, affermi sa tête, et lorsque la mâture entière de son corps s'est trouvée totalement droite, étonnamment haute sur le bord du trottoir, soudain elle a fait donner la voile. C'est-à-dire qu'elle a fait s'envoler ses cheveux sur un côté puis nonchalamment les a laissé retomber. Se souvenait-elle que c'était ce geste qui avait dompté le pédiatre, quelques mois auparavant ? Son corps devait s'en souvenir. Pas de sourire pour l'instant. Le visage vide, à peine marqué d'une moue d'ennui, elle semblait attendre que se déroule un tapis rouge pour se décider à avancer jusqu'à la portière du taxi. La voiture ralentissait sensiblement, Beauty entendait la crispation des pneus sur l'asphalte, c'était un langage qu'elle pénétrait sans effort, elle n'avait pas d'inquiétude, elle savait parfaitement ce qu'elle devait faire. Encore quelques secondes toute droite sur le bord du trottoir, puis lorsque la voiture a été à sa hauteur, pas encore vraiment arrêtée, brusquement elle s'est penchée, a ouvert sur son visage un sourire large comme un éventail « êtes-vous libre ? » a-t-elle lancé, et alors la portière s'est ouverte.

Sur la plaque, comme elle sait qu'on doit le faire, elle a lu le nom du chauffeur et l'a mémorisé. Le nom est « Justo Gonzáles ». Mais elle n'a pas donné son véritable nom, elle a dit qu'elle s'appelait Alina, le premier nom qui lui passait à l'esprit, celui de sa maîtresse, et ensuite elle s'est tue.

Elle a su éviter les dangereuses tentatives de conversation du chauffeur (quelle est ton école, qui est ta maîtresse, où habitent tes parents), elle a su éviter son regard inquisiteur dans le rétroviseur, elle a donné une autre adresse que la sienne (celle de Mr. Gordon Smith Durand DaSilva, le vieux monsieur leur voisin, dont le jardin donne sur une rue perpendiculaire à la leur), elle a payé avec ses dollars et calculé le juste pourboire. Puis elle a attendu nonchalamment que le taxi s'éloigne. Il y mettait du temps, elle s'est penchée pour rajuster ses lacets. Elle y a mis le temps qu'il fallait.

Ah si sa maîtresse avait pu la voir ! Pas une faute, élégance, style et intuition. C'était facile.

Et ensuite ?

La voiture de Mr. Berg était dans l'allée. Cela ne l'a pas étonnée.

Beauty est dans la salle de bains, debout derrière le store, et Mr. Berg tourne autour du rectangle bleu de la piscine.

Il tourne, mais il fait attention de ne pas glisser sur les dalles, ce n'est pas son propos aujourd'hui. La piscine a pu lui offrir une échappatoire une fois, il est donc normal qu'il revienne auprès d'elle en ce temps de son malaise, mais bien entendu la même situation ne saurait se reproduire. On ne se baigne jamais deux fois dans les eaux de la même piscine.

Le ciel bleu le désespère. L'eau brillante le désespère aussi. Et aussi la pelouse verte et la cuisine aux meubles high tech escamotables et le salon de cuir blanc et toute sa maison. Et l'océan onduleux et les Keys. Il n'est pas facile d'être malheureux au milieu de tous ces bienfaits que le monde à la Floride envie.

Il pense aux pays de ses ancêtres, l'Allemagne et la Hollande. Il ne les connaît pas. Il ne s'y est jamais rendu, ne s'y est jamais intéressé. Pays sombres, pays d'inquiétude pour lui. Et les tensions ethniques qui agitent sa ville et dont il est bien obligé d'avoir connaissance n'ont fait que l'éloigner encore plus de cette quête possible. Tous ces problèmes ! Sa femme, elle, est à l'aise au milieu de ces histoires compliquées. Elle est comptable au centre d'aide sociale et le soir lui raconte avec verve et compétence les malheurs infinis des habitants. Il l'écoute, mais c'est bien la seule circonstance où écouter sa femme fait du mal à Mr. Berg. Très vite il sent la contraction familière s'emparer de ses vaisseaux sanguins. Il hait les conflits. Ce dont il a secrètement la nostalgie, c'est un état de nature idéal, une sorte de paradis éclatant de couleurs, plein de fleurs, de fruits, d'animaux doux, d'humains aimables, de palmes vertes. Peut-être est-ce la raison pour laquelle il s'est lancé avec tant de vigueur dans l'entreprise léguée par son cousin, malgré ses aspirations artistiques. Il aime visiter les marchés, se promener dans les entrepôts bien garnis, joyeuses cornes d'abondance qui le remplissent d'aise. Est-ce que les courgettes se battent avec les kiwis ?

Lorsque sa femme raconte les horreurs de la ville, il se garde bien de commenter, sûr de dire une bêtise ou une autre. Il a mal à la tête. En ces instants, il ne pense alors qu'à boire un verre avec un compagnon dans un bar climatisé et peu importerait que le compagnon soit hispanique ou jaune ou noir. Toutes ces histoires !

Pourquoi n'est-il pas possible de naître, grandir et mourir comme un fruit ?

Si par hasard il pense à l'Europe, il perçoit un grand nuage noir, des grondements sourds, une déchirure dans le cœur. Et bien vite il éloigne cette pensée qui lui est désagréable.

Mais ce matin, en tournant autour de la piscine, il lui semble qu'il aurait besoin de cette vieille terre douloureuse pour éprouver son propre malheur. Il se penche, trempe une main dans l'eau. L'eau est délicieuse. Mr. Berg est en faillite, il a perdu son travail.

« Est-ce grave ? se demande-t-il.

— Affreux », se répond-il, sans conviction.

Il devrait rentrer dans son bureau, faire des comptes, relire son contrat d'assurance et calculer la somme exacte de son épargne. Il devrait se faire du souci. Mais il n'y arrive pas. Il sait que sa femme le fera à sa place, elle saura, elle, s'inquiéter sur les études des enfants, l'entretien de la maison, les impôts. Et il lui suffira bien de l'écouter.

Écouter sa femme (exception faite des tensions ethniques de la ville) n'est jamais une corvée pour Mr. Berg. Même lorsqu'elle se plaint et tempête. Elle est belle dans tous ses états et il ne se lasse pas de la regarder. Sa précédente femme aussi savait se faire du souci avec vigueur, mais alors comme elle l'assommait ! Ce mystère l'étonne. À genoux, les mains pendant dans l'eau, il hoche la tête longuement.

Beauty derrière le store de la salle de bains laisse aussi pendre ses mains et hoche la tête comme il le fait.

Elle ne s'ennuie pas du tout en cet instant. Elle est au bord même du cercle central du monde. Depuis qu'elle a hélé toute seule un taxi, qu'elle a fait s'arrêter un de ces objets enviables réservés aux adultes, qu'elle a roulé dans la même farine un chauffeur réticent et sa surveillante d'école, Beauty a de l'électricité dans les jambes. C'est comme si elle venait de poser le pied — sans effort ni peine — sur une ligne invisible à tous et à elle-même, mais qui grésille, voilà. Et cela, elle le sent sans la moindre ambiguïté.

Comment se traduit ce grésillement pour une jeune fille comme Beauty ? Par une seule chose, pour l'instant : elle se tient droite. Pour la première fois de sa vie, à cause d'un taxi sur le bord d'un trottoir de Miami, elle a redressé toute sa taille et désormais elle ne la courbera plus. Son corps ne le lui permettra plus. Cela grésille trop, là sous ses pieds.

Car Beauty s'est construit pour elle-même une représentation du monde. Elle est faite de plusieurs cercles inscrits les uns dans les autres. Sur chacun des cercles il y a certes les mêmes choses (cette jeune fille n'a rien d'une évaporée), mais sur le cercle extérieur ces choses sont distendues, sans lien, sans lumière. Sur le cercle intérieur, elles sont au contraire imbriquées, compactes et elles émettent une grande énergie.

Au centre doit se trouver ce que cherche Beauty.

Donc elle se tient droite. Ce qui entraîne autre chose. Sa tête, depuis qu'elle est ainsi juchée bien haut, pense différemment. Soudain elle quitte sa cachette, traverse la porte-fenêtre du jardin, marche vers la piscine.

— Hi daddy, dit-elle.
— Hello, dit Mr. Berg.

Pas d'exclamations, pas de réprimandes. Mr. Berg a été pris par surprise. Non pas de voir sa fille là sur la pelouse de la maison alors qu'elle devrait être à l'école, mais de voir cette personne haute de taille soudain apparue sur la pelouse de la maison là où il n'y avait personne. Cela créait une confusion. Si c'était sa fille, il fallait vite fabriquer une gronderie, si c'était une grande personne, pas question bien sûr. Tout cela en une fraction de seconde. Mr. Berg finalement n'a pas eu le temps de comprendre sa confusion. Il est resté, tel qu'il était, immobile et calme. Hello, hello, Beauty !

— Est-ce que tu vas tomber dans l'eau tout habillé, papa ?
— Non, dit Mr. Berg.
— Je ne voulais pas réciter le serment d'allégeance quand j'étais petite, n'est-ce pas, papa ?
— Un jour tu le récitais, un autre jour tu fermais le bec, dit Mr. Berg pas encore dans le coup.
— Tu sais pourquoi ?
— Non, dit-il d'une voix qui continue d'être distraite.

Beauty se tait.

Soudain son père oublie la faillite de son entreprise, la perte de son emploi, et son malaise. Il entend le silence blessé de son enfant. La piscine scintille trop fortement sous le soleil. De petites vagues ondulent autour d'eux, car ils se sont assis, ont enlevé leurs chaussures et pianotent avec leurs orteils dans l'eau. Sous ces petits chocs répétés, on dirait que l'eau se transforme. Elle repousse doucement le dallage étroit qui l'enserre, elle s'allonge, se frotte contre des berges herbeuses qui s'écartent, se met à couler au fond des vallées, entre les montagnes. Il semble à Mr. Berg qu'il chemine depuis longtemps, depuis des années, le long de cette rivière sans la voir. De vagues images s'agitent, des bottes, des pêcheurs, les brumes matinales, des bêtes qui détalent, des buissons, images qui viennent de très loin, peut-être de ses ancêtres là-bas dans les forêts d'Europe, mais ce ne sont pas elles qui comptent en cet instant. Ce qui compte, c'est ce sentiment très fort qu'il a de cheminer depuis si longtemps, tout seul, à côté de quelque chose de très important qu'il ne voyait pas. Il a la gorge serrée.

Comme c'est étrange. Il lui semble muer, comme s'il touchait à l'âge adulte, comme s'il avait mis des années à y parvenir, comme s'il avait été maintenu dans l'insouciance par le ciel bleu de Floride, les blanches maisons, les corbeilles de fruits, la rumeur de l'océan, la chair tendre de ses filles et la grâce de sa femme. Lui, un homme de cinquante ans passés. Grand, large de carrure, d'allure joviale. Son regard a la couleur du ciel d'ici, et ses cheveux la couleur du sable. Un grand homme blond, heureux sous le soleil. Mais ses cheveux ne sont plus blonds, ils sont gris. Cela ne se voit pas, le gris se confond avec le blond, tout est décoloré par le soleil, oui le soleil ici fait un aveuglement, la vie est comme un film surexposé, on n'y voit plus les contours.

La douleur qu'il cherchait quelques instants auparavant, il vient de la trouver. Elle est passée furtivement, mais elle lui a ouvert un chemin. Sur ce chemin, il y a sa fille cadette, Beauty, qu'il a oublié de voir depuis plusieurs années.

— Il y avait une raison ? dit-il, d'une voix basse, étranglée, parce que sa gorge est encore serrée, parce qu'il n'est pas habitué à parler avec la voix de quelqu'un qui est devenu un adulte.

Beauty entend cette nouvelle voix de son père. Elle aurait pu se taire encore cette fois, faire son grand sourire et refuser son secret. Enfant souvent butée, on le sait.

— C'est un secret, dit-elle.

Mais sa voix n'est pas fermée. Le père comprend qu'il doit, lui aussi, et lui le premier, donner un secret.

— Tu sais, Beauty...
— Oui, papa ?
— Je vais te dire quelque chose...
— Oui, papa.
— Avant ta mère, j'ai eu une autre femme...
— Oui ?
— Elle croyait que je ne l'aimais pas, alors...
— Papa ?
— Alors elle est morte.

Là, c'est dit. Mr. Berg en frissonne de stupeur.

Beauty réfléchit un moment.

— Est-ce que mes sœurs le savent ?
— Non.
— Tu ne l'as dit ni à Liza ni à Tania ?
— Non.
— Tu es sûr ?
— Absolument sûr, dit Mr. Berg, un peu surpris tout de même.
— Alors voilà, dit Beauty, je vais te dire pour le serment d'allégeance. C'est simple. Quand le vent

souffle un peu, le drapeau bouge, on voit plutôt les barres, ou plutôt les étoiles. Quand c'était surtout les barres, je ne récitais pas, et quand c'était surtout les étoiles, je récitais.

Silence de Mr. Berg.

— Tu comprends ?

Beauty semble extraordinairement fière de son secret. On sent qu'elle en a terminé l'exposition, tout ce qui a été expliqué doit l'être, le confident qui n'a pas saisi n'est pas digne de l'être, il sera renvoyé avec mépris à sa nullité, comme l'a été la maîtresse d'école en son temps.

De fait Mr. Berg ne saisit pas, pour l'instant du moins. Mais depuis qu'il est devenu adulte, c'est-à-dire depuis quelques minutes, il y a d'autres choses qu'il comprend.

Il comprend que ce que Beauty vient de lui raconter n'est pas une farce d'écolier. C'est une philosophie, une représentation du monde, et plus que cela, mais en corollaire direct, c'est une prise de position existentielle. Un engagement total de l'être.

Il ne connaît pas l'histoire des cercles concentriques et Beauty ne pourrait la lui révéler car elle-même ne se l'est pas encore formulée, mais il tâtonne très près, tant est fine en cet instant sa perception de cet autre être, assis à côté de lui, sur le bord de la piscine. Il devine, en quelque sorte, car il a l'intuition qu'une erreur de sa part en cet instant précipiterait Beauty hors de ses marques. Comme s'il la poussait dans le vide.

Mais que faire, que dire ? Où aller ?

Se laisser tomber tout habillé dans la piscine ?

Certainement cela simplifierait les choses. Il battrait des bras, ferait semblant de se noyer, Beauty éclaterait de rire. Ensuite il faudrait se sécher, changer de vêtements, ils boiraient un jus de fruits, et puis il la ramènerait à l'école. On serait passé à autre chose. On reviendrait au cours normal de la vie tel qu'il s'est établi dans cette maison.

Mr. Berg en a la tentation. Ses muscles se tendent vers l'eau exactement comme ils le font vers la bouteille de bourbon lorsque l'envie de boire s'empare de lui. Ce serait facile, ce serait bon. Mais il n'en est pas question. Il doit continuer d'avancer. Pas de retour en arrière. Comme il est dur d'être un adulte !

D'ailleurs il vient de comprendre.

Les étoiles, on dit « oui » bien sûr, et les barres, les sombres barreaux qui bloquent la vie, on dit « non », cela va de soi. Le serment d'allégeance n'a rien à voir là-dedans, ni le drapeau ni le boulot ni les impôts ni tous ces satanés emmerdements qui font les cheveux gris.

— C'est formidable, Beauty, formidable !

Mr. Berg jubile. Il tape dans ses mains. Mais c'est qu'elle est extraordinaire, sa fille. Il y a longtemps qu'il n'a éprouvé une telle sensation d'émerveillement, jamais peut-être, même avec sa femme qu'il adore.

Et en une seconde, semble-t-il, il voit tout ce qu'il sait de l'Europe de ses ancêtres, il voit tout ce qu'il sait des Cubains, Haïtiens, Vietnamiens et autres exilés qui se noient en essayant de parvenir vers des terres meilleures, il voit les cadavres d'enfants que laisse la guerre des gangs, et les junkies si jeunes et déjà condamnés, et les pauvres qui font la queue au centre d'aide sociale et ceux qu'on refuse dans les hôpitaux. Il sent toute la souffrance qui enveloppe la planète, et pour la première fois cette souffrance trouve sa place en lui. Il ne la rejette pas, il ne l'accueille pas, elle est là, elle fait partie de lui. Et le plus étrange, c'est qu'il y a toujours en même temps le ciel bleu, la piscine qui brille, le soleil, tout ce qu'il détestait il y a quelques instants. Rien ne s'annule, il est à la fois heureux et malheureux, il est un homme différent.

— Qu'est-ce que tu dis, Beauty ?
— Est-ce que tu l'as tuée ?
— Qui ?
— La femme avec qui tu étais marié avant maman.

Il va répondre, il va expliquer, du moins une ou deux choses, même s'il ne sait pas exactement lesquelles. Mais au moment où il ouvre la bouche, voici qu'il remarque une chose qui le saisit vraiment trop fort.

Ils ont en effet sorti les pieds de l'eau, ils se sont levés, ont remis leurs chaussures, s'apprêtent à marcher vers la maison, et c'est alors que Mr. Berg s'arrête net.

— Mais, Beauty, tu t'es trompée de chaussures !
— Non, papa.
— Comment ça, non ?
— Si je m'étais trompée de chaussures, toi tu aurais les miennes aux pieds.

Juste, juste. Mais alors toutes ces paires de chaussures qui disparaissent mystérieusement ? Pas en si grand nombre finalement, mais tout de même.

— Beauty, qu'est-ce que cela veut dire ?
— ...

Malgré la révolution intérieure qu'il vient de subir, malgré sa nouvelle perception de lui-même et du monde, Mr. Berg tient toujours autant à ses chaussures.

— Mais enfin, tu me les as volées !

— Non, papa, dit Beauty.

— Je ne t'ai pas donné la permission de les prendre, donc tu les as volées, dit Mr. Berg qui s'obstine.

— Tu ne comprends pas, papa, dit Beauty de cette même voix offensée et peinée qu'il lui a déjà entendue et qui semble couper à la racine l'indignation de celui à qui elle s'adresse.

Mr. Berg a très envie de se mettre en colère, mais il se rappelle l'obstination de Beauty. Et à y réfléchir, il est surtout curieux de savoir. De fait il s'est trompé, il n'est pas du tout en colère, il est seulement intéressé, terriblement intéressé.

Beauty dit alors :

— C'est comme avec la femme avant maman.

— ... ?

— Tu ne l'as pas tuée, je pense.

— Non, dit Mr. Berg.

— Mais elle est morte.

— Oui.

— Alors c'est pareil.

— Tu crois ? dit Mr. Berg.

— Tu ne l'as pas tuée, mais elle est morte. Et moi je porte tes chaussures, mais je ne les ai pas volées. Tu comprends ?

— Oui, dit Mr. Berg. Enfin je crois, ajoute-t-il.

— Ne t'en fais pas, dit Beauty, compatissante.

Ils marchent côte à côte sur la pelouse. Ils sont aussi grands l'un que l'autre. Un avion passe très bas au-dessus d'eux. Ils lèvent la tête en même temps. C'est un petit avion de tourisme, il porte le drapeau des États-Unis. Barres et étoiles. Père et fille se jettent un regard complice.

— Tout de même, dit Mr. Berg, même si je crois

que j'ai compris, j'aimerais bien ne pas avoir à attendre des années, j'aimerais bien connaître ce secret-là tout de suite, je suis sûr qu'il me plaira autant que l'autre, je suis sûr que c'est un secret formidable, j'aimerais bien le partager.

— Je voudrais bien, papa, mais je ne peux pas, répond Beauty dans un grand élan de sincérité qui fait presque trembler sa voix. C'est un secret pour moi aussi, voilà le problème.

— C'est-à-dire ?

— C'est-à-dire que je ne sais pas pourquoi je dois porter ces chaussures. Mais en tout cas, ce n'est pas parce que c'est les tiennes et je ne te les ai pas volées.

— Bon, dit Mr. Berg.

Discussion close. Ils sont épuisés l'un et l'autre. Mr. Berg se restaure avec quelques-uns des fruits de la superbe corbeille de la cuisine. Beauty refait ensuite la pyramide endommagée. Ils tombent d'accord qu'ils ne diront rien de cette matinée à Mrs. Berg ni aux jumelles. Beauty accepte de se faire reconduire à l'école.

Lorsqu'elle descend de voiture, Mr. Berg ne repart pas tout de suite. Il la suit des yeux un moment. Quelque chose l'étonne, profondément. Il n'a pas le temps d'y réfléchir. À la porte de l'école, Beauty se retourne. Elle lui sourit. Et ce sourire fait comme une réponse absolue à son étonnement. Mr. Berg agite la main. Bye bye Beauty. Bye bye daddy.

12

DUNE ROAD

Madame Carel a un ami d'enfance qui a bien réussi dans la vie. Il dirige tout le secteur américain d'une grande entreprise française de cosmétiques. Il vit à New York. C'est un ami fidèle, il envoie cartes d'anniversaire et invitations. La vie intérieure des gens n'est pas son affaire. « Pourquoi m'invite-t-il, se dit madame Carel, alors que je n'ai que cela à offrir ? » Elle se parle ainsi avec étonnement plutôt qu'avec amertume. Elle ne comprend pas cette fidélité. Elle préférerait qu'il l'oublie. Ainsi elle ne souffrirait pas de l'éclat qu'il répand. Dans cet éclat, elle ne s'éprouve que comme un nuage obscur, incompréhensible.

Cette fois, cependant, elle est contente. Grâce à Adrien, l'ami d'enfance devenu directeur général pour tout le secteur des Amériques, elle a quelque chose de tangible à offrir à Robin.

— Robin, on est invités, dit-elle joyeusement.
— Par qui ?
— Par Adrien.
— Le moniteur du camp d'été du lycée français ?
— Non, non, Adrien, mon ami d'enfance, tu sais bien... Robin est méfiant.

Les amis de sa mère ne lui ont pas en général paru attentifs aux petits garçons. Il préfère les amis de son père, qui parlent de choses intéressantes comme le base-ball, le football, le judo, et l'englobent tout naturellement dans ces activités, sans réticences et même avec enthousiasme.

— Il nous invite au bord de la mer.

Robin lève la tête.

— À Coney Island ? dit-il avec intérêt.

— Mieux que cela. À Westhampton, dans une maison, on pourra rester tout le week-end.

Robin n'est pas sûr qu'une maison à Westhampton soit préférable à Coney Island où il y a d'immenses manèges, à ce que lui ont dit Jim et Brad, ses copains de l'école. Émilie a dit que c'était plein de bouts de verre et qu'il y avait des requins, mais on ne peut pas se fier à Émilie, ce n'est qu'une fille.

La maman perçoit l'hésitation sur le petit visage, elle cherche un argument, pense à Gatsby le magnifique, le héros du roman de Fitzgerald, dont elle pourrait lui montrer le château, puis elle comprend qu'elle se fourvoie, la splendeur et la chute de Gatsby ne sont pas l'affaire de Robin. Elle choisit une autre voie.

— Il y aura des enfants, Adrien me l'a dit.

— Je pourrai emmener mon ballon ?

— Bien sûr. C'est même pour ça qu'on y va, pour que tu puisses jouer au ballon, sur la plage, au grand air, l'air du large, ce sera formidable.

Robin entend cela : ce sera formidable.

Il faut bien parfois faire confiance.

Un petit garçon n'a pas les moyens de toujours juger avec discernement. Madame Carel a l'air vraiment contente. Robin se laisse aller à ce contentement, sa vigilance se relâche.

— O.K. mum, dit-il.

O.K. donc.

Satisfaction importante pour la maman, satisfaction modérée pour Robin, cela fait une moyenne familiale tout à fait dans les normes. Le week-end démarre bien.

Il faut ajouter que monsieur Carel, mis au courant, s'est montré approbateur, même si c'est de façon particulière.

— Pour une fois ! a-t-il dit.

« Pour une fois », cela veut dire beaucoup de choses mêlées. Cela veut dire : « Enfin la maman de mon fils sort de ses rêveries et propose une activité convenable à un garçon. » Cela veut dire aussi : « Enfin la maman de mon fils a des amis corrects, de fréquentation positive pour un enfant qui grandit. » Et de façon générale : « Enfin elle comprend ce que c'est que la vie familiale, l'éducation des enfants et les rapports sociaux. »

Il a téléphoné à Adrien et sa femme Annie pour les remercier et leur souhaiter beau temps. Il a encouragé Robin à bien s'amuser avec son ballon sur la plage. Robin aurait bien eu envie de demander au papa de venir, la présence de monsieur Carel l'aurait rassuré, mais il sent qu'il y a des choses impossibles.

« J'avais compris cela depuis quelque temps déjà », dira-t-il à Beauty vers les débuts de leur rencontre. Et les grands yeux de Beauty se rempliront de larmes.

« Moi aussi, dira-t-elle, j'avais compris. Un jour je m'étais sauvée de l'école, je me sauvais sans cesse de l'école, tu sais, et quand je suis arrivée derrière la maison, j'ai entendu parler dans la cuisine. J'ai entendu mon père qui disait "Merci, merci Kim, c'est merveilleux", et j'ai compris qu'il ne fallait pas qu'il me voie, et je suis repartie, et c'était affreux. »

Elle relèvera la tête, de ce mouvement rapide et fier qui balance ses cheveux en arrière, et elle dira avec fougue : « Dans ma vie à moi, ce sera différent. » Robin répondra en la serrant contre lui : « À quoi bon se marier si c'est pour se séparer ! »

Ils se sentiront en plein accord. Ils sortiront, ils iront danser dans une boîte, ils seront le plus beau couple, la beauté les enveloppera comme un nuage, ils seront intoxiqués non par la fumée, non par l'alcool ni par l'infernale musique, mais par toute la beauté qui se créera par eux deux, qui ondoiera dans leurs membres et miroitera dans les regards des autres et lorsqu'ils sortiront enfin sur le trottoir au petit matin, ils tituberont non de la fatigue de la nuit mais de cette beauté d'eux-mêmes, d'eux ensemble, qui les tiendra sous son emprise, comme dans les flancs chatoyants d'une bulle de savon, et les mènera, pauvres innocents, jusqu'à dissipation de sa brève existence.

Il faut ajouter aux bons auspices de ce week-end au bord de la mer, à Westhampton, Long Island, la voiture neuve tout récemment arrivée sur les quais du port de New York.

C'est une Austin jaune, elle remplace la vieille Cadillac tombée hors d'usage malgré les soins de Tonio, le superintendant, ou plutôt, selon madame Carel, tombée hors d'usage à cause des soins de Tonio. Officiellement monsieur Carel n'admet pas ce dernier point de vue, il estime que madame Carel fait des histoires pour rien, « ce n'est pas parce que Tonio ne comprend rien aux enfants qu'il ne comprend rien à la mécanique », lui dit-il, il lui reproche aussi d'avoir l'esprit étroit et de rester vraiment trop française. Cependant au fond de lui-même il ne doit pas être très sûr de sa confiance en Tonio, car il a laissé à madame Carel le choix de la marque et de la couleur pour la nouvelle voiture. Et voyez les problèmes des exilés : madame Carel a amèrement ressenti les reproches concernant ses tendances chauvines. Car au fond d'elle-même elle avait bien senti s'agiter ces vexants serpents, c'est qu'il est facile d'avoir l'esprit ouvert et d'affirmer haut et fort le droit de chacun à la différence lorsqu'on est dans son pays, parmi les siens, au milieu de ceux qui vous ressemblent, c'est facile, simple et évident et ceux qui vous contredisent sont des démons possédés par les serpents du mal. Alors pourquoi, pourquoi ces mêmes serpents viennent-ils vous mordre secrètement lorsque vous êtes à l'étranger, isolé, livré à ceux qui ne vous ressemblent pas ?

Madame Carel a décidé de ne pas choisir une marque française, mais une marque anglaise. Monsieur Carel a dit « pourquoi pas ? », et le nœud plein d'épines de cette affaire s'est ainsi défait sans trop piquer.

Malgré leurs perplexités, les exilés ont certaines joies, ainsi par exemple de pouvoir acheter des voitures en TT, c'est-à-dire en détaxe. Monsieur et madame Carel n'auraient pu envisager en France de s'offrir une voiture neuve. Ici en Amérique c'est possible.

— Tu vois ! a dit monsieur Carel.
— Super, a dit Robin.
Et madame Carel, ainsi encouragée, a osé le jaune,

qui lui rappelle les boutons-d'or des prairies autour de leur ville natale. Elle les avait pourtant détestées, ces prairies, à l'époque des promenades dominicales de sa jeunesse, et les boutons-d'or lui paraissaient alors de piètre force devant l'appel du large. Elle ne voulait pas se laisser attacher par ces petits clous innocents sur la morne toile de la vie provinciale. Elle irait ailleurs, elle, et monsieur Carel, rencontré justement au cours d'une de ces promenades forcées, avait trouvé l'idée bonne. Ils étaient très jeunes alors, deux adolescents presque. Elle avait dit avec emportement « Je veux vivre ailleurs », il avait été un peu surpris, mais charmé finalement. Il avait dit « Pourquoi pas ? » Pour lui c'était une bonne idée, pour elle c'était un rêve.

Qu'importe, pour l'instant, ils étaient vraiment joyeux tous les trois, comme s'il s'agissait encore une fois d'un nouveau départ.

— On a de la chance d'avoir une voiture neuve, dit madame Carel installée au volant.
— Oui, dit Robin. Est-ce que tu as la monnaie pour le Toll ?

Le Toll, c'est le péage, les employés du péage ne sont pas commodes, et les chauffeurs des autres voitures ne sont pas patients.

Robin a la monnaie.

La voiture donc est une Austin Metro, elle a des sièges baquets, sa couleur est le célèbre jaune anglais. La maman explique cela à Robin, on passe devant le grand mur mort de l'asile d'aliénés, on dépasse l'embranchement de Kennedy Airport, madame Carel commence à se sentir moins faible dans ce pays.

Découvrir dans l'immense port maritime de New

York le bon quai, le bureau exact, se débrouiller avec les papiers, trouver les mots américains pour se faire obéir des employés indifférents ou rudes, et puis revenir avec ce petit bijou fragile dans les embouteillages du Holland Tunnel, tout cela a été un exploit. Mais finalement elle ne raconte pas ces détails à Robin. Elle conduit.

Si on est dans une voiture anglaise, cela peut signifier qu'on est anglais. Aux États-Unis, mieux vaut être anglais que français, cela passe mieux, cela fait plus sérieux.

Les sièges de cuir sont très bas, façonnés comme des fauteuils. Ils installent le corps tout près du sol. On sent qu'on participe d'un rapport oublié entre la route et la voiture, un rapport noble, presque intimidant. Sur les côtés, obturant à chaque fois les vitres des portières, d'épaisses carrosseries surélevées passent. Les autres voitures sont grossières. Ce sont des pachydermes, qui écrasent le ruban de la route dans une action brutalement utilitaire. La petite Austin, elle, est agile et subtile. Sa couleur jaune est une couleur précieuse, une couleur de peintre. Madame Carel ne dit rien de tout cela non plus à Robin.

Elle pense à ce personnage de roman, si vivant pour elle qu'il est comme un intime, le pauvre et magnifique Gatsby. Ce pays pousse aux rêves, ce pays est dangereux parce qu'il veut qu'on réalise les rêves, alors on traîne ses rêves devant la réalité de ce pays, et clac, les rêves sont détruits. Pas elle, pas sa famille, elle ne se laissera pas faire. Gatsby n'avait rien derrière lui, ils ont l'Europe tout de même.

Dans son Austin jaune toute neuve, madame Carel conduit.

Il lui arrive quelque chose de très agréable. Les

choses énormes de ce pays ne lui font plus aussi peur. Ainsi du vaste port de New York où elle a erré des heures, humiliée, prête à pleurer, et de la gigantesque forteresse que fait la ville lorsqu'on s'en éloigne, et du monstrueux aéroport qu'ils dépassent maintenant, et de l'indéchiffrable emmêlement des autoroutes. Non seulement ces choses ne lui font plus peur, mais elles semblent lui prêter un peu de leur puissance.

Ce doit être ainsi que les choses se passent pour eux. Eux, ceux qui sont comme Adrien et sa femme Annie, et puis aussi tous ces Américains si bruyants et affirmés.

Elle se sent assez forte. Et comme elle n'en a pas l'habitude, cela lui donne le vertige. Elle accélère.

— Mummy, dit Robin, on vient de passer un embranchement.

— C'est exaltant, ce pays, dit madame Carel.

— ...

— C'est grand, continue-t-elle. Là-bas tout était étroit.

— ...

— On se sent plus grand soi-même, conclut-elle.

— Mummy, dit Robin, on n'est pas sur la bonne route.

C'est exact.

Un pincement serre le cœur de madame Carel. Le pressentiment d'une défaite terrible. Non, pas cette fois, pas déjà. Pas devant l'enfant qu'on a traîné si loin, qu'on a jeté au milieu de ces immeubles vertigineux, de ces routes sauvages, qu'on a amené chez les vainqueurs du monde, oh que ce ne soit pas pour qu'il y soit écrasé, son cœur bat follement, pas aujourd'hui, pas cette fois !

— Tu crois ? dit-elle.

Comment ralentir, où s'arrêter, à qui demander ? Deux avions se croisent dans le ciel, loin devant on en aperçoit un autre qui décrit une courbe, les embranchements se succèdent de tous côtés, le troupeau des grosses cylindrées enserre la petite voiture, il faut galoper avec elles, flanc contre flanc, quels sont ces noms, ces chiffres sur les pancartes, partout des indications, et toutes indéchiffrables, des indications pour les géants de ce pays qui savent les lire, les pancartes arrivent à toute allure, jettent leurs signes et disparaissent en ricanant. Faible insecte d'un pays minuscule, qu'es-tu venu faire ici ?

Pas un tour de force, l'Austin jaune s'est arrachée au troupeau compact, s'est jetée sur un côté. La maman comprime sa respiration.

— Est-ce qu'on a une carte ? dit Robin.
— Oui, non, dit-elle.

Ils se sont épouvantablement égarés.

Il leur faudra plus d'une heure pour retrouver la bonne route, ils arriveront en retard, l'heure du déjeuner sera passée depuis longtemps, la maison est au bout d'une longue chaussée mangée par l'herbe et le sable, Dune Road, les dunes d'un côté, des maisons de bois de l'autre, des roseaux, le vent, le tumulte de l'océan, ils arrêtent la voiture sur un terre-plein sablonneux, et voici Adrien sur la véranda, étendu sur une chaise longue, en slip de bain, bronzé, qui enlève son cigare de la bouche et agite son journal dans leur direction.

Il y a d'autres gens sur la véranda.

Des gens que madame Carel ne connaît pas.

Est-ce que Robin se rappellera ce jour ? Il est gonflé de fierté, il a trouvé tout seul, sans l'aide d'une carte, le bon chemin. Il n'a pas vu la honte et l'angoisse de madame Carel. Les grosses voitures américaines et les pancartes aux noms étranges ne lui ont pas fait peur. Ce pays dans lequel il vit est le sien, il s'en est approprié naturellement le pan qui se présente aujourd'hui, et maintenant voici la maison où il y a des enfants qui doivent jouer avec lui, et de l'autre côté voici la plage qui doit être son terrain de jeu, son stade, son espace. Il est heureux.

Il saute vivement de la voiture, attrape son ballon, le lance sur le sol, le rebond est faible à cause du sable, bon il suffit de taper un peu plus fort, il tape plus fort et cela marche, et il avance en tapant avec une belle application, il avance, petit garçon plein de bravoure et d'espoir et de forces toutes fraîches.

La maman sait qu'ils ont déjà perdu. Elle a vu les autres invités sur la véranda, elle a aperçu l'expression sur leur visage.

Adrien est descendu jusqu'à la voiture jaune. Il brille littéralement dans le soleil, son journal claque dans le vent, il rit, « temps superbe », dit-il, son torse est plein de muscles qui luisent comme de puissants cordages, « oui », dit madame Carel, étourdie, elle ne se rappelait pas qu'il était devenu si fort, n'était-il pas malingre lorsqu'ils étaient enfants, le vent agite les poils de sa poitrine, « n'as-tu pas froid ? » balbutie-t-elle, personne ne l'entend et voici Annie, l'épouse. Elle aussi est en maillot de bain, ses flancs sont larges, ses pommettes hautes, ses cheveux volent devant ses yeux. Madame Carel aime beaucoup Annie. C'est une forte femme, mais cette force ne s'est jamais tournée contre elle. Elle est fière que l'épouse de son ami d'enfance soit aussi devenue son amie. Malgré leurs modes de vie si différents, il n'y a pas eu d'ombre entre elles. « Que vous est-il arrivé ? » dit Annie en soulevant d'une main puissante leurs sacs à l'arrière de la voiture.

Et madame Carel explique, explique.

Oh, ce n'est pas à ses hôtes qu'elle devra sa défaite, ils sont pleins de force et de désirs, ils sont venus boire aux flots tumultueux de ce pays et ils ne s'y sont pas noyés, ils ont bu et mangé à la grande galette, et n'y ont trouvé que plus d'ardeur à désirer encore, tant mieux, tant mieux, se dit madame Carel. « Ça m'arrive aussi de me tromper de route, dit Annie, surtout quand les gosses se chamaillent à l'arrière. » Robin n'aime pas cette réflexion, il n'était pas à l'arrière, il ne s'est pas chamaillé, c'est lui qui a trouvé la route. Passons. Salutations et discussions, ce n'est pas son affaire.

Sur la véranda, Robin tape, tape. La véranda est vraiment une bonne chose, le plancher est ce qui convient, Robin a trouvé le bon rythme, le ballon rebondit avec une sèche régularité, le bois craque, la maison résonne. « Pan pan », fait le ballon, « pan pan », semblent répondre la maison et le vent et l'océan, « pan pan », l'immense espace accueille le petit dieu des airs, amplifie sa voix, la glorifie, et c'est comme si la vieille véranda rongée par les intempéries, muette et abandonnée de l'autre côté des dunes, n'avait attendu que cette visite. Elle s'anime, craque et résonne de plus en plus fort, et l'océan semble s'éveiller à cet appel, on l'entend qui précipite ses vagues tout près derrière les dunes, on imagine ses crêtes d'écume bondissant comme des panaches, Robin ne prête pas attention aux paroles des adultes autour, s'efforce de ne pas prêter attention, se concentre sur son ballon.

Que l'océan vienne à ton aide, petit garçon, et le vent, qu'ils unissent leurs forces pour te protéger, qu'ils rugissent et tourbillonnent ensemble pour anéantir les paroles des adultes, tu as été trompé, ton ballon a été trompé. Vous les vaillants, les gracieux de cette terre, vous avez été trahis.

Les invités qui étaient sur la véranda se sont levés de leurs chaises longues, ils disent quelque chose, leur voix est cassante, indignée.

Le ballon rebondit encore une fois, la dernière.

Le voilà qui s'élève, qui s'élève jusqu'à la hauteur prévue, et là ne trouve rien, ne trouve pas la main qu'il attend. Que se passe-t-il ? se demande le petit dieu. Où est Robin, où est Batman ? Il se maintient un instant en l'air, tendant toutes les forces de sa sphère, comme il est de son devoir, mais il n'y a pas de forces infinies sous ses jolies couleurs de plastique, il n'est qu'un très petit dieu, un dieu pour les enfants, force lui est de retourner vers le sol. Pas grave, se dit le vaillant ballon, le sol est bon, c'est du bois, il me fera bien rebondir encore assez haut, et cette fois mon maître sera au rendez-vous, ce n'est pas un novice, j'ai confiance en mon maître, se dit le ballon, nous avons passé contrat ensemble, nous avons connu tant d'épreuves et surmonté tant d'obstacles, j'ai de la chance d'avoir décroché ce maître-là sur la terre des humains, certains de mes confrères tombent sur de molles petites filles qui les abandonnent aussitôt, moi j'ai été respecté et choyé, je suis devenu un confident, l'ami le plus sûr, allons-y, ne montrons pas de déception, tout le monde peut rater une fois, courage, vieux bois de la véranda, fais-moi rebondir fort, fort...

Mais la main qu'il connaît ne vient pas à sa rencontre. Étonné le ballon fait une autre tentative. Le bois lassé ne répond plus, le ballon glisse, ne peut se retenir, il roule, roule, la mort dans l'âme sur le plancher indifférent. Au bout de la véranda est la chute, pas de rambarde, le ballon vibre un instant, un dernier instant suspendu au-dessus du vide, est-il possible que personne ne vienne à son secours... Personne ne vient, il tombe, le vaillant, il accomplit l'ignominieuse chute et s'écrase un mètre plus bas dans le sable. Oh, les bras mous du sable ! Ils s'accrochent à lui, l'enserrent, le ballon étouffe, par un ultime effort il roule encore un peu et s'engloutit dans les roseaux.

Robin n'est pas allé au secours de son ami. Des voix odieuses l'en ont empêché et Batman n'est pas arrivé pour les étouffer sous ses grandes ailes.

— Le bébé fait sa sieste, répètent les voix odieuses. Le bébé.

C'était donc cela, les enfants qui devaient jouer avec Robin, des bébés. Un seul bébé !

Interdit de jouer au ballon.

La maman est assise au milieu des ennemis, elle boit une tasse de café, elle n'ose lever la tête.

Annie et Adrien s'affairent à la cuisine, ils n'ont pas entendu l'ignominieuse interdiction, ils ne peuvent les secourir.

Se rappellera-t-il ce jour de Dune Road, Robin, ce jour où raide, rigide, il resta assis, puis debout, puis assis, peut-être accoudé à l'appui de la véranda, mais raide, rigide, la mort dans l'âme lui aussi, le regard tourné vers la haie mouvante des roseaux, où le vent en sifflant courbait les hautes têtes plumeuses, l'horizon où avait disparu son seul vrai ami ?

« Je n'ai pas de mémoire, dira-t-il des années plus tard. Mes parents me racontent des souvenirs, les copains aussi me racontent des souvenirs, moi je ne me souviens pas. Parfois je trouve ça bizarre...
— Viens, allons acheter des plantes vertes, dira Beauty.
— Des plantes vertes ? Pour quoi faire ? dira Robin.
— Parce que c'est la vie ! » dira Beauty en se levant au milieu de leur petit appartement.

Elle dressera son corps long et fin, elle dépliera son immense sourire, le même qu'autrefois, celui qui avait sidéré le pédiatre et le chauffeur de taxi. Robin n'aura pas encore appris à résister au présent. Il n'aura pas appris à s'arracher au courant qui frétille et entraîne. Peut-être sentira-t-il qu'il y a quelque part sur la berge un endroit où sa mémoire l'attend. Mais il aura peur de l'ombre et du silence. Tant pis pour les souvenirs, la quête est trop longue, le présent trop insistant, tant pis pour Robin. Il sautera sur ses pieds, de cette vive détente inscrite dans ses muscles depuis le temps où petit garçon il courait derrière son ballon, il se lèvera lui aussi pour s'en aller plonger avec sa belle là où la vie remue.

« O.K., allons-y », dira-t-il.

Comme ils aimeront la rue tous les deux ! Ils dédaigneront de se tenir par la main, ils iront comme de grands échassiers, portés sur leurs hautes jambes au-dessus de la mêlée commune, se dépassant, se rattrapant, ils joueront, ils seront les seigneurs de la rue. Et dans le vaste espace du fleuriste, ils joueront aussi. Le fleuriste oubliera les clients au front sérieux, et leurs mornes cadeaux de félicitations, de remerciements, de sollicitation ou de condoléances, le fleuriste oubliera tous ces bouquets ficelés qui étouffent ses jours et finissent par faire autour de lui comme une couronne mortuaire. Il verra entrer ces deux grands oiseaux virevoltant et chamailleurs, et il lui semblera qu'arrivent enfin les habitants naturels de son jardin, ceux qu'il attendait depuis si longtemps. Il les suivra dans leurs étourdissants sautillements. Ah bien sûr, Beauty sera riche ! L'argent de sa récente métamorphose coulera comme un ruisseau limpide au milieu du jardin. Robin fera le merle moqueur et sifflera devant le torrent des dépenses, le fleuriste encaissera, Beauty et Robin sortiront du magasin étreignant à pleins bras leurs exubérantes acquisitions. Leurs visages seront rieurs dans le feuillage. Les voitures freineront avec grâce devant eux et les passants s'écarteront. Comme la rue leur sera bonne !

Ce jour-là Dune Road, Long Island, il y a donc des amis et relations de travail d'Adrien, venus eux aussi du vieux continent pour manger à la grande galette américaine. Ils ont déjà pas mal mangé, se sont momentanément repus et maintenant font une petite pause dans cette maison en bardeaux, louée pour la saison, où ils reprennent des forces pour se remettre au festin, car certes ce n'est pas facile pour des petits Européens de bousculer les grands Américains.

Ils expliquent cela, bien assis sur la véranda, en tournant parfois des yeux courroucés vers madame Carel, la maman du vilain perturbateur, et celle-ci fixe alors l'horizon des dunes, comme si son âme était là-bas, à peine visible dans les sables. Pas facile en vérité, et c'est pour cela qu'il ne faut pas faire de bruits de ballon lorsque le bébé dort. Que les petits garçons des guetteuses de sable se taisent, qu'ils se figent, s'éclipsent, s'anéantissent. Leur place n'est pas parmi les conquérants de galette. Les amis d'Adrien ne sont pas les amis de la maman de Robin. Funeste après-midi !

Sur la plage ils se sont un peu baignés, les deux rejetés. Mais le cœur n'y est pas. Leurs muscles raidis par l'humiliation ne se dépliaient pas dans les vagues. Ils se sont assis sur le sable. Ils n'osent se parler, ni vraiment se regarder. C'est ce qui arrive aux faibles lorsque le mépris des plus forts leur tombe dessus. Ils sont pris dans une lumière méchante qui les rend laids l'un à l'autre. « Les Américains ne nous ont jamais fait cela », se dit madame Carel. Ou encore : « Les Américains, eux, sont gentils avec les enfants. »

— On ne pouvait pas prévoir... a-t-elle tenté d'expliquer, mais elle a vite renoncé.

L'après-midi est longue.
— Va chercher ton ballon, dit la maman.
— Non, dit Robin.
— J'y vais, moi, si tu veux.
— Non, dit Robin.
— Alors, allons-y tous les deux.

— Non, dit Robin farouchement.

L'après-midi n'a plus aucun sens. Tout est là, le soleil, le vent, les vagues, la plage si vaste, l'enfant, le ballon, mais dans un désordre effroyable et on n'y peut rien faire.

Plus tard, madame Carel a grimpé une dune. Un second cordon de dunes masque la route et la maison de bois dans le champ de roseaux. Alors elle s'est tournée vers l'est. L'océan est énorme. Au-delà de l'horizon, au bout de milliers et de milliers de vagues, il y a le pays qu'elle a quitté. « L'océan là-bas n'est pas si énorme », se dit-elle avec stupeur. Criques, anses, baies, la mer y est presque partout adoucie par les villes. « Ce pays-ci est encore sauvage », se dit-elle.

Robin a grimpé jusqu'à elle.

— Qu'est-ce que tu regardes ?

Madame Carel hésite.

— Rien, dit-elle.

— J'ai faim, dit Robin.

Il faut donc retourner chez l'ennemi. Mais voilà qu'arrivés à l'Austin jaune, à quelques mètres de la véranda, ils ne peuvent plus avancer ni l'un ni l'autre. Robin est monté dans la voiture. Il est assis à sa place, de nouveau rigide, le regard fixe.

— Adrien... a crié la maman vers la maison.

C'est une impulsion qui l'a prise. Elle a envie de parler avec lui tout seul, elle a envie de retrouver son camarade d'enfance, leurs conversations excitées d'adolescent, leurs sensationnels projets d'avenir dans le garage des parents où ils s'enfermaient pour cacher leurs infinies tabagies, d'ailleurs Adrien arrive déjà sur la véranda, gesticulant gaiement, comme autrefois, comme toujours, elle l'aime beaucoup, elle n'a plus rien à lui dire, elle ne sait pas que lui dire...

— Hello hello, c'est l'heure du dîner, répond Adrien de la véranda.

— Maman ! crie Robin de l'intérieur de la voiture. Il a déjà mis le contact, la voiture ronfle.

Alors madame Carel ouvre la portière et lançant de toutes ses forces le premier mot qui lui vient à l'esprit s'engouffre vivement dans l'Austin jaune.

— Supermarché... crie-t-elle.

Adrien agite la main, Annie arrive en courant près de lui, madame Carel a déjà manœuvré le volant, Annie crie quelque chose, « Fermé, fermé... », c'est trop tard pour l'entendre. La voiture tourne en faisant crisser le sable, frôle les roseaux, « attends », dit Robin, en une seconde il entrouvre la portière, plonge vers la base des roseaux, se redresse, « vas-y, mum, fonce » et la voiture jaune s'élance vers la route...

La nuit tombe. Ils ne savent pas où est le supermarché, ni d'ailleurs s'il y en a un. Avec la nuit est venu le brouillard. Les phares éclairent des roseaux, des marais, quelques rares maisons repliées sur elles-mêmes, puis plus rien, la nuit et la buée sur le pare-brise, puis loin vers la gauche, comme perdu au milieu d'un espace infini, un halo lumineux. « Plus vite », dit Robin. Mais la chaussée se distingue mal, il semble ne plus y avoir de chaussée du tout, mais un gué incertain, avalé par la nuit et le brouillard, rongé par les intempéries, effacé par le temps, l'océan ronfle parfois loin, parfois tout près, l'Austin avance dans un rêve trouble de fin du monde...

Et soudain, comme un mirage réapparu, le supermarché est là. Il vient de fermer. Une voiturette de hot-dogs s'apprête à fermer aussi, le vendeur est en train de descendre le petit auvent sur ses seaux de moutarde, d'oignons frits, et ses pitons à chauffer et son four à saucisses et son frigo à Coca. Tiens, encore des clients, un môme et une femme, ont pas l'air d'aller fort, « j'attends j'attends pas », se demande le type, « j'attends pas », se dit-il et il s'apprête à poser un couvercle sur le seau à saucisses. Trop tard, un ballon tombe dans le seau et, par chance, cela fait rire le vendeur.

— Bien visé, mec ! dit-il en essuyant le ballon avant de le rendre à son propriétaire, le petit garçon qui lui dit crânement qu'il s'appelle Robin et que sa maman et lui veulent manger.

— Inutile de shooter, Robin, dit le type, savais que t'allais venir.

— Comment t'as su ? dit Robin, les sourcils encore froncés.

— Mes hot-dogs, mec ! Stimulent le cerveau, donnent des antennes.

Les hot-dogs et le Coca, c'est bon, extraordinairement bon, « n'est-ce pas mum ? », « c'est vrai », dit madame Carel, « mon opinion moi aussi », dit le vendeur.

La conversation avec le vendeur est extrêmement réconfortante.

Certes ce n'est pas un véritable restaurant qu'ils voudraient en cet instant, ah surtout pas de serveurs pour observer leurs visages douloureux, ni de tables blanches qui demandent une rigoureuse attention, ni de plats qu'il faut entourer d'honneurs, ni de convives qu'il faut tenir en respect, ni de lumière ni d'argenterie ni de bruit... Rien, ils ne veulent rien, que la parfaite compagnie de ces hot-dogs, bien chauds et peu demandeurs, et des boîtes de Coca, bien fraîches et peu demandeuses elle aussi, rien d'autre que la simplicité des carrés de papier et de la poubelle. Grand service et peu d'exigences. « J'aime ce pays. », se dit madame Carel presque avec désespoir.

Et après ?

Après, peu de chose.

Il est trop tard pour aller ailleurs. Madame Carel ne verra pas l'extravagant château de Gatsby, ni la petite lueur verte de l'embarcadère de Daisy de l'autre côté du Sound, elle va rentrer à New York ce soir et elle cherche un prétexte. Un match matinal de Robin avec l'équipe de son école ? Non, il ne faut pas que Robin soit en cause, surtout pas Robin, alors son amie Rangoona à qui elle aurait téléphoné et qui a besoin d'elle ? Oui, Rangoona, c'est ce qu'il faut, son mari est diplomate, même les hommes d'affaires respectent les diplomates, madame Carel sent qu'elle a besoin de la diplomatie pour affronter les hommes d'affaires de la maison de bois de Dune Road...

Le supermarché n'est plus qu'un rectangle obscur, semblable à une grande boîte posée à même le sol, la voiturette a disparu, l'immense parking est vide, de loin en loin les poubelles dressées ressemblent à des guérites abandonnées, les réverbères diffusent en silence leur lumière dans la nuit, tout est pris dans le silence et le brouillard.

Robin et sa maman jouent au ballon. Jouent-ils vraiment ? L'un reçoit le ballon, l'autre le renvoie, le ballon est très calme, pas de facéties, il fait consciencieusement ses aller et retour, il est encore sous le coup du traumatisme qu'il a subi, il est content d'être revenu là où il doit être, il n'en demande pas plus, d'un côté puis de l'autre, pas de bruit ou presque, dans le vague halo lumineux, sur le parking désert, à Long Island, America...

13

MALHEUR CHEZ LES BERG

Les choses vont mal dans la famille Berg. Liza s'est mise à la drogue, Tania s'est mise à grossir, Beauty a cessé d'aller à l'école.

Mr. Berg a recommencé à boire, il a recommencé le travail aussi, mais il a dû se retirer de son affaire d'import-export. Une entreprise de croisières en bateau l'a engagé, il a un salaire, pas trop médiocre d'ailleurs, mais il n'est plus l'associé de personne, il n'est plus qu'un employé qui essaie de rembourser ses dettes. Il n'aime pas être confiné dans un bureau, même si de ce bureau il voit la mer. William Fowley, son ancien associé et ami, lui manque. Il n'ose pas se montrer au Miami Club, où ils se retrouvaient plusieurs fois par semaine. Plus de parts dans l'entreprise, plus de club, plus d'ami.

Plus encore peut-être, les fruits lui manquent. Il a besoin de leur exubérance franche et colorée, il a besoin de vivre au milieu des grandes cornes d'abondance du monde. Les croisières que font les autres, ce n'est que de la paperasse pour lui. Il n'aime guère les bateaux, on s'y sent à l'étroit, les yachts lorsqu'il y met le pied lui évoquent invinciblement les quelques histoires de sous-marins ou de péniches de débarquement qui lui sont parvenues autrefois par son « cousin », mort à la guerre. Plus le yacht est luxueux, plus il lui semble qu'on lui dissimule quelque chose. Il en rirait, n'était cette oppression qu'il sent du côté gauche dans la poitrine.

Par quelque bout qu'il le prenne, il ne se sent pas à l'aise dans son nouveau métier.

Il n'aime pas les poissons vivants non plus. Lorsqu'ils ne sont pas cuisinés, les poissons ne sont pas spécialement les amis des hommes. Mr. Berg n'aime que les fruits, parce qu'ils ne nécessitent pas de mise à mort, se prennent à main nue et s'offrent à la bouche sans bagarre lugubre ni tractations culinaires complexes. Les fruits sont les dons les plus purs de la terre, les témoins réconfortants d'un paradis possible. Il aimait vivre d'eux et par eux, sans leur compagnie il se sent diminué et plus aussi sûr que la vie est bonne.

Dans cet ordre d'idée, Kim lui manque aussi, car bien sûr il n'a plus de travail pour elle. Il n'y a plus désormais, trônant sur la table de marbre de la cuisine, la splendide pyramide colorée qu'elle arrangeait si merveilleusement trois fois par semaine. Il avait tant de plaisir à la voir à ce travail. Kim était une jolie fille certes, mais ce qu'il aimait c'était ses gestes, sa façon délicate de choisir les fruits dans les caisses qu'il avait apportées, de les caresser, de les élever dans la lumière pour jauger leur forme et leur couleur. Par les mains de Kim, il sentait le velouté presque horripilant des pêches, l'arête dure des bananes, le poids croulant des grappes de raisin, la compacité têtue des lychees, la rondeur bonasse des mangues et les kiwis semblables à des bourses au duvet rêche, tous frôlant l'obscénité, comme pour titiller les pauvres humains, et en même temps totalement en dehors de ces lamentables catégories. Les fruits remuaient en lui d'obscurs rêves charnels et l'en dégageaient en même temps. Les fruits étaient ces obscurs rêves charnels qu'une baguette magique et farceuse aurait matérialisés au grand jour, et voilà ils étaient là au soleil, dans les formes les plus fantasques, joufflus, hurluberlus et, chose incroyable finalement, bons à manger, tout simplement.

Mr. Berg n'avait jamais confié ce genre d'idée à William Fowley, ni à personne. Il aurait pu en parler avec Kim, elle était la seule qui semblait capable de comprendre, et parfois en la regardant tout absorbée dans son art (elle traitait ses fruits avec la même experte délicatesse que les fleurs, qui étaient sa véritable spécialité) il en avait eu le désir. Mais la solennité de la jeune fille l'intimidait. Et puis il n'avait pas même commencé de chercher les mots qui pourraient exprimer ce genre de drôle d'idée. Les fruits faisaient rire Mr. Berg, et le rire n'a pas besoin de parole. Alors il regardait les jolies mains fines à leur œuvre et se taisait. Et cela trois fois par semaine, l'après-midi, à l'heure où les maisons sont désertées de leurs laborieux habitants et de leurs enfants.

Kim a-t-elle été la maîtresse de Mr. Berg ? Beauty le croira, elle le dira à Robin, Robin le croira d'abord, Beauty en parlera de plus en plus, et Robin y croira de moins en moins, et Beauty sera offensée.

Où aurait-elle pu placer la douleur invisible de son enfance, toujours si bien masquée que personne ne la devinait (« une extraterrestre, cette môme », avait dit Justo, le copain de sa maîtresse), et que même la sirène toujours nageant dans les eaux bleues de son rêve intérieur ignorait ? En grandissant, elle l'avait placée bien sûr dans ces imbroglios d'adultes dont parlaient les gens. Beauty voudra que Robin voie sa douleur et Robin ne verra que vantardise puérile. Loin, loin Batman repliera ses grandes ailes, tristement déposera son costume d'invincible, Batman ne pourra plus rien pour ces jeunes gens. Il rôdera là autour, pourtant, il voudra bien lancer son fameux cri « *Charge !* » qui tant de fois avait défait le Mal, mais rien ne sortira de ses lèvres décolorées, Batman ne sera plus de taille, adieu, adieu, cher fantôme.

Mr. Berg et Kim ont-ils été amants ? Rien n'est moins sûr.

Donc, plus d'extravagance, plus de dépense inutile, la table de marbre est nue comme une pierre tombale, la belle cuisine est vide et sans âme.

D'ailleurs plus personne n'y vient remuer casseroles et couteaux, tirer les portes et pousser les boutons. Rien n'y cuit, rien n'y mijote. Elle ne produit ni vapeurs ni odeurs ni bruits.

On dirait que les lignes futuristes de cette cuisine ne conviennent pas aux destins en déclin. C'était la prospérité qui lui donnait son éclat, on s'y sentait porté par les forces puissantes de l'avenir, on était les égaux des créateurs d'avant-garde qui l'avaient conçue, on était l'élite. La cuisine était le joyau de la maison. Maintenant que la pauvreté rôde, on y est mal à l'aise, comme dépassé. La famille mange dehors, sur une table pliante de jardin, dans des assiettes en carton, et vite. Peut-être aussi a-t-on l'idée qu'il faut conserver la cuisine intacte, s'il devait un jour y pénétrer ces amers visiteurs, les agents immobiliers. La maison n'a pas été mise en vente, mais elle le sera, on ne sait quand exactement.

Mrs. Berg n'est plus aussi jolie. Elle est de mauvaise humeur tous les jours. Dès qu'elle croise un membre de la famille, une querelle éclate. Sans raison, rapide, mais toutes ces querelles agissent comme des rafales d'embruns salés sur son visage, sa peau s'est durcie.

Au milieu de la pelouse, la piscine est comme un œil mort. Il n'y a plus d'eau. Le circuit est trop cher à entretenir, ou bien personne n'a le cœur de s'en occuper.

« C'était terrible, terrible, dira Beauty.
— Ah oui, dira Robin. Pourquoi ?
— Mais à cause de tout ce que je t'ai raconté !
— Parce qu'il n'y avait plus d'eau dans la piscine ? dira Robin.
— Tu ne m'écoutes pas, s'écriera Beauty.
— Si, mais tu as surtout parlé de la piscine », insistera Robin.

Il se sera bien rendu compte, Robin, que cette phrase était une bêtise, qu'il aurait mieux valu la retenir. Mais il n'aura pu s'en empêcher. La faillite d'une famille, c'est pour lui comme une fêlure dans le verre d'une fenêtre. Susceptible d'exploser, d'ouvrir une brèche monstrueuse, de semer partout et sans fin des éclats coupants, déchirants. Mieux vaut ne pas y toucher.

Beauty est-elle toujours laide ? On n'en sait rien. Plus personne ne la regarde vraiment dans la famille. Elle est abandonnée.

« Mais enfin, dira Robin, tes parents n'ont pas divorcé ! »

Et Beauty sera exaspérée.

« Il n'y a pas que le divorce ! s'écriera-t-elle. Tes

parents se sont séparés, mais ils se sont toujours occupés de toi ! »

Robin hochera la tête. Il ne sait pas trop ce qu'il pense à ce sujet. Il préfère ne pas penser à ce sujet. Il lui semble qu'à approfondir ces choses, on ne gagne que souffrance et peu de connaissance. Non, les histoires des parents, il vaut mieux n'y pas toucher. Ce sont des sables mouvants, à contourner avec la plus grande précaution, pour ne pas défaire ce qui s'est construit dessus, qui a le mérite d'exister, et qui pourrait être pire. Devant les mystères de l'univers, Robin se tient seul, debout et silencieux, puis il s'en va de son côté, avec son ballon.

Dans la famille Berg, chacun prend la tangente, on sent que c'est plus prudent. Seule Beauty circule sans dommage (« une extraterrestre, cette môme »), ses gestes sont libres, elle parle aux uns et aux autres, on dirait même qu'elle prend de plus en plus de place.

La voici maintenant avec sa sœur aînée.

— Tu ne veux pas te marier ? dit Beauty à Liza.

L'autre fait semblant de ne pas avoir entendu. Ce devrait être la fin de la conversation.

— Tu veux pas te marier ? répète Beauty, très à l'aise.

— Avec qui ? finit par dire Liza, à contrecœur.

— Mais avec Bill ! répond l'adolescente, pas décontenancée.

— C'est juste un copain, répond Liza en haussant les épaules.

— Tu fais l'amour avec lui, je vous ai vus, dit Beauty.

197

— Et alors ! dit la sœur. Tu ne sais même pas ce que ça veut dire, faire l'amour.

— Si je sais, dit Beauty.

— Ça m'étonnerait ! dit l'autre en continuant à se vernir les ongles en violet.

— Pourquoi ça t'étonnerait ?

— Parce que tu es trop...

Elle allait dire « tu es trop laide », mais elle se retient.

Ce mot « laide » soudain lui cause un vague malaise, comme un mot trop savant, quasiment médical, qui ne convient pas au vocabulaire de son âge. Mais ce pourrait être aussi comme un mot ridicule et démodé, ringard en somme.

La laideur de Beauty, cela va de soi depuis si longtemps dans cette famille.

Cela a été cette chose étrange dans leur enfance, qui rendaient les parents tantôt trop sévères et tantôt extravagants d'indulgence, dont il ne fallait pas parler, mais qui à coup sûr faisait des deux aînées une catégorie globale de peu d'intérêt et de Beauty une autre catégorie à elle toute seule, et remarquable. Les deux aînées, c'était la foule. Beauty n'était pas dans la foule. Longtemps il avait semblé préférable d'être la foule. Depuis quelque temps, on ne sait pas très bien depuis quand, cela ne semble plus si clair.

Finalement comment est celle qui n'est pas dans la foule ?

Liza jette un rapide coup d'œil à sa sœur. Comme le reste de sa famille, elle l'avait beaucoup regardée autrefois. Ces pieds, ces oreilles, cette bouche, ce corps grêle et étiré, cela ne ressemblait en rien à un bébé. On ne pouvait s'exclamer « oh les jolis petits pieds », on n'osait pas toucher ses cheveux de peur de dégager les oreilles, on n'osait même pas la faire rire tant sa bouche alors lui mangeait le visage. On se contentait de la regarder, et à la dérobée, car si on la regardait de face, aussitôt venait ce rire, ce rire impossible, qui la défigurait. Ah ce n'était pas un cadeau, ce bébé, pour les deux grandes filles.

Un jour, il y avait longtemps, Liza avait voulu faire une bonne action. Elle avait vu à la télévision une émission sur les enfants gravement handicapés, l'éducateur avait expliqué la souffrance de ces êtres qu'isole leur apparence et avait recommandé de leur manifester de l'affection. Liza avait été très impressionnée. Bien sûr sa sœur ne ressemblait pas exactement aux enfants de l'émission. Mais cela même n'avait fait que conforter la certitude subite et puissante qu'elle venait d'éprouver. Beauty ne ressemblait pas exactement à ces enfants-là, mais elle était *comme* eux, les parents ignoraient cette terrible vérité, mais elle Liza l'avait découverte. Elle était une grande fille, la fille aînée de ses parents, la sœur aînée de ses sœurs (elle était née quelques minutes avant sa jumelle et quelques années avant la cadette), elle ne dirait rien à personne, mais elle agirait. Elle ferait ce qu'avait conseillé l'éducateur, elle manifesterait de l'affection.

— Maman, est-ce que je peux prendre Beauty ? avait-elle dit.

— Comment ça ? avait dit Mrs. Berg, étonnée.

— La prendre dans mes bras ?

Mrs. Berg avait hésité. Cette hésitation lui avait causé un vif mécontentement.

— Bien sûr, avait-elle dit, quelle question !

— C'est important, maman, avait dit Liza, en se

plantant devant sa mère comme elle l'avait vu faire au savant psychologue dans l'encadrement du téléviseur. Elle articulait ses mots aussi.

— Mais je t'ai dit oui ! avait répété Mrs. Berg.

Liza n'avait pas bougé.

— Tu n'as pas l'air de comprendre que c'est important, maman !

Encore cet insupportable ton de voix ! Liza avait une manière de faire la leçon à propos de tout et n'importe quoi.

Dès qu'elle croyait avoir une idée, il lui fallait l'exposer avec la gravité d'un pasteur en chaire. Quand elle était toute petite, c'était charmant. Maintenant cela devenait exaspérant. Son visage changeait d'expression alors, se durcissait avec un vilain pli entre les sourcils. Cela se produisait en cet instant et soudain Mrs. Berg s'entendait penser la chose suivante : « Mais c'est elle qui est laide. » Tout cela était exaspérant, alors lui était venue la vision d'un sexe d'homme, doux et tiède dans son nid de poils blonds entre les colonnes solides des cuisses, un sexe qui se dressait vers elle doucement, sans parole et sans pose, porteur d'une abondance d'offrandes, à redécouvrir les unes après les autres, dans une sorte de demi-sommeil bienfaisant. Quelle confusion ! Comme il était difficile d'élever des enfants, d'être une bonne mère. Ah il était plus facile d'être une bonne épouse. En cet instant, Mrs. Berg désirait son mari. Une odeur de sexe, fine et chaude, lui montait à la tête. C'était bien le moment !

— Ne prends pas ce ton, s'était-elle écriée, et arrête de faire cette figure !

Mais l'insupportable prêcheuse continuait.

— Mon ton ne compte pas, maman, ni ma figure. Je ne compte pas.
— Qu'est-ce qui compte, je peux savoir ?
— C'est l'amour.

Pour le coup, Mrs. Berg s'était sentie mise à nu. Cette enfant était le diable !

— C'est Beauty qui compte, disait Liza.
— Ah, Beauty ! avait dit Mrs. Berg, éperdue.

Beauty pendant ce temps était devant la piscine, calée contre son coussin habituel. Pas de barreaux pour elle, il avait fallu y renoncer, elle pleurait dès qu'on la posait dans un parc. Mr. Berg avait bien tenté d'installer un grillage de protection, à peine Beauty avait-elle aperçu le premier rouleau tendu entre deux piquets qu'elle avait lancé son signal de détresse, ces pleurs si particuliers qu'on a déjà rencontrés, pluie et feuillage contre les vitres d'une maison abandonnée, chuintement d'un skieur égaré dans la neige, nul ne pouvait supporter longtemps semblable gémissement. D'ailleurs le bébé semblait avoir compris les sermons qu'on lui avait prodigués, plus jamais elle n'avait essayé de ramper jusqu'à l'eau. Et la famille avait presque cessé de la surveiller : la petite enfant restait ainsi des heures à son poste favori, sans appeler, sans se plaindre, à quelques mètres de la belle eau bleue qui brillait dangereusement dans le soleil, toute seule.

Il en était toujours ainsi avec Beauty : ou trop d'histoires autour d'elle ou une sorte d'oubli qui ressemblait à de l'abandon, de l'abandon d'enfant.

Et c'est justement dans un de ces moments de coupable oubli que Liza s'était éveillée à sa mission. La voilà donc qui marche droit sur la piscine, d'un bloc et sans se retourner pour ne pas donner à sa mère une chance de rédemption. Pleine de mépris pour les ignorants et raidie par la grandeur de sa mission, elle s'approche du bébé. Le bébé est en pleine euphorie, tout occupé à sourire aux anges qui dansent dans les reflets d'argent. Liza s'arrête et prononce son discours.

— Beauty, dit-elle d'une voix particulièrement forte et bien accentuée, même si tu ressembles à une grenouille, tu es une enfant comme les autres, ta différence ne doit pas te mettre à l'écart, moi ta sœur aînée je t'aime et je veux te manifester de l'affection.

Ayant dit, elle se penche et soulève l'enfant dans ses bras. Que s'est-il passé alors ?

« Elle l'a fait exprès, elle l'a fait exprès », hurlait Liza juste après.

« C'est pure méchanceté », a dit la mère d'une copine de Liza à la mère d'une autre copine de Liza.

« C'est la peur de réussir, ce tremblement qui saisit au moment d'atteindre le but », a dit la psychologue.

« Manque de confiance en soi, n'en faisons pas une salade », a dit Mr. Berg, en avalant aussitôt trois ou quatre fruits.

Mrs. Berg n'a rien dit. Ce qu'elle savait c'est qu'elle avait eu envie de tuer la coupable sur-le-champ, et la victime aussi bien, et elle-même dans la foulée, elle la mère, la cause générale, indiscutable et irrémédiable de tout, tuer, point final. Lorsqu'on éprouve ce genre d'envie, on ne se risque pas à émettre une parole, on a bien assez à faire avec le ridicule épouvantail qui ferraille en soi, à encaisser les horreurs qu'il vous crache au cœur, à empêcher que cette navrante émeute ne s'ébruite au-dehors. Que la justice des on-dit s'occupe de Liza, cette justice est une éphémère créature que n'alourdit ni balance ni fléau, qui se nourrit de paroles cueillies sur le bord intérieur des lèvres, et s'enivre si facilement que ses jugements ont toutes chances de finir en bafouillages et queues-de-poisson. Mrs. Berg se tait.

Et Liza elle-même, que dit-elle ?

Elle braille très fort, et lorsqu'elle a cessé de brailler, elle boude. Un sentiment d'outrage l'occupe tout entière. Ce sentiment est impossible à communiquer, alors elle boude. Par elle, on ne saura rien. Ce qu'elle avait à dire, elle l'a déjà dit. Elle a dit « Beauty l'a fait exprès », personne n'a accordé à sa déclaration le moindre intérêt, elle s'est donc renfermée sur elle-même, ne parlant plus qu'à contrecœur et toujours méchamment. Elle boudera ainsi des années.

Il aurait fallu écouter Liza, pourtant. Elle venait de la maison, elle arrivait donc dans le dos de Beauty, celle-ci ne la voyait pas, ne l'entendait pas non plus, la pelouse étouffe les pas, Liza se penche, elle est à ce moment derrière Beauty, qui ne la voit toujours pas, son cœur est tout gonflé d'un merveilleux désir, qui n'est pas exactement un désir de tendresse mais un désir de bien faire, de faire le bien, un désir de pasteur en somme, mais qu'importe, il gonfle le cœur tout autant, c'est le grand moment de sa vie d'enfant, elle a presque peur soudain, elle voudrait bien sa mère auprès d'elle, elle se retourne avec espoir mais il n'y a plus personne ni à la porte-fenêtre ni sur la pelouse, elle est tout à fait seule devant sa tâche, alors pour s'encourager elle fait son discours, toujours dans le dos de Beauty, sans doute les choses auraient-elles été différentes si elle avait pu contourner sa sœur, se planter devant elle (ne pas oublier comme Beauty aime être regardée, comme les regards de l'autre la rendent heureuse), mais Liza ne l'a pas contournée pour lui donner son regard, peut-être était-elle arrivée au bout de sa force sur cette action-là, ou peut-être avait-elle eu peur de longer la piscine, donc elle parle. Beauty entend cette voix, sépulcrale quasiment, qui s'élève par-derrière, Liza se penche, saisit sa sœur, maladroitement car elle est mal placée. Cette voix, cette maladresse déchirent le rêve bleu de Beauty. Liza, elle, sent quelque chose qu'elle n'avait pas prévu, qui n'était pas au programme de son œuvre charitable, elle sent *des os*.

Non pas des os semblables aux joujoux en plastique rose du chien des voisins, mais de vrais os, comme ceux qu'elle a vus à la télévision dans une émission sur le squelette. Seulement ces os-là ne sont pas en ordre, pas étiquetés ni expliqués. Ce sont des os mêlés à la chair et aux tièdes vêtements d'éponge, c'est quelque chose d'obscène, d'indigne, là où il n'aurait dû y avoir que douceur rondelette de bébé. Pis encore, elle sent que ces os, loin de se cacher, se poussent dans ses mains, tendent tous les petits muscles qu'ils peuvent trouver, font de ces muscles d'autres os tout aussi raides, c'est affreux, c'est une horreur, elle lâche tout.

Elle lâche tout, les os tombent, sur la dalle Beauty gît, inanimée.

« Elle est très sympa, ta sœur », dira Robin à Beauty, lorsqu'il rendra visite à sa famille dans la blanche maison de Miami, au sud de Coconut Grove.

« Oui, mais elle a boudé des années, dira Beauty.

— À cause de cette histoire ?

— Parfaitement. »

Et Robin aura envie de dire : « Tu ramènes tout à toi. »

Il ne le dira pas. Miami n'est pas son territoire et la maison de l'hôte est sacrée (d'où lui vient semblable notion d'ailleurs ? De ses innombrables déplacements sportifs en terrains étrangers, en terrains adverses mais respectables ?), mais Beauty l'entendra dans son cœur, et cela lui fera mal, car bien sûr il est vrai qu'elle ramène tout à elle, elle le saura (ne pas oublier l'exceptionnel QI détecté à l'école), mais qu'importe la vérité en amour. Ce qu'elle voudra, c'est qu'on soit de son côté, totalement, ensuite elle s'occupera de la vérité, mais seulement ensuite. Or pour Robin les choses iront exactement en sens inverse. La vérité, il s'en moquera finalement, mais il la voudra d'abord, tout de suite, peut-être pour l'empêcher de revenir plus tard, amère et mauvaise et dardant une langue venimeuse.

En somme cela se passera ainsi dans sa tête : « Tu ramènes tout à toi, ah ah c'est bien vrai, bon c'est vieux ces histoires, passons à autre chose, je t'aime... je t'aime, Beauty. »

Or malgré l'exceptionnel QI, Beauty n'entendra pas cette suite. Et puis Liza sa sœur, en ces jours de la visite de Robin, sera charmante et jolie, elle aura cessé de grossir, elle aura lâché Bill, le petit ami dealer, elle sera très sympa, en effet.

Et la jumelle de Liza ? Libérée de la boulimie, charmante et jolie aussi. Sympa.

Et il se passera une chose étrange. Il faut voir la scène, la piscine au loin éclairée par le fond et diffusant sa lueur envoûtante, les fleurs et plantes tropicales rivalisant d'exubérance le long des murs blancs, et sur la pelouse les deux jumelles dans la balancelle, côte à côte, se frôlant, mêlant leur hâle, leurs cheveux, leurs rires, doublant dans cette proximité leur charme et leur joliesse, et leur mère derrière, qui leur ressemble tant, se penchant au-dessus d'elles, multipliant toute cette grâce en apothéose, et les rires... Trois visages, charme et joliesse au cube, troublant, trop à la fois, à vous mettre K.O., même pour un ancien bon élève des classes de mathématiques des lycées parisiens et un ancien bon petit judoka de l'UNIS de New York.

Beauty sera sur le côté, son visage ne peut en aucune façon se mêler aux trois autres, comme autrefois elle est à part, et être à part du ravissant bouquet qui s'épanouit sur la balancelle, n'est-ce pas être laide ?

Elle se détournera, comme autrefois elle ira vers la piscine, elle marchera le long des dalles luisantes. Comme ses jambes sont longues, démesurément longues ! La lueur des lampes noyées dans l'eau soulève le modelé de ses pommettes, agrandit l'orbite de ses yeux, comme son visage est étrange, presque effrayant. Beauty est un oiseau d'un autre monde, un échassier qui va seul, absorbé dans son propre mystère, elle n'appartient pas à la famille ni à l'amour, elle appartient à cette lumière bleutée qui irradie dans la nuit comme un nénuphar géant.

Robin se retournera, il verra le nénuphar et l'oiseau, il aura peur peut-être, l'espace d'une seconde.

Les peurs n'aiment pas l'amour, elles arrivent un jour, se posent çà et là, brouillant tout le paysage, en créant un autre, bizarre et inquiétant, et pour lequel il n'existe aucun guide au monde. Les peurs jouent leur partie avec l'amour, parfois elles dévorent comme des locustes, parfois elles ne tiennent pas plus que neige d'avril. Mais elles ne lâchent probablement jamais.

Revenons aux deux sœurs, l'aînée et la cadette, en ces sombres jours où la maison Berg perdait son lustre.

Liza boude. Elle est retranchée dans sa chambre à l'étage et vernit ses ongles de violet (« affreux ce noir », a dit son père, « mais ce n'est pas du noir, c'est du violet », a rétorqué la rebelle, « encore plus affreux », a dit sa mère, querelle encore, passons). Circulant comme à son ordinaire, Beauty est entrée et s'est assise sur le lit. Mais cette fois, rien n'est pareil. Émergeant de ses lagunes secrètes, là où miroite la mystique eau bleue dont personne à part Mr. Gordon Smith Durand DaSilva n'a encore détecté l'existence, émergeant comme une nageuse au mouvement fluide mais croissant en force à chaque battement, la petite sirène qu'abrite Beauty est montée vers la surface.

Beauty tranquillement pose ses questions.

— Pourquoi ça t'étonnerait ? répète-t-elle.
— Quoi ? marmonne Liza.
— Ce que je t'ai dit.
— Sur la baise ?
— Oui, répond Beauty sans sourciller.
— Parce que tu es trop jeune, dit Liza retrouvant comme malgré elle son ancienne assurance.
— Et pourquoi penses-tu que je suis trop jeune ? continue Beauty.

Là vraiment, Liza est bien obligée de sortir de sa bouderie.

« Mais elle pose des questions », se dit-elle soudain.

Beauty pose des questions et elle observe, aussi. Beauty qui n'avait fait jusque-là que quêter les regards des autres ! Son regard à elle, on ne le connaissait pas. Mais il est là en cet instant, dirigé vers Liza, et ce regard dans ses iris bleus, cela change son visage, le change complètement, mais en quel sens ? Liza aurait été incapable de le dire. Elle se sent en terrain nouveau, inconnu.

— Tu es trop jeune parce que... parce que ça se voit, là.
— Ça se voit comment ?
— Tu veux la preuve ?
— Oui.
— La preuve, c'est que les garçons ne te cherchent pas, point.
— Bill a couché avec moi, Liza.

Vernis violet répandu sur le dessus de lit, dessus de lit gâté, querelle à venir avec Mrs. Berg, en attendant querelle avec Beauty. Plus question de bouderie. Cris et trépignements. Grosse affaire.

— Arrête, arrête, Liza, supplie Beauty.
— Et pourquoi j'arrêterais ?
— Parce que je l'ai fait pour toi.
— Pour moi !
— Un peu pour moi aussi, pour voir, mais...
— Et alors, qu'est-ce que tu as vu, dis-le ce que tu as vu, crie sa sœur.
— Bill ne m'intéresse pas, c'est toi qui comptes.

Et Liza soudain s'arrête de hurler. Cette phrase « c'est toi qui comptes » la pénètre comme une flèche. Une porte longtemps verrouillée en elle vole en éclats, un flot (un filet disons, Liza reste Liza) d'émotions anciennes lui monte à la gorge, elle ne sait pas ce que c'est, elle a envie de pleurer. Elle ignorait qu'elle était en perdition, mais elle sent qu'elle va être sauvée. Elle résiste.

— Pour qui tu te prends, tu es laide, tu es bête et tu me fais la leçon, tu es laide, laide...

— Bill n'est pas bon pour toi, dit Beauty tranquillement, il te fait dépenser de l'argent, et nous avons besoin d'argent, Lizie. Papa n'a pas remboursé ses dettes, il va falloir vendre la maison et maman est épuisée.

Pour le coup Liza abandonne ses ongles, son vernis, et ses insultes. Bientôt elle abandonnera aussi Bill et par voie de conséquence la drogue. Pour l'heure elle reste là, les yeux écarquillés, à regarder sa sœur Beauty qui a parlé de cette façon si stupéfiante.

C'est que Liza n'avait pas pensé à cet aspect pratique des choses. Se rappeler ses tendances missionnaires, devenues un peu plus tard tendances dogmatiques, pour ne pas dire fanatiques. La drogue, c'était un nouveau combat, enfants « no future » tournons le dos et laissons tous ces cons en plan, et ranplanplan ranpataplan... Non, elle n'a jamais vu les choses de façon aussi claire, et nette, et simple. Ah sa sœur réussit ses missions mieux qu'elle ! Qu'importe d'ailleurs, elle ne perçoit pas ce renversement des choses, ce qu'elle perçoit, c'est une illumination. Fatigant, les illuminations, surtout celle-ci avec sa lumière crue, pour ne pas dire prosaïque.

— Et pour Tania, qu'est-ce qu'on va faire ? balbutie-t-elle.

— Je ne sais pas, dit Beauty.

— Ça coûte cher, tout ce qu'elle mange, et la psychothérapie, et les massages...

— Je ne sais pas, dit Beauty.

— Il faut lui parler, dit Liza puisant une nouvelle vigueur dans l'incertitude de sa cadette, il faut lui établir un programme, lui manifester de la compréhension...

— Je ne crois pas, dit Beauty.

— Lui manifester de la compréhension, c'est important.

— Je crois qu'il faut d'abord trouver de l'argent, payer les dettes, récupérer la maison, et alors Tania arrêtera peut-être de grossir toute seule, dit Beauty tranquillement.

Cette fois Liza se reconnaît vaincue.

Les deux sœurs enroulent le dessus de lit endommagé, le mettent dans un sac à dos, elles feront un échange avec le vieux monsieur d'à côté, Mr. Gordon Smith Durand DaSilva, parce qu'il n'y voit presque plus, parce qu'il a presque le même dans sa chambre d'invités (on voit cette chambre de la fenêtre de Liza), et parce qu'il ne reçoit presque plus d'invités. Elles feront cet échange sans le lui dire pour ne pas le troubler. Mais en contrepartie, elles veilleront à lui offrir au moins une heure de conversation agréable par semaine et à lui faire quelques menues courses s'il le demande. Le plan est arrêté, le reste suivra. No problem.

Tout de même quelque chose frappe soudain Liza, la frappe comme en plein cœur.

— Mais, dit-elle, comment va-t-on trouver l'argent ?

Tout s'écroule, « no future », elle est prête à y retourner dans sa brutale déception, mais que dit Beauty ?

— Je sais, dit Beauty.

— Tu sais comment trouver l'argent pour rembourser les dettes, garder la maison et guérir Tania ?

— Oui, dit Beauty en se levant.

Liza se tait. Pas de question. Elle sait que ce serait inutile. Il lui semble que pour la première fois elle a trouvé plus fort qu'elle. Et cette force s'affirme dans un domaine dont on ne veut rien lui dire, dont elle ne sait rien, et dont elle n'a pas même un semblant d'intuition.

Elle regarde sa sœur qui s'éloigne. Une seule pensée lui vient, vraiment une seule, et bien vaine en la circonstance. Cette pensée est la suivante : « Mais Beauty se tient droite ! »

Bizarrement Liza en est tout étourdie.

14

ROBIN
QUITTE L'AMÉRIQUE

Robin a dit adieu à Brad et Jim et tous ses camarades, il a dit adieu à l'école des Nations unies, à Broadway, à Long Island, à Émilie et au camp d'été du Vermont. Il a dit adieu à la pizzeria du Portoricain, au magasin de chaussures de Broadway, au monument aux héros de Riverside Drive, au MacDonald de la 86e Rue, aux glaces de Baskin Robin, aux cartes de base-ball du kiosque, aux cartoons de Batman à la télévision. Il a dit adieu à tout ce qu'il aimait.

Robin repart en France.

Monsieur et madame Carel quittent New York. La métropole du monde les a éblouis, maintenant elle leur cause souci. On dirait qu'elle a avalé leur jeunesse, leur enthousiasme, leur innocence provinciale. Le temps des parenthèses est fini. Ils ne sauraient dire pourquoi, mais il en est ainsi. Fini de jouer. Maintenant il faut devenir américain, totalement, ou repartir.

Monsieur Carel préférerait rester. Ce n'est pas lui qui a choisi de quitter le pays natal (se rappeler les prairies pleines de boutons-d'or, la jeune fille qu'il y avait rencontrée, le rêve de cette jeune fille), il s'était contenté de dire « pourquoi pas ? » et lorsque la jeune fille était devenue sa femme, il l'avait suivie dans son rêve. Mais maintenant qu'il se trouve ici, pourquoi bouger ? C'est un homme qui aime les lieux où il est. Jamais il ne parlera l'anglais tout à fait comme les gens d'ici, mais il le parle bien assez facilement pour les besoins quotidiens et cela lui suffit. Il y a place dans cette ville pour les semi-intégrés. Entre les vrais Américains et les non-Américains, il y a toutes sortes de couches intermédiaires. Monsieur Carel se sent bien dans ces couches intermédiaires. Il est prêt à être un immigré de première génération, à être le père d'un futur Américain. L'Amérique ne lui fait pas peur.

Madame Carel a fait le chemin inverse à celui de son mari. Ils sont maintenant comme arrivés à un palier, à la même hauteur, mais se tournant le dos et chacun avec une flèche différente devant soi, une flèche pas si précise que ça. Il penche pour rester, elle penche pour partir, guère plus. Mais cela fait des tiraillements.

Finalement ce sont les grand-mères qui ont gagné.

Ils sont revenus en France. Ils sont à Paris.

Seulement ils vont chercher deux appartements différents. Ils vont se séparer.

Robin doit passer un examen pour être admis dans un lycée de son pays natal.

Les autres petits Français n'ont pas à subir cette épreuve, elle a été supprimée pour eux depuis plusieurs années. Mais l'école des Nations unies, l'école au drapeau bleu de tous les pays du monde, UNIS la belle, est considérée comme une école étrangère. Le retour de Robin dans son pays natal commence par un examen.

C'est le premier examen de sa vie.

Madame Carel en est ulcérée. Elle redoute que l'Amérique n'ait fait le malheur de Robin. Monsieur Carel a conduit Robin au Quartier latin où se passe l'épreuve, il lui a dit « Haut les cœurs, fiston ! »

Il y a des exercices de calcul et de français. Rien en anglais. L'examen dure toute la matinée. Il avait fallu se lever tôt. Pendant l'examen Robin a eu mal au ventre. Les surveillants avaient l'air sévère, personne ne se levait, personne ne parlait, il a pensé qu'il était prisonnier. Il a fait tous ses exercices avec le mal au ventre. Batman ne lui est pas venu en aide, Batman n'aurait pu même le trouver, car Robin ne s'appelle plus Robin. Il y a eu un appel des jeunes candidats, dans cet appel son nom était précédé de deux prénoms qu'il avait oubliés, qui étaient les siens dans ce pays. Adieu, Batman.

Monsieur et madame Carel attendent à la sortie.

— J'avais mal au ventre, dit Robin.

— Tu as fait tous les exercices ? demande monsieur Carel.

Robin fait oui de la tête.

— Bravo, dit monsieur Carel.

— Pourquoi n'as-tu pas demandé à sortir ? demande madame Carel.

Robin ne répond pas. Comment expliquer ? Les mots, les gestes qu'il aurait pu employer là-bas, dans le pays normal, en Amérique c'est-à-dire, ne lui servent plus de rien ici. C'est comme s'il avait perdu le mot de passe. Robin ne parle presque plus.

L'après-midi il reste assis à côté de son ballon, les sourcils froncés.

— C'est terrible, dit madame Carel.

— Cela passera, dit monsieur Carel.

Robin a été reçu à l'examen. Il a le droit d'être un élève français.

Le premier lycée qu'il visite avec ses parents appartient à l'aristocratie des grands établissements scolaires de la capitale. C'est un vénérable bâtiment carré, avec des tours aux quatre coins, et sur la façade un drapeau étranger qui pend, un drapeau à trois bandes. Sur ce drapeau on ne voit pas une seule étoile, on n'y voit pas non plus de rameau d'olivier et de représentation du vaste monde. Rien que trois couleurs abstraites. Bleu, blanc, rouge, passés de ton. Les murs sont noircis, les fenêtres sont grillagées. L'entrée donne sur un boulevard où toutes les voitures ont des contraventions. Dans le hall il y a une plaque avec des noms de gens morts pendant des guerres. La personne qui les reçoit dit « veuillez attendre ». Robin ne connaît pas le sens du mot « veuillez ». Ce mot lui fait un très mauvais effet. On entend le bruit de la pluie sur une verrière. C'est la verrière qui entoure la cour de récréation. La cour ne donne pas sur le fleuve. Le fleuve ici est loin, il n'est pas pour les écoliers, la cour ressemble à une salle de classe. Et le gymnase ? Non, le gymnase ne peut pas être là-haut sur ces toits gris et pentus, il n'est pas en plein ciel, il est en sous-sol.

L'après-midi de cette visite, Robin reste assis à côté de son ballon, les sourcils froncés.

— C'est un lycée avec des classes préparatoires, dit madame Carel.

— Les inscriptions sont déjà faites, mais le censeur a promis une dérogation, dit monsieur Carel.

Ils ont l'air contents. Ils ont l'air d'avoir réalisé un exploit, ils parlent d'abondance, un flot épais que rien ne semble pouvoir arrêter, semés de mots rugueux qui écorchent...

— On a de la chance, n'est-ce pas Robin ? disent-ils.

— Il n'y a pas d'allée pour les school bus, dit Robin.

Les parents haussent les épaules. Il n'y a pas d'autobus scolaire ici, finis les glorieux bus jaunes qui fendaient la circulation de leur haut front bombé. À la place, il y a le métro, en sous-sol.

Soudain Robin se lève, il se jette à genoux, oui, à genoux, il enserre les jambes de madame Carel, puis de monsieur Carel. « Je ne veux pas y aller, je préfère travailler, je trouverai un travail, je gagnerai de l'argent... » Il supplie, son corps tremble, ses yeux sont secs et fiévreux, il a la fièvre, il tombe malade.

La vieille capitale européenne de la culture est une forteresse. Robin a été catapulté tout droit sur l'un de ses remparts, il en a comme une grosse bosse au front.

Monsieur et madame Carel ne feront pas le siège de la forteresse.

Ils ont trouvé un autre lycée, sans classes préparatoires.

Il fait assez beau ce jour-là.

Pas de portail pour ce lycée, ni de fronton sculpté avec drapeau, ni de hall obscur. L'entrée est une vaste rotonde vitrée pleine de lumière. Le sol de la rotonde est fait de mosaïques de couleur sur lesquelles danse le soleil. De grands panneaux d'affichage donnent les horaires de la piscine et le calendrier des compétitions sportives de l'année. En face du lycée, on aperçoit un square plein de verdure d'où parviennent d'agréables cris de garçons pourchassant un ballon. « Ce square est en quelque sorte notre annexe », dit en souriant le jeune homme en jean qui les reçoit.

Les parents se taisent. Ils ont perdu beaucoup de leur superbe. Ils marchent derrière Robin, qui marche à côté du jeune homme.

Robin dit que ce lycée lui convient.

Il dit aussi qu'il veut faire anglais première langue et qu'en seconde langue il prendra l'espagnol parce qu'il le comprend déjà un peu, à cause des Portoricains et des Cubains de Broadway. Il dit tout cela lui-même au jeune homme qui établit sa fiche. Le jeune homme ne montre aucune surprise.

— Ton prénom ? demande-t-il.

— En principe c'est Robin, dit Robin, mais sur les papiers il faut marquer les noms qu'il y a sur mon passeport.

— O.K., Robin, répond le jeune homme.

Madame Carel reprend espoir.

— Tu vois bien, dit monsieur Carel.

Robin achète ses cahiers, crayons, équerres, cartable, livres, dictionnaires. Cela s'appelle des « fournitures scolaires ». Il lui faut aller dans plusieurs magasins, situés dans des rues différentes. Ces rues portent des noms de personne. Des noms d'adultes inconnus, célèbres pour des choses inconnues qui ont eu lieu dans un passé reculé. On n'est pas ici dans le monde de Batman. Robin garde les sourcils froncés.

La rentrée se fait. Robin se lève sans traîner le matin. Il ne regarde plus les dessins animés à la télévision. En français, ils ont l'air bête, on dirait des faux, comme des faux billets. Heureusement il y a des corn flakes dans ce pays, les mêmes que là-bas. Il mange ses corn flakes, les yeux fixés sur la boîte, sans dire un mot. L'après-midi il rentre sans traîner, ne regarde pas son ballon, s'installe à la table et fait ses devoirs.

« Ça ne va pas trop mal », se dit madame Carel.

La première note arrive, Robin a zéro en dictée.

— C'est normal, dit monsieur Carel.

Ensuite c'est la première rédaction. Robin n'a jamais fait de rédaction. À l'UNIS, on ne faisait que des dossiers. Les élèves se mettaient à deux ou trois, faisaient des recherches et à la fin du trimestre remettaient leur gros cahier, plein d'images et de coupures de presse, au professeur, qui le lisait, disait que c'était très intéressant, puis après l'avoir relié d'une belle couverture de carton, le rangeait à côté des autres sur l'étagère d'honneur de la bibliothèque. Robin avait fait équipe avec Jim et Brad pour étudier les Esquimaux Inuits du Grand Nord. Leurs recherches avaient donné lieu à de mémorables cavalcades dans les couloirs de l'école et au musée. Le jour de la remise des dossiers, ils s'étaient déguisés en Inuits et le directeur en chef de toute l'école s'était déplacé pour venir les féliciter.

La rédaction se fait en solitaire, elle ne dure qu'une heure et elle a lieu en classe. Le sujet en est : « Décrivez un pigeon. »

Robin se rappelle le cours d'environnement et d'hygiène à l'école des Nations unies, il a les connaissances qu'il faut sur le sujet, le coin de ses lèvres se détend, forme presque un sourire, il se met au travail très vite. Il écrit : « Lorsque je vois un pigeon, je pense à toutes les maladies qu'il transporte. »

Lorsque son devoir lui est rendu, cette première ligne est barrée de rouge, il y a un grand point d'exclamation dans la marge assorti du commentaire suivant : « Quel début ! »

Il a 5 sur vingt.

— Qu'est-ce qu'il fallait faire ? s'exclame madame Carel.

— Décrire les couleurs du pigeon, répond sobrement Robin.

— C'est scandaleux !

Madame Carel n'a pu se retenir. Elle répète encore plus violemment « scandaleux ! » C'est un cri qui vient du fond du cœur, un cri de mère.

Robin regarde cette mère d'un air indéfinissable. Mépris, pitié ? Madame Carel ne comprend plus Robin.

— Il fallait peut-être parler des toits de Paris, ils sont gris, gris comme les pigeons, c'est ça qu'ils voulaient, le cliché, tu comprends...

Puis elle se mord les lèvres et se tait.

— Il ne fallait pas dire *je* non plus, dit Robin froidement.

« Je les hais, pense madame Carel. La pensée noble, les monuments, faire semblant qu'on est un vieillard plein de sagesse antique, ah c'est cela qu'ils veulent, que les enfants pensent avec des cheveux gris, j'avais oublié tout cela, je les hais. »

Deuxième dictée.
Robin a zéro.
Monsieur Carel achète une grammaire, Robin transporte cette grammaire partout avec lui, le matin

il la pose à côté de la boîte de corn flakes, il la met dans la poche de son anorak pour aller à l'école, l'après-midi il la ressort pour manger son goûter au peanut butter (beurre de cacahuète ici), le soir elle est par terre à côté de son lit, soigneusement alignée le long de ses souliers.

Un jour Robin ne revient pas à l'heure habituelle. Il revient beaucoup plus tard, à la nuit déjà tombée. Madame Carel a rejoint monsieur Carel chez lui (pendant les jours de classe Robin habite chez son père), ils ont parcouru tout le quartier à sa recherche, ils sont maintenant à côté du téléphone, prêts à composer un numéro officiel, hésitant encore. À cet instant, la porte s'ouvre, Robin passe devant eux sans leur jeter un regard, continue vers sa chambre.

— C'est trop fort ! s'écrient les parents.

Ils se dressent, ils se gonflent, leur colère monte en eux comme la lave dans un volcan, augmentée de toutes les inquiétudes de cette sombre rentrée, enfin ils vont pouvoir se soulager, laisser jaillir le mauvais sang, gare à toi l'enfant, après tout c'est bien de toi qu'il s'agit depuis le début des temps, c'est toi le trouble-fête, celui qui alourdit l'amour, brise la jeunesse des couples, moisit les heures de soucis, et amène l'âpre vieillesse cachée dans tes sourires de chérubin, gare à toi !

Sur le seuil de la chambre, les parents s'arrêtent net.

L'enfant est à terre, il frappe des pieds, des poings, cogne de toutes les parties de son corps, se jette en tous sens, son visage est convulsé, ruisselant de larmes, il pousse des cris inarticulés.

À terre aussi un papier, tout déchiqueté. Monsieur

Carel réussit à s'en emparer. C'est la troisième dictée : zéro.

— Je veux retourner chez moi, hurle l'enfant, chez moi.

Il dit cela en anglais : « I want to go back home. »

— Mais tu es chez toi, disent les parents, tu es à la maison.

Robin les regarde avec désespoir.

Back home, back home... Il répète indéfiniment, comme s'il était au fond d'une cale, comme s'il frappait à coups de marteau sur une porte fermée, comme si c'étaient les derniers mots qui lui restaient. C'est une crise nerveuse. Petit à petit, les parents réussissent à le faire revenir à la surface, à le calmer.

— Je ne suis pas content, dit monsieur Carel, lorsque Robin a cessé de pleurer, qu'il est enfin au lit. Non, je ne suis pas content du tout.

Ce n'est pas de Robin que monsieur Carel n'est pas content, on le comprend clairement à sa voix. On comprend également qu'il a choisi son camp, qu'il a pris des décisions, et déjà même tracé une tactique. Son visage s'est durci, il rajuste sa cravate avec fermeté. Du fond de sa détresse, Robin découvre qu'il a un défenseur, un pâle sourire lui vient, il s'abandonne contre son oreiller.

— Veux-tu un de tes Batman ? dit madame Carel.
— Yes, mummy, dit Robin.

C'est la première fois qu'il relit une de ses vieilles bandes dessinées, ses bandes dessinées de là-bas. Il tourne lentement les pages, bientôt on le sent tout absorbé, de temps en temps il marmonne quelques phrases en anglais, on dirait alors qu'il suce un bonbon.

Assis côte à côte sur le bord du lit, monsieur et

madame Carel contemplent Robin qui relit ses vieux Batman.

Monsieur Carel a pris rendez-vous avec les professeurs de Robin. Il a parlé calmement, avec quelques pointes d'humour et de la déférence. Mais attention, il faisait bien comprendre que cette déférence s'adressait non pas aux tout-puissants délivreurs de notes mais à l'Enseignement public (gratuit et obligatoire) de la République française. Déférence n'est pas flatterie. Les professeurs ont apprécié la différence. « La prochaine interrogation sera sur les subjonctifs », a dit la professeur de français après quelques minutes de réflexion pédagogique.

Robin apprend les subjonctifs des verbes français.

Il les apprend comme s'il s'agissait de désinences latines. Il les récite le soir par paquets de six (subjonctif présent du premier groupe), puis par paquets de douze (subjonctif présent et imparfait du premier groupe), puis par paquets de vingt-quatre (subjonctif présent et imparfait des premier et deuxième groupes), enfin il ajoute les verbes du troisième groupe. Pour les subjonctifs passés et plus-que-parfaits, il suffit de connaître le subjonctif présent et imparfait du verbe avoir, plus le participe passé du verbe en question.

Il dévide sa liste chaque soir devant madame Carel.

Lorsqu'il récite ainsi, à cheval sur sa chaise, les mains jointes sur le cahier où s'allonge l'imposante litanie de mots étranges, les yeux fermés contre la tentation du regard, on dirait un fidèle à la prière, on dirait un suppliant devant un dieu très sévère. « Seigneur de l'École française, de la Langue française et de la France, vois celui qui plie devant toi, pardonne-lui ses fautes, ouvre-lui tes portes, prends-le en ton sein, amen... »

Que tu pardonnes, que tu ouvres, que tu prennes... et que je sache, que je réussisse, que je m'en sorte enfin dans ce foutu pays, et que la vie me sourie (r, i, e) de nouveau...

Robin a obtenu la moyenne à l'interrogation sur les subjonctifs, il recommence à jouer au ballon, il a des camarades qui s'appellent maintenant Éric, Stéphane et Philippe. Il ne s'oppose pas à ce que sa maman vienne l'attendre à la sortie des cours, madame Carel parle très bien le français, plutôt mieux que la plupart des autres parents qui attendent aussi sur le trottoir. Il ne revient à l'anglais que lorsqu'ils ont dépassé le périmètre de l'école et de ses rues attenantes.

Et l'anglais justement ? L'anglais à l'école ?

— Il parle bizarre.

— Évidemment, dit madame Carel qui entend « ils » au pluriel, c'est une langue étrangère pour eux.

— Non, le prof.

— Ah, dit madame Carel, entrevoyant aussitôt une difficulté nouvelle.

Et trop vite :

— Ne le corrige pas, ne fais semblant de rien...

— Il parle British, dit Robin sèchement.

On ne saura rien de plus. Monsieur Carel n'est pas allé voir le professeur d'anglais. Il a senti que le terrain là était trop complexe. « Quand même, a-t-il dit à madame Carel, je ne vais pas aller lui apprendre qu'en américain on dit *I just saw him*, et non pas *I've just seen him* ! Qu'ils se débrouillent tous les deux ! »

Robin l'Américain et son professeur d'anglais

britannique se sont magnifiquement débrouillés ensemble. En témoignent les appréciations du bulletin de fin de trimestre sur l'excellente participation, les excellents résultats et l'excellente attitude de cet élève bilingue...

— C'est formidable, dit madame Carel qui commence à penser, très timidement, que peut-être l'Amérique n'aura pas fait le malheur de cet enfant.

— Fastoche ! dit Robin en haussant les épaules.

Madame Carel note cela aussi, Robin n'a pas dit « It's a cinch », il a dit « fastoche », comme Éric, Stéphane ou Philippe.

Ainsi vont les choses, parfois mal parfois bien. La cantine n'a pas de self-service comme à l'UNIS, on vous sert à la louche et il faut manger ce qu'on n'aime pas. Un jour Éric, Stéphane, Philippe et Robin font une bataille de frites mal cuites à travers la table, ils seront exclus quelques jours tous les quatre. « L'école ici, c'est comme l'armée », dira Robin plein d'un cynisme nouveau. Sous entendu : « Là-bas on discute avec vous, là-bas on ne punit pas, là-bas l'enfant est un vrai citoyen, là-bas il y a la liberté... »

« Ce n'est pas si simple », tentera d'expliquer madame Carel.

Robin grandira, il apprendra qu'en effet ce n'est pas si simple, il apprendra les ombres qui noircissent l'image de son Amérique bien-aimée... Mais rien ne pourra effacer son grand amour d'enfant.

Quelque temps encore il gardera son violoncelle. Puis il abandonnera. Il n'y a pas de musique à son lycée. Pas de fête de fin d'année où, dans la grande salle décorée, l'orchestre des élèves joue devant les parents venus en grande tenue et qui applaudissent, applaudissent. On ne fait que du solfège, au solfège on n'a que des mauvaises notes, les leçons d'instrument il faut les prendre tout seul, après les classes, avec un professeur particulier qui vous reçoit chez lui, en haut d'un escalier tout noir, dans un salon encombré de meubles où on se sent très enfermé.

Le violoncelle disparaît de la vie de Robin.

Seul, désemparé, il descend jouer sur le trottoir avec son vieux ballon. Il ne trouve pas de doorman pour l'encourager, nul monument aux héros dans les parages pour offrir une vaste dalle bien rebondissante, le trottoir est excessivement étroit, Robin cependant rassemble son courage, il tape contre le mur, timidement d'abord, puis plus fermement, en faisant grande attention aux fenêtres, tap tap assidûment, vaillamment, la vie s'est rétrécie certes, mais si tu es un homme tu continues, tu poursuis l'œuvre virile des petits garçons, tap tap, il mériterait un public, une ovation, ce petit garçon plein de souci, son travail est dur, il ne ménage pas sa peine.

Une fenêtre s'ouvre, une voix courroucée s'écrie : « Va jouer ailleurs ou je te botte le cul ! »

— Je les hais, dit madame Carel en arpentant avec fureur l'appartement, vieux croûtons, vieux ronchons, comment pensent-ils qu'ils vont pousser leurs enfants, comment va-t-elle grandir leur précieuse France... Un enfant, ça dérange, un bruit de ballon, ça dérange, mais la télévision et les bagnoles, ça, ça ne les dérange pas, continue madame Carel de plus en plus énervée, dis-moi à quel étage, et j'y vais...

— Non, dit Robin.

— Je n'ai pas peur, j'y vais tout de suite.

— Je ne veux plus jouer, dit Robin.

Monsieur et madame Carel ne vivent pas dans le même appartement. « C'est absurde de payer deux loyers », dit monsieur Carel. Robin, caché dans le couloir, entend cela. Cette fois, il ne dit pas « allons-nous être pauvres ? ». Il cherche une solution et la trouve. Mais il ne la révèle pas. Il dit simplement qu'il veut jouer dans un club de base-ball.

On en cherche.

Il en existe un.

Robin accomplit les formalités, s'inscrit sur la liste d'attente, étudie le trajet en métro, révise son matériel, batte, mitt, balle dure et balle douce, il est équipé, il est accepté, plusieurs mois, soirs et week-ends, il s'en va vers ce stade, en métro, tout seul. Le stade est loin, aucun de ses camarades ne joue au base-ball, personne pour échanger les cartes des illustrissimes aux casquettes emblasonnées, ah où sont les marchés passionnés qui se tenaient partout, dans la cour, dans le school bus, sur le trottoir, au carrefour, au téléphone ? Et où sont les Yankees, les Mets, les étourdissantes journées sur les gradins, visière rabattue sur la nuque, à gesticuler et crier de tout son corps et téter des Coca pleins de bulles, et machouiller des hot-dogs tout dégoulinants d'oignons frits et de ketchup sucré, avec tous les papas du monde autour, qui gesticulent et crient comme les enfants et achètent les hot-dogs et les casquettes et tout ce qu'on veut ?

Petit à petit, la batte et sa mitt se couvrent de poussière.

Robin essaiera le tennis, le football, toujours il manquera quelque chose, une splendeur enfantine, une gloire qui prend le cœur, qui élimine la confusion et rassemble la cohorte douteuse des heures en une boule brillante et palpitante à tout jamais.

Plus tard il trouvera le volley-ball, il sera un jeune homme alors. Les mathématiques, pour lesquelles il n'y a pas besoin de subjonctifs, lui auront fait traverser toutes les classes du lycée et même les classes préparatoires autrefois tant convoitées de ses parents, l'anglais aura fait le reste.

L'anglais, ce sera comme le ressort secret caché dans la semelle de son soulier. Une épreuve d'anglais et hop, le candidat ordinaire s'envole ! Robin passera les concours de l'aviation civile. La grand-mère, oublieuse de ses prédictions anciennes, dira « quelle chance pour cet enfant, l'Amérique », et félicitera monsieur et madame Carel...

Revenons au lycée, le lycée des premiers zéros, du pigeon qui n'a que des couleurs et pas de maladies, des batailles de frites molles et du square plein de verdure (la verdure cache les clandestins) où on réussit à filer de temps en temps, avec Éric, Stéphane ou Philippe, pas plus de deux à la fois, pour que ce ne soit pas trop voyant. Dans ce lycée-là, une chose stupéfiante se passe un jour. Robin obtient 18 sur vingt à son devoir de français. C'est la meilleure note de la classe, de loin.

— Quel était le sujet ? demande madame Carel.

Elle est agitée, la maman, sa voix est mal posée, ses gestes aussi. Elle prend un objet, le change de place, puis sans s'en rendre compte le remet au même endroit. Elle voudrait poser plusieurs questions à la fois, mais elle se retient, et ces questions non posées font comme un poids qui se déplace au gré d'émotions houleuses et la font tanguer. On dirait qu'elle va tomber.

18 sur vingt ! Cela pourrait justifier tout, les méandres et enlisements, les affres d'une vie qui tarde à trouver ses berges, le long détour en pays étranger, les inquiétudes des grand-mères, l'affreux examen du retour au pays, les ruptures.

18 sur vingt, la meilleure note, cela voudrait dire que les choix n'ont pas été si mauvais, les directions pas si erratiques, cela voudrait dire qu'à l'énigmatique loterie du destin le handicap était peut-être un avantage, que l'enfant a gagné la partie, et lorsque l'enfant gagne, c'est la vie qui s'éclaire, l'univers qui devient beau, c'est la justification totale et entière...

C'est tout cela qu'elle voudrait en cet instant, madame Carel, oh elle sait bien que les choses n'ont pas si mal tourné, que les grands malheurs ont été évités, mais le bonheur, le bonheur soi-même, pourquoi ne se poserait-il pas ici, en cet instant même ? Certains le connaissent, elle a cru le voir autour d'elle, c'est la première fois qu'elle l'envisage pour elle-même, tout de suite... Elle voit cela comme une fulgurance éblouissante, d'abord, puis cette fulgurance s'apaiserait, se répandrait, deviendrait une sorte d'assurance qui tiendrait les jours en une texture solide. Le bonheur, ce serait ceci : faire confiance à la vie.

— Quel était le sujet ? dit-elle.

— Sujet libre, je l'ai déjà dit, répond Robin.

Il répond de mauvaise grâce. Certes il est content de sa belle note, mais ce contentement n'est pas à partager.

Madame Carel comprend qu'il n'y aura ni tambour ni trompette, elle renonce aussitôt aux grandes réjouissances, le 18 sur vingt demeure, tant pis pour les détails. Et surtout pas de question sur le sujet choisi. Prudence, modestie et discrétion. La joie des violettes, elle s'en contentera largement.

Mais on n'en a pas fini.

— Ma prof veut te voir, dit Robin.
— Comment cela ? dit madame Carel.
— Elle veut un rendez-vous, quoi, dit Robin.

Un rendez-vous, mais pourquoi, puisque la note est bonne ? En général les professeurs veulent voir les parents lorsque les choses vont mal. Les choses iraient-elles mal ? Mais non, 18 sur vingt, la meilleure note, et de loin ! Qu'est-ce que cela veut dire ? Ah n'y a-t-il jamais de repos pour les mamans !

Soudain elle pense à Rangoona.

Un regret violent l'étreint. Elles se sont écrit au début, puis les lettres se sont comme vidées de substance, tout cela paraît si loin. Mais elle entend encore ces mots de leur première conversation, « le temps, le silence, la montagne... »

Elle était étendue sur son lit, le téléphone pressé contre sa joue, Robin jouait en bas sous la surveillance du doorman, la nuit tombait, sur la façade de l'immeuble d'en face les fenêtres s'allumaient, on entendait au loin le trafic sur Broadway tout semblable au roulement d'un fleuve, parfois le hurlement d'une sirène de police filait à travers la rumeur de la ville, mais ce n'était pas un bruit effrayant, au contraire c'était comme le cri d'une ronde de nuit dans les cités anciennes, oyez, oyez, braves gens, les sirènes veillent, vaquez en paix, elle était jeune, madame Carel, peut-être croyait-elle en Batman elle aussi. Elle avait dénoué sa queue de cheval, elle était bien. Le temps, le silence, la montagne...

La sœur de Rangoona a réussi en Amérique, elle est devenue une career woman, elle refuse de se marier et possède maintenant un co-op sur Central Park West. Rangoona, elle, a quitté son mari américain, mais ce n'est pas pour faire carrière dans une grande entreprise. Personne ne comprend pourquoi elle l'a quitté. Pour le comprendre, il aurait fallu connaître ces mots qu'elle avait entendus lorsqu'elle était une jeune adolescente, au cours d'une retraite dans la forêt de Birmanie, ces mots qu'elle avait répétés à sa nouvelle amie de France, et donc la force mystérieuse avait dû être très puissante car ils avaient traversé l'Atlantique avec madame Carel, ils étaient là à Paris en cet instant, ils faisaient vibrer en elle ce regret vague et intense. Rangoona avait vendu ses parures d'argent, sa beauté était partie, ses amis s'étaient lassés. Madame Carel avait fini par téléphoner de Paris à l'un de ceux-ci :

— Que fait-elle ? avait-elle demandé, pleine d'inquiétude.

— Rien.

— Elle porte toujours ses saris ?

— Non, elle ne porte plus que des jeans et de vieux T-shirts.

— Elle vend toujours des tissus orientaux ?

— Non, elle reste chez elle.

— Mais que fait-elle alors ?

— Elle attend, avait répondu l'ami avec une pointe d'impatience.

Rangoona attend que, dans son pays lointain, les dirigeants deviennent plus humains, elle veut rentrer peut-être. Rentrer chez elle.

Que peut-on savoir ? Tout cela est si loin déjà.
— Alors tu vas aller la voir ? dit Robin.
« Oh non », va dire madame Carel, toute triste. Elle se reprend aussitôt. Adieu, Rangoona, adieu.
— Voir qui ?
— Ma prof, dit Robin dont le visage se crispe brièvement.

À New York, madame Carel pensait à la France. Maintenant qu'elle est à Paris, elle pense à New York. Robin ne saurait dire les choses ainsi, il n'est pas à un âge où on cherche à comprendre ses parents. Mais un nuage est passé en lui.

Madame Carel est souvent ici et ailleurs en même temps. On lui parle, on est près d'elle, et voici soudain que se produisent des perturbations, menues certes, mais imprévisibles. C'est particulièrement déroutant chez une maman. Monsieur Carel lui est toujours ici, entièrement. Lorsqu'il évoque leur passé à New York, c'est ce passé qui se déplace, pas monsieur Carel. Leur passé à New York, ouvertement sollicité, vient rejoindre l'instant présent, pour s'y incorporer agréablement et solidement. Robin préfère cette façon de faire.

— Bien sûr, j'irai, dit madame Carel.
Elle est troublée.
— Tu es bien certain que c'est moi qu'elle veut voir ?
Oui, c'est madame Carel que la professeur souhaite rencontrer, ce n'est pas monsieur Carel.
— Et tu as vraiment envie que j'y aille ?
Oui, Robin en a envie. Il ne l'a pas dit, il n'a fait que hausser les épaules, mais si madame Carel a

parfois des absences, rien ne lui échappe de ce qui frémit en Robin.

Il faudra donc y aller. Ah, si elle avait une piscine, si elle était un homme à la forte carrure et de caractère enjoué, sans doute aurait-elle fait comme Mr. Berg lorsque la maîtresse de Beauty l'avait convoqué pour un entretien. Elle se serait laissée glisser sur une dalle mouillée, elle se serait abandonnée aux vaguelettes bleues, elle aurait parlé aux nuages, advienne que pourra.

— Madame Carel ? dit la professeur de français.
— Oui, s'entend répondre celle qui porte ce nom.
Les deux dames se serrent la main.
La visite a lieu dans la salle de classe. Il faut repousser une table, extraire les deux chaises qui s'y trouvent engagées, tirer ces deux chaises en contournant la table, et les amener dans le maigre espace vide entre le tableau et la première rangée des autres tables. Ensuite les deux chaises sont placées face à face, il n'y a plus qu'à s'asseoir, elles s'assoient. Tout cela est affreusement embarrassant.

— Nous n'avons pas de parloir, dit la professeur en manière d'excuse.
— Oh ce n'est rien, dit madame Carel.
— Mieux vaut une salle de plus pour nos élèves qu'un parloir.
— Oui, oui, dit madame Carel qui sent qu'elle va se trouver mal.
— Mais je peux vous offrir un jus d'orange.
— Ne vous dérangez pas, murmure madame Carel à bout de forces.
— Il n'y a pas de dérangement. Tout est prêt, voyez.

Et de fait, il y a sur l'étagère à côté un joli plateau avec une carafe pleine, deux verres, et même quelques biscuits au chocolat sur une assiette.

Le jus d'orange est frais, les biscuits savoureux. Madame Carel se sent mieux. Comme ces lycées de France sont déconcertants !

— Ce sont des chocolate chips cookies, dit-elle en esquissant un sourire.

— Pardon ?

— Les biscuits, ce sont des biscuits au chocolat...

— ...

Madame Carel sent qu'elle rougit. Quel enfantillage ! Elle ne va tout de même pas expliquer que ces biscuits étaient la friandise favorite là-bas, qu'ils étaient l'élément le plus constant des lunch-box de Robin, Jim, Brad et les autres, que bien sûr ceux d'ici n'ont pas le même nom que ceux de là-bas, mais qu'ils ont le même goût, que c'est merveilleusement réconfortant de retrouver ces petits amis des enfants ici dans une salle de classe française, oh que dire ?

La professeur observe madame Carel.

Silence.

— Franck a eu une très bonne note à son devoir de français.

— Franck ? dit la maman.

— C'est bien le prénom de votre fils ? dit la professeur un peu sèchement.

— Oui, dit la maman.

— J'ai entendu parler d'une sorte de surnom.

— Oui...

— Je pense qu'il est préférable de l'appeler par son véritable prénom.

— Oui, dit la maman.

Silence. Retour au point de départ.

— Franck a eu une très bonne note à son devoir de français.
— Oui...
— Il vous a dit de quoi il a parlé dans son devoir ?
— Non...
Léger rengorgement du professeur.
— Je lirai le devoir ce soir, dit la maman qui se sent en faute.
— Ce ne sera pas possible, madame Carel.
— Il l'a perdu ?
Mon Dieu, se dit la maman, la première bonne note depuis ce retour et il perd le devoir, et alors naturellement il a perdu la note, c'est cela qu'elle veut me dire, qu'il a perdu sa note, comment vais-je lui annoncer cela, j'aurais dû vérifier son classeur, j'aurais dû lui acheter une agrafeuse...
— Il m'a demandé de ne montrer ce devoir à personne, dit la professeur.
— Ah, dit la maman, éperdue.
— Bien sûr, il y avait quelques anglicismes, je n'en ai pas tenu compte.
— Merci, dit la maman.
— Il ne s'agit pas de remerciements, dit la professeur.
— Pardon, dit la maman en toute hâte.
— Il s'agit de Franck.
— Oui...
— Voulez-vous savoir de quoi il a parlé dans son devoir ?
La maman hésite.
— Non, dit-elle.
Mauvaise réponse. Il fallait dire oui.
— Oui, dit-elle.
Silence.

Rien, on n'entend rien dans cette salle de classe. Que l'insupportable crissement des collants lorsqu'on croise les jambes, et la petite toux qui vous vient bêtement dans la gorge, et quelque chose d'autre qui s'insinue dans la tête, se répand doucement...

Sur East River, voici un mirage qui s'approche, c'est UNIS la belle, l'école de toutes les écoles, mirant son front sur l'eau, et le fleuve pour elle déploie tout ce qu'il sait faire, une vedette de la police file dans un grand bruit de moteur, les mouettes s'envolent en criant, viennent se poser sous les fenêtres, des péniches passent, on entend le roulement continu des voitures sur le FDR, un hélicoptère tournoie au-dessus de l'île, le fleuve fait son grand spectacle, c'est un fleuve de grande métropole, mais il ne se contente pas de ces impressionnantes activités, il sait faire aussi en petit, il se glisse sous les murs de l'école, on l'entend parfaitement de l'allée où patientent les parents, il est là-dessous à chatouiller les pilotis et faire ses mini-remous et trimbaler tous les petits objets que les écoliers ont laissé tomber, ah il ne pourrait en faire autant avec le grand immeuble de verre des Nations unies. Là-bas, à la 42e Rue, c'est du sérieux, ce sont les diplomates et leurs délégations, on le tient à distance avec des pelouses et des sculptures, mais ici ce ne sont que les enfants, ce n'est que UNIS, et il taquine, le grand fleuve...

— Enfin voilà, dit la professeur en se levant, il me semblait important que nous en parlions ensemble.

Elle raccompagne madame Carel, la maman de son élève, jusqu'à l'entrée du grand couloir. Elle a l'air satisfaite. L'entrevue l'a confirmée dans son intuition. Les mères, ah les mères ! Elles sont la cause, et celle-ci particulièrement. En tout cas, elle a eu raison d'appeler l'enfant Franck, et elle continuera, quoi qu'en pensent les collègues et le jeune pion en jean...

D'une certaine façon, madame Carel aussi est satisfaite. Robin a toujours 18 sur vingt, c'est sa note, il la garde, elle lui appartient. Lorsque Robin surgit du square son ballon sous le bras, elle était en train de s'imaginer ce 18 sur le bulletin scolaire, elle le soulignait, faisait une photocopie, glissait la photocopie dans une enveloppe, écrivait sur l'enveloppe l'adresse de la grand-mère...

— Qu'est-ce qu'elle a dit ? marmonne Robin.
— Tu as 18, dit madame Carel.
— Oui, mais qu'est-ce qu'elle a dit ?

C'est alors que madame Carel prend conscience d'un malaise caché en dessous de sa satisfaction. Qu'a dit la professeur en effet ? Elle revoit le jus d'orange, les biscuits au chocolat, elle revoit un certain rengorgement de son interlocutrice, elle entend le silence qu'il y avait dans cette salle de classe, mais rien de précis, rien qu'elle puisse rapporter à Robin. L'impression d'avoir fait une gaffe à un moment, le désir d'être ailleurs, East River et les mouettes, mon Dieu tout cela n'est pas sérieux, il faut se ressaisir, l'enfant attend.

— Ta professeur pense que tu dois surveiller les anglicismes mais que tu fais de grands progrès et qu'il faut continuer en ce sens.

Belle phrase, véritable appréciation d'enseignant chevronné, madame Carel en est surprise elle-même. Elle se demande d'où lui viennent de telles expressions. De ses propres bulletins lorsqu'elle était enfant ? En tout cas, elle pense avoir trouvé la conclusion convenable à toute l'affaire, et répondu à l'attente de Robin.

Comme on peut se tromper !

— Oui, mais qu'est-ce qu'elle a dit ? répète Robin.
— Comment cela ?
— Qu'est-ce qu'elle a dit pour mon devoir ?
— Ton devoir ?
— Elle a dit ce que j'avais mis ?

Voilà donc ce que demande Robin, voilà ce qu'il veut savoir, ce pour quoi il attendait dans le square de verdure en face du lycée depuis une heure, en faisant des paniers de basket et tapant sur son ballon. Robin veut savoir si la professeur a révélé ce qu'il a écrit dans son devoir.

— Non, dit-elle, sincère et presque étonnée de la question.

Robin alors part en flèche devant elle sur le trottoir, il se met à dribbler avec son ballon, il fait des passes imaginaires, gambade, revient près d'elle, repart...

Madame Carel le regarde et soudain il lui revient que la professeur a dit quelque chose en effet concernant ce sacré devoir.

Et enfin, enfin, elle comprend que c'était même à cause de ce qu'il y avait dans ce devoir qu'on l'a convoquée, elle la mère, pour un entretien.

La professeur a dit que Robin y avait parlé de son ballon et que c'était remarquable. Non, pas remarquable, touchant. Non, pas touchant non plus, cela aurait été rien, cela n'aurait demandé qu'un sourire, elle a dit autre chose, elle a dit « bouleversant ». Oui c'était cela, bouleversant, elle le sait bien, madame

Carel, elle le sait à cette émotion qui était venue en elle depuis le premier mot concernant le devoir de Robin, une émotion si violente qu'elle n'avait pu la supporter, qu'il lui avait fallu appeler à l'aide le grand fleuve East River, les mouettes au pied des pilotis, l'UNIS, l'ONU, tout ce qui avait fait sa force là-bas dans cette ville où elle était jeune, où son enfant s'appelait Robin, où Batman, le naïf et bon sauveur aux ailes de chauve-souris, pouvait suffire à les protéger de tout. Et alors elle n'avait plus rien entendu d'autre, elle ne se rappelle rien, elle ne sait rien, il n'y a que cette émotion saccageuse, tout à l'heure contenue, qui maintenant déferle sur elle en doublant de rage.

— Mum... crie Robin de loin.

— Attention, crie Robin, je te fais des passes.

Et, comme il y a bien longtemps sur Riverside Drive au pied du monument aux héros des guerres américaines, lorsqu'elle rêvait à cheval sur l'un des canons et que Robin, esseulé avec son ballon, appelait pour jouer, appelait pour être aimé, rassuré, pour être heureux, elle se ressaisit. Elle secoue ses cheveux, courts maintenant, elle tend les bras, un enthousiasme magnifique est dans ses muscles.

— Vas-y, crie-t-elle, vas-y.

Une passe. Réussie.

— Super, mum, crie Robin.

On recommence ?

Bien sûr, on recommence.

Drib drib, tap tap, sur le trottoir, malgré les passants, malgré les ronchons, en courant, en riant, essoufflés, tout du long jusqu'à la maison.

Qu'est-ce que tout cela, le passé, les inquiétudes, les regrets, la peur, cela ne compte pas, ce n'est rien à côté de la vie qui est là maintenant, qui est plus forte que tout, et qu'est-ce que cela peut faire si l'enfant a eu des souffrances, s'est cru très malheureux, l'a raconté dans son devoir !

Il est là maintenant, presque un adolescent, grand et vivace, il rit, et le ballon n'est pas qu'un pis-aller, n'est pas qu'une consolation. C'est la joie, le bonheur, en cet instant, devant la maison, sur le trottoir toujours excessivement étroit, mais qu'importe, cela aussi s'accepte, cela aussi se prend...

15

LA GLOIRE DE BEAUTY

Beauty a-t-elle dit vrai ?
Est-ce par elle que la maison Berg s'est relevée, que petit à petit Liza a abandonné la drogue et son copain Bill le dealer, que Tania a cessé de grossir, que Mr. Berg a payé ses dettes, que Mrs. Berg a retrouvé sa beauté ?

Robin, émerveillé, conscient de l'être, tout heureux de l'être, ne posera pas de questions.
L'histoire de Beauty c'est un tout, et si une petite partie est vraie, cette petite partie suffit à entraîner tout le reste dans sa vérité. A-t-il jamais autrefois demandé compte à Batman de ses sensationnels exploits ? Il s'est contenté d'être Robin le fidèle. Dès que les ailes de l'homme chauve-souris se sont déployées dans les ténèbres du mal, il a fait son choix, il s'est rangé sous leur bannière et plus question alors de ricaner ou d'ergoter. Sinon, autant éteindre la télévision !
Il n'a pas éteint la télévision lorsqu'il était enfant. Pourquoi éteindrait-il la lumière que répand Beauty ?

Beauty a sauvé la blanche maison de Miami et ses habitants. En effet très peu de temps après la réconciliation de la sœur aînée et de la sœur cadette, des événements étonnants se sont produits chez les Berg.

Mais il fallait sans doute pour cela toucher le fond.

Passons sur la tentative de suicide de Liza, la dépression de Mrs. Berg et l'alcoolisme de Mr. Berg.

Beauty en parlera peu à Robin, soit qu'elle n'ait pas trouvé assez d'échos chez ce garçon peu enclin au drame, soit qu'elle n'ait pas su trouver les mots pour donner à ces événements la dimension tragique qui l'aurait grandie. Beauty n'avait pas eu de bonnes notes à ses compositions d'anglais, mais son QI n'avait jamais fléchi d'un point, son QI restait vigilant et l'avertissait des chausse-trappes de la vie. Et la petite sirène qui nageait dans les eaux bleues de son âme n'avait cure des ombres qui ternissent la lumière.

Il faut considérer une autre possibilité, la plus probable. En grandissant, Beauty a remis son enfance en perspective. Les enfants grossissent ce qui n'avait été que troubles passagers, le moindre fléchissement familial devient une tempête fabuleuse, à la mesure de ces géants que sont alors les parents. Contrairement à ce que croyait son père, Beauty a beaucoup de bon sens.

« Écoute, dira-t-elle à Robin, ce n'est pas possible que vous ayez quitté l'Amérique parce que tu n'as pas eu le droit de jouer au ballon un week-end dans une maison de Long Island.

— Non, bien sûr, dira Robin, tout étonné d'avoir donné tant d'importance à cet incident insignifiant.

— Tu vois bien », dira-t-elle.

Leur affaire ne sera pas de démêler le faux du vrai, mais de vivre ce qui se présente, comme tout un chacun. Et l'affaire du conteur est de conter la légende de deux enfants : celle du petit garçon qui avait pour ami un ballon et pour protecteur un héros au cœur pur, et celle de la petite fille dont l'âme était couleur des eaux bleues où nagent les sirènes. Tenons-nous-en là et laissons la vérité en paix.

Donc les choses allaient de mal en pis dans la famille Berg.

Mr. Berg rentra un soir chez lui sans chaussures.

« Tu ne lui piquais quand même plus ses chaussures ! » s'exclamera Robin.

Non, bien sûr. Tout cela était de l'histoire ancienne.

Le charmant vieux voisin, Mr. Gordon Smith Durand DaSilva, était mort. Il n'avait pas eu le temps de se rendre compte qu'on avait échangé le dessus-de-lit blanc de sa chambre d'amis pour un autre tout semblable mais auréolé par endroits de vagues taches rosâtres. Il ne recevait plus d'amis depuis longtemps. Les seules visites qu'il supportait encore étaient celles des jeunes filles d'à côté. Elles lui portaient des gâteaux, les mangeaient à sa place et lui racontaient les injustices des maîtresses et les méchancetés des garçons de l'école. En échange il leur permettait de se changer chez lui avant et après l'école, et il gardait respectueusement les vêtements de rechange sans poser la moindre question. Les jeunes filles sont comme ça, elles ne veulent pas porter les vêtements que leurs parents jugent corrects, elles ont leurs idées à elles, et si son innocente complicité pouvait contribuer à la paix de tout le monde, il n'y voyait aucun inconvénient. Bien sûr, ce n'était pas ses goûts non plus, particulièrement les chaussures que portait en cachette la plus jeune, des chaussures masculines peu seyantes à son avis. Mais il s'était bien gardé de donner son avis. Lui-même passait pour un excentrique dans le quartier, avec ses costumes blancs qui n'étaient plus de son âge. Mr. Gordon Smith Durand DaSilva était très vieux et il s'estimait heureux que des jeunes recherchent sa compagnie dans un pays où les catégories d'âge sont si tranchées. Il préférait lire aussi, plutôt que de fréquenter un club, et cela aussi était une excentricité. Peut-être d'ailleurs était-ce un peu sa faute si Liza se montrait si dogmatique. Car pendant que Tania mangeait les gâteaux qui étaient destinés au vieux monsieur, il parlait à Liza de ses lectures, et Liza qui prenait tout au sérieux puisait dans ses discours les grands mots qui la faisaient vibrer pour les utiliser ensuite chez elle à sa manière outrée et agressive. S'il avait eu le temps de lui parler des fameux « peer groups » dénoncés par ses sociologues respectés, sans doute serait-elle partie en croisade contre l'ostracisme infligé aux vieillards.

Heureusement il ne savait pas comment se comportait Liza dans sa famille, il ne voyait en elle qu'une jeune fille attentive et c'était sa préférée. L'autre jumelle était plus effacée et la cadette, un drôle de grand oiseau efflanqué, semblait toujours dans les nuages. Cependant il l'avait bien observée et il disait parfois à ceux qui lui faisaient la causette dans la rue qu'elle étonnerait son monde un jour, cela aussi passait pour une excentricité. Mr. Gordon Smith Durand DaSilva était mort, sa maison ne recelait plus d'innocent secret.

La raison pour laquelle Mr. Berg est revenu sans

ses chaussures ce soir-là n'avait plus rien à voir avec la manie d'une gosse et l'aimable complicité d'un voisin, c'était beaucoup plus grave. Car il avait aussi des contusions sur la figure et les bras, plus de voiture et le portefeuille vidé de toutes ses cartes de crédit.

« Une attaque ? » dira Robin intéressé.

C'était là un cas pour Batman. Malgré lui, ses yeux se mettront à briller, comme lorsqu'il était enfant, Joker attention, *Talala tata, Charge !*

« Attends, dira Beauty, c'était encore plus sérieux que tu n'imagines. »

Le portefeuille ? Oui, Mr. Berg l'avait encore. Non, il n'y avait plus rien dedans.

« Bon, alors ?

— Alors ? Il y avait un trou dans le portefeuille ! »

Un trou qui le traversait dans toute son épaisseur, de la taille d'une balle de revolver, le cuir était brûlé sur les bords, l'odeur était affreuse, une abomination. On le regardait et c'était aussitôt comme si on voyait une poitrine transpercée, une blessure au-dessus du cœur, des traces rouge sombre sur les bords. Beauty insistera là-dessus, on ne voyait pas le portefeuille, on voyait la mort, et Robin cette fois ne se moquera pas de Beauty. Un jour, alors qu'il vivait encore à New York, le portefeuille de madame Carel avait disparu. L'enfant et sa mère s'étaient aperçus du vol au moment de payer, à la caisse du supermarché A & P de Broadway, et ensuite ils avaient dû aller au commissariat. Robin avait éprouvé une grande angoisse. Il avait dit « allons-nous être pauvres ? », cela voulait peut-être dire « allons-nous mourir ? » Est-ce ce souvenir de son enfance qui sera venu l'effleurer ? En tout cas, il hochera la tête en silence et Beauty lui sera reconnaissante de cette gravité.

L'ancienne maîtresse d'école de Beauty était là, ce soir-là, elle aussi avait pâli, elle aussi avait vu la mort, et ce n'était pas une fille impressionnable.

Mais que faisait la maîtresse d'école dans la famille Berg ce soir-là, s'étonnera tout de même Robin. Beauty allait au lycée, plus à l'école primaire, ne mélange-t-elle pas les dates ? Pas du tout. Mrs. Berg s'était prise d'un attachement curieux pour Alina, peut-être à cause d'une vague culpabilité qui remontait à une histoire de chute dans la piscine, de visite à l'école et d'on ne sait plus quoi. Alina lui avait fait des confidences sur ses histoires de cœur et Mrs. Berg s'était instituée sa protectrice.

L'ancienne maîtresse de Beauty était devenue comme une grande fille pour Mrs. Berg. Ses propres filles étaient si difficiles à l'époque et si incompréhensibles. Elle comprenait mieux les problèmes d'Alina. Ces problèmes ressemblaient à ceux dont elle traitait tous les jours au centre d'aide sociale. Ils avaient trait à Justo, ce garçon si séduisant mais douteux qu'Alina avait fini, sur les conseils de Mrs. Berg, par laisser tomber. Elle l'avait remplacé par un jeune psychologue scolaire qu'elle rencontrait régulièrement dans le cadre de son métier. « Un connard plein de vent, avait dit Justo, je lui ferai la peau, à lui et à tous les autres. » Alina avait très peur de Justo.

Mr. Berg avait haussé les épaules. Il trouvait qu'Alina exagérait. Il n'aimait pas ses conciliabules avec Mrs. Berg. Il regrettait la silencieuse Kim aux mains fines, qui aimait tant les fruits et les fleurs, et se déplaçait comme une brise légère, ne laissant derrière elle que douceur, paix et beauté.

Donc le soir de l'attaque de Mr. Berg, Alina avait pâli, elles avaient toutes pâli. Le trou dans le portefeuille, c'était un avertissement, ou un signe, ou le symbole général de la terrible décadence dans laquelle glissait la famille.

« Et alors ? » dira Robin, plus intéressé par l'épisode suivant de ce nouveau feuilleton d'aventures que par le sens philosophique à lui donner.

« Alors ? » dira Beauty.

Ils seront assis par terre, sur la moquette de l'appartement de Beauty à Paris, la nuit sera bien avancée, ils auront regardé un film américain à la télévision, un de ces vieux films qui passent tard le soir en version originale sur les chaînes françaises, où l'on voit Humphrey Bogart se frotter magistralement le lobe de l'oreille et Laureen Bacall se gratter furtivement le haut de la cuisse. Ils auront communié ensemble dans cette bonne fête américaine, sautant de rire à chaque scène familière et poussant de retentissantes exclamations comme s'ils se trouvaient encore dans ce pays plein d'espace où les gens parlent fort et laissent aller leur corps comme des mustangs dans la Prairie. Les voisins auront frappé au mur, augmentant leur ravissement, le jour se lèvera presque, tant pis pour le réveil qui sonnera tôt pour l'un et pour l'autre, on ne verra pas de cernes sur le visage de Beauty et Robin s'en tirera avec quelques cafés supplémentaires l'après-midi, les heures de la nuit sont les plus précieuses et ils s'amusent si fort ensemble.

« Oui, alors ? dira Robin à moitié endormi mais persistant sur sa lancée.

— Alors, on n'a pas cédé ! » dira Beauty relevant fièrement la tête et balançant sa grande aile de cheveux sur le côté, dans ce mouvement qu'on retrouvera désormais fixé sur des centaines de photographies.

Et après cette réplique sublime, elle s'endormira d'un coup, directement sur la moquette, et Robin de même, tandis que le téléviseur continuera de neiger dans l'obscurité, grésillant doucement au-dessus de leur sommeil, lueur de la nuit et gardien de leurs rêves.

« On n'a pas cédé », qu'est-ce que cela veut dire ?
Robin ne le saura pas vraiment.
Car du portefeuille vide et troué d'une balle de revolver, on passe directement au portefeuille de cuir rose débordant de billets verts, et à l'apothéose de Beauty, au grand soir de son étincelante transformation, sous les guirlandes du Miami Club, le club le plus chic et le plus cher de Miami...
Et cette soirée de la véritable naissance de Beauty, si puissamment chargée d'énergie qu'elle la propulsera par-delà l'océan jusque dans toutes les grandes capitales européennes et pour finir dans les bras de Robin, cette soirée réverbère aussi sur le passé, l'écrasant de sa lumière, rejetant dans l'ombre tous les degrés fastidieux de l'ascension, de sorte qu'il ne reste plus que cette fulgurance par laquelle a surgi une Beauty toute neuve, âgée de quinze ans, ruisselante de lumière et de bonheur... et dont la mémoire aussi était neuve.

De l'attaque de Mr. Berg à l'apothéose de Beauty et la régénération de toute la famille, que des bribes confuses, peu crédibles et pas spécialement attrayantes. Rien, finalement.

Cela conviendra à l'ancien admirateur de Batman.

Peu de récit dans les aventures du héros chauve-souris, ni explication ni analyse, seulement ceci : Action, victoire et avenir !

Cela conviendra aussi à Beauty : un regard, le seul regard qu'il fallait, et tout aussitôt une transfiguration totale comme par un coup de baguette magique.

Beauty ne connaissait pas le conte du petit canard, mais elle savait à l'intérieur d'elle-même qu'elle était différente. Les étoiles du drapeau américain lui avaient fait signe un jour, lui avaient dit qu'elle avait un destin, et elle avait attendu, sans impatience, presque indifférente, conduite par cette certitude lumineuse.

Ses parents l'avaient crue laide, ses sœurs l'avaient crue débile et son institutrice une sorte d'extraterrestre. Ils s'étaient tous merveilleusement trompés. Voici comment.

Il faut se rendre au Miami Club, superbe bâtiment Arts déco entouré de palmiers à South Beach. On l'imagine sans peine, il est sur de nombreuses cartes postales. Ce soir on célèbre un événement particulier, il y a fête, et le grand moment est arrivé.

Une fanfare éclate sous les palmiers. De tous les salons du bâtiment on entend l'appel des cuivres. Les messieurs quittent le bar et leur verre de bourbon, les dames abandonnent les fauteuils de rotin coloré, tout le monde s'ébroue, on se lance des sourires indulgents mais néanmoins un peu tendus. C'est la grande soirée annuelle du Miami Club et il y a une affluence particulière. Les dollars à cette occasion ont coulé sans réticence des portefeuilles ou des réticules.

Il faut dire que bien des membres ont des enfants

impliqués dans l'affaire. Il faut dire aussi que le jeune homme qui a fait la collecte a une motivation toute personnelle.

Sa livrée d'apparat, copiée sur celle des grooms de Chez Maxim's, a beaucoup plu aux dames. De plus il s'incline si adroitement après chaque obole qu'on ne peut s'empêcher d'en rajouter une seconde, surtout lorsque le voisin regarde. Maintenant le tour de l'assemblée est terminé, le groom grimpe les petits escaliers du podium installé depuis la veille dans la grande salle (la fête d'ordinaire a lieu à l'extérieur, mais il pleut, « bon augure », se dira Robin, tout étonné de retrouver ce dicton de ses grand-mères), le groom lève les bras et tout le monde peut voir dans ses mains la grande pochette de cuir rose commandée depuis plusieurs mois chez Hermès-Floride. Il la fait tourner lentement afin que les lumières des lustres aient bien le temps d'accrocher l'or du fermoir qui représente une couronne. Applaudissements de toutes parts. Puis le jeune groom pose la pochette sur la table recouverte de velours bleu nuit, l'ouvre délicatement, puise dans la corbeille qu'il a fait circuler auparavant les verts billets (et aussi les chèques), puis d'un geste concentré installe minutieusement cette somme considérable (à la hauteur de la réputation du Club) dans son nouveau réceptacle, la fameuse pochette rose, qui va récompenser la belle des belles.

La corbeille se vide, la pochette se gonfle. Le groom enfin prend entre chaque main les deux parties du fermoir, les deux parties qui une fois fermées font une couronne, l'assemblée retient son souffle, on sait que par tradition à cet instant précis quelque chose doit se passer.

Le groom élève lentement la pochette encore ouverte, reste ainsi un instant, le silence est total, puis soudain il clique les deux parties du fermoir, le petit bruit retentit dans toute la salle, astucieusement amplifié par un miracle d'électronique, dans le même temps l'obscurité se fait, un écran lumineux s'allume derrière lui et sur l'écran apparaît la couronne de la pochette, gigantesque, crénelée comme un château, constellée de joyaux, et surmontée d'une étoile qui tourne lentement émettant des rayons laser qui enveloppent la salle d'une surnaturelle lumière violette tandis que retentissent les premières notes de la *Symphonie héroïque* de Beethoven.

Même les plus cyniques ne peuvent empêcher l'émotion de les submerger. Où sont-ils en cet instant ? Ils sont arrachés à leurs corps, leurs soucis, ils sont arrachés à l'ordinaire coquille de leur vie habituelle, ils flottent dans les espaces interstellaires, légers, libérés, ils sont dans un vaisseau spatial qui les emmène à travers des temps ignorés, ils oublient leur famille, leur maison, leur travail, la dure loi du dollar, tout cela est resté en arrière comme de lourds bagages qu'ils auraient oublié d'emporter, sont-ils déjà au paradis, sont-ils ces corps glorieux dont parlent les grands visionnaires de l'autre monde ? La musique semble se déverser de leurs nouvelles cellules, les lasers tournent, la surnaturelle lumière les mêle tous dans la même substance mystique. Ce que l'église n'a jamais réussi à faire pour eux, même les plus enthousiastes et les plus imaginatifs, voici que les lasers du club l'ont fait, et presque aussitôt c'est fini, cela aurait pu durer une seconde ou une éternité, nul ne pourra le dire et sans doute est-ce mieux ainsi. Que deviendrait l'Amérique si dans cette partie si représentative de son territoire, ses financiers, ses hommes d'affaires, ses entrepreneurs s'imaginaient avoir effleuré le paradis, s'ils s'accrochaient dur comme fer à cette vision, s'ils en répandaient la contagion, que deviendrait l'Amérique et le monde que conduit l'Amérique ? Tel en tout cas n'est pas le but des lasers du Miami Club.

La lumière violette disparaît, l'écran s'assombrit légèrement, une lueur tremblante apparaît sur la gauche de la scène, une lueur faible, vacillante, qui semble sur le point de s'éteindre à tout instant dans la tempête de pluie qui souffle maintenant et qu'on entend distinctement frapper la verrière de la coupole. Il y a un moment d'inquiétude dans la salle, y aurait-il un court-circuit, le club faillirait-il à l'attente de ses membres ? Ils se trompent tous, ils n'ont encore rien compris, le club ce soir va les surprendre, ils ne sont pas au bout de leurs émotions, déjà l'inquiétude se transforme en stupéfaction, puis en une gêne d'abord presque angoissée.

La lueur progresse vers le centre du podium, elle vacille, son avancée semble pénible, incertaine. On distingue maintenant une silhouette, une autre, plusieurs courbées les unes derrière les autres. Au fur et à mesure de la progression, les ombres de ces silhouettes apparaissent sur l'écran, ombres fantastiques, horribles. La lumière insensiblement augmente, l'horreur aussi. Ces êtres difformes sont les aveugles de Breughel, la ressemblance est stupéfiante, ils semblent tout droit sortis du tableau célèbre, comme si le tableau enfin avait atteint son ultime perfection, le but vers lequel avait tendu le peintre, mais qu'au dernier moment il n'avait pu atteindre, comme s'il lui avait manqué le dernier élan, le plus important, celui du vrai démiurge et pendant des siècles le tableau était resté figé dans son immobilité, attendant le souffle qui devait lui donner vie un jour. Ce souffle vivant que n'avait pu lui insuffler Breughel, le Miami Club vient de le lui donner.

C'est spendide, c'est affreux, les membres du club qui reconnaissent les personnages du tableau sont médusés, ceux qui ne les reconnaissent pas sont abasourdis. L'assemblée hésite entre attente et huées. Un murmure court, le club aurait engagé un jeune artiste venu de la côte ouest, ou d'Europe, ou peut-être du Japon. On ne comprend pas, on est mal à l'aise, sur le point de se trouver mal, est-ce une provocation, que signifie, il faut que quelque chose se passe, cette horreur est insoutenable, où sont les ambulances, les numéros d'urgence, les grandes découvertes scientifiques, les coûteux chirurgiens esthétiques, les super-docteurs de l'Amérique, on va hurler, siffler, se déchaîner, or juste à l'instant fatal voici que plus rien de toute cette horreur n'existe, le cauchemar a disparu instantanément.

Une lumière rose de conte de fées illumine le podium et une créature splendide se tient au centre, tournant lentement sur elle-même, montrant ses longues jambes fuselées, ses hanches rondes, sa taille ferme, son buste vertigineux, sa chevelure d'or. Elle n'est vêtue que d'un maillot noir largement échancré de toutes parts, sur la bande de tissu la moins étroite, juste sous le nombril, se lit le numéro UN en chiffre d'or.

La salle éclate en tonnerre d'applaudissements, les assistants sont soulagés, rendus à leurs émerveillements habituels, prêts maintenant qu'ils ont compris la règle du jeu à tout accepter de la suite de cette soirée et des lubies du nouvel artiste engagé par le club. Leur admiration est à l'égale de la trouille qu'ils ont eue. « Très original », murmurent-ils. « Une idée forte », répondent d'autres. « Bien au-dessus des spectacles de la télévision », disent les plus réfléchis. Contribue aussi au soulagement le fait qu'au bout de quelques secondes tout le monde a reconnu en l'apparition bouleversante une chipie notoire, la fille de Stan, le patron très connu d'une boîte de nuit controversée.

Numéro UN en est presque oubliée. On a envie de voir la suite des horreurs et misères de l'humanité telle qu'elle était avant que l'Amérique n'existe. L'assistance ne sera pas déçue. L'artiste s'en est donné à cœur joie, il y a les purulents et suppurants, les scrofuleux, les infirmes, les difformes, tout ce que l'imagination hallucinée d'un Breughel ou d'un Bosch avait pu trouver dans la réalité de son époque (l'artiste a puisé chez les deux et aussi dans son folklore personnel, comptant bien que personne ne ferait la différence), une épouvante à chaque fois, et à chaque fois, au moment précis où la tension devient trop forte, apparaît la lumière rose et surgissent Numéro DEUX, Numéro TROIS, Numéro QUATRE... une suite de splendides jeunes filles américaines, belles de corps et de visage, saines et athlétiques, dix en tout, le spectacle se termine, il va falloir voter maintenant, choisir la belle des belles, qui recevra la pochette rose au fermoir en couronne, gonflée à bloc par les dollars venus des poches de l'assistance, offrande généreuse et enthousiaste à la beauté de l'Amérique.

L'énervement est à son comble, le groom sur un

coup de génie (mais il a ses raisons) a l'idée folle de faire une seconde quête, il joue là son avenir (à plus d'un titre), et il joue avec un panache égal à celui des grands héros de cette terre fertile en héros.

Lorsqu'il le voit lever la main après la dernière apparition, réclamer le silence et annoncer qu'il va repasser dans l'assistance avec sa corbeille, ce qui n'était pas du tout prévu dans le programme de la soirée et de toute façon ne relève pas de ses compétences, son président-directeur général, assis au premier rang du parterre, en a des sueurs froides.

— Je le vire, marmonne-t-il entre ses dents serrées.
— Pardon ? lui dit sa voisine, la patronne des bonnes œuvres des Églises réunies et épouse d'un armateur fort riche, se tournant vers lui avec un sourire radieux.

Le président du club va réitérer sa menace, il va même ajouter qu'il empêchera qu'on engage cet imbécile dans tous les clubs de la côte, qu'il lui cassera les reins, son avenir, sa voiture, et qu'il s'en fout que ce soit le fils d'un membre du club et qu'il l'ait lui-même recruté, lorsqu'il aperçoit entre les mains de Mrs. Olivia Smith de Oliveira quelque chose qui lui fait sur-le-champ ravaler ses paroles venimeuses. Mrs. Olivia Smith de Oliveira vient de signer un chèque de 10 000 dollars. « Je le nomme régisseur », se dit-il. Mais aussitôt un autre train de pensées chasse ces considérations administratives. Doit-il, lui, signer un chèque pour une somme égale, au risque de vexer la bonne dame, ou un chèque d'une valeur inférieure, au risque de passer pour un pingre, contempteur de son propre spectacle ? Sa décision est rapide, ce n'est pas pour rien qu'il occupe le poste de président-directeur général du Miami Club et il va se montrer digne de cette fonction enviée.

— Ma chère Olivia, fait-il en se penchant vers son décolleté, voulez-vous me faire un grand plaisir ?

Le regard qu'elle lui coule ne laisse aucun doute, elle est prête à lui faire un grand plaisir.

— Voyez-vous, dit-il, vous êtes l'unique femme en qui j'ai une confiance... aveugle.

Gloussement flatteur d'un côté, rengorgement de l'autre.

— Oui, aveugle, répète-t-il, fier de son allusion. Je signe ce chèque, écrivez la somme pour moi, voulez-vous ?

— Avec joie, dit Mrs. Olivia Smith de Oliveira, prêtez-moi seulement vos genoux.

C'est ainsi que le président-directeur général du Miami Club peut lire juste à l'avant des seins gonflés par la position penchée et piquetés de taches de rousseur par les UV haute pression les chiffres 20 000 dollars écrits d'une main ferme. « Je le vire », marmonne-t-il derechef.

— Voilà, dit Mrs. Olivia Smith de Oliveira, et maintenant voulez-vous à votre tour me faire un plaisir ?

Le président trouve assez de force en son âme habituée à tous les retournements pour s'incliner avec grâce.

— Donnez-moi ce charmant jeune homme pour mes œuvres.

— Ah, ma chère Olivia, que ne l'avez-vous demandé plus tôt ? J'avais repéré ce garçon depuis longtemps et je viens d'obtenir de notre conseil d'administration sa nomination au poste de régisseur général. Je me réservais de le lui annoncer à l'issue de cette soirée.

Olivia Smith née de Oliveira, qui avait appris dans les bas quartiers de Miami où elle était née à toujours relever un affront, lui fait un sourire encore plus radieux :

— Cela ne vous en coûtera qu'un zéro de plus, fait-elle en l'ajoutant sur le chèque et du même mouvement gracieux déposant ce même chèque dans la corbeille qui arrive juste devant eux.

« Deux cent mille dollars ! » Le président en a comme un étourdissement. Il sent bien qu'Olivia lui prend la main, le tire, le force à se mettre debout et à lever le bras, son bras à lui au bout duquel elle agite le chèque pour le rendre visible comme aux quatre coins de la terre (ce chèque c'est un cobra au-dessus de sa tête), il entend bien sa voix puissante d'ancienne chanteuse de cabaret claironner à toute l'assistance « Deux Cent Mille Dollars », et il entend bien l'ovation qui suit, mais c'est comme dans un cauchemar car il sent tout simplement qu'il va tomber, mordu et empoisonné par cette chose au bout de son bras.

— Saluez, monsieur, saluez, murmure une voix à son oreille.

Quelqu'un le soutient fermement par-derrière, hébété il salue, l'ovation redouble de violence, il salue encore, et lorsque enfin il retombe dans son fauteuil, prêt cette fois à s'abandonner à cette faiblesse qui l'attire comme un lit moelleux, la même main secourable lui glisse une petite fiole entre les mains. Il avale une longue rasade. Dans le tohu-bohu personne n'y voit que du feu.

— Tout va à merveille, monsieur, murmure la même voix.

C'est le groom, le fidèle, le preux.

— O.K., Willie, dit le président en se raclant la gorge.

— C'est l'orage, monsieur, il fait très chaud ce soir, dit Willie, qui comprend très bien la situation.

— Qu'est-ce que tu attends pour monter les climatiseurs ! dit le président, retrouvant enfin sa morgue.

— Tout de suite, monsieur, dit le groom, soulagé.

Le moment du vote est venu. Cependant on ne vote toujours pas. Le groom a reparu sur le podium, il réclame le silence, il va faire une annonce. « Mon Dieu, quoi encore ? » se dit le président.

— Qu'est-ce, mon cher Walter, encore une surprise ? demande Mrs. Olivia Smith de Oliveira.

— Chut, ma chère Olivia, vous allez voir, répond-il d'un air mystérieux.

Pendant ce temps, que fait Mr. Berg ? Il n'est pas dans l'assistance. A-t-il quitté la salle de spectacle pour aller chercher un supplément d'argent liquide au distributeur de sa banque ? Peu probable, on sait l'état de ses finances. Cherche-t-il un supplément d'air dans les allées du jardin, sous les palmiers ? Peu probable non plus, la pluie fait rage et les rafales de vent qui secouent les palmes les transforment en robinets fantasques.

Mr. Berg n'a pas quitté le club. Il n'a pas même quitté son siège. Il est tout simplement resté dans le petit salon habituel en compagnie de son ex-associé, William Fowley. Ils sont seuls dans la pièce désertée et sirotent leur boisson en échangeant de brèves paroles. De temps en temps, entre les rafales de vent, leur parvient le bruit des ovations et des applaudissements.

— Ils ont l'air de bien s'amuser là-bas, dit l'ex-associé d'une voix désabusée.

— Pourquoi n'y vas-tu pas ? demande Mr. Berg, la voix un peu pâteuse.

— C'est à cause de ma fille, tu sais bien.

— Ah oui, dit Mr. Berg, ne se rappelant plus exactement ce que Tricia, la fille de William Fowley, vient faire dans cette histoire.

— Elle n'a pas été choisie aux éliminatoires, je ne peux pas aller là-bas applaudir ses rivales, n'est-ce pas, je ne peux pas ? implore Will en lampant son verre déjà vide.

— Non, tu ne peux pas, dit Mr. Berg, les yeux aussitôt emplis de larmes. Ce ne serait pas, ce ne serait pas chevalier...

— Chevaleresque, tu veux dire ?

— C'est ça, chevaleresque, dit Mr. Berg, en versant un subit torrent de larmes.

— Et toi, mon vieux ? demande Will en lui tendant sa cravate qu'il a depuis longtemps enlevée et dont il ne sait plus que faire.

— Moi, mon vieux, dit Mr. Berg en se tamponnant les yeux avec la cravate, ce n'est pas à cause de Liza et de Tania...

— Non, non, bien sûr, dit Will pensant aux rondeurs exagérées de Tania et aux airs de pasteur de Liza.

— Non, dit Mr. Berg en reniflant, elles méprisent ce genre de concours. Liza dit que c'est une atteinte à la dignité, à la dignité...

— De la femme ?

— Non, non justement, elle dit que c'est une atteinte à la dignité humaine.

— Humaine ?

— Oui, elle m'a bien expliqué la différence.

— Alors ? dit Will, qui depuis la naissance de cette curieuse enfant a été tenu au courant de toutes ses théories successives sur la vie et curieusement ne peut s'empêcher de s'y intéresser. Alors ? réitère-t-il.

— Je ne m'en souviens plus, dit Mr. Berg piteux, presque humble. Je n'arrive jamais à me rappeler ce que raconte Liza. C'est si compliqué. Oh oh je suis un mauvais père...

— Ça oui, dit Will, répondant à la première affirmation de Mr. Berg.

— C'est affreux, répond Mr. Berg, se croyant confirmé dans sa seconde affirmation.

Ils contemplent un moment ces abîmes insondables, pour Will celui de la pensée de la jeune Liza, pour Mr. Berg celui de ses défaillances paternelles, cela leur cause un vertige beaucoup moins agréable que celui de l'alcool. Il faut se ressaisir.

— Que disions-nous ? reprend Will.

— Oui, que disions-nous ?

Ça ne leur revient pas. Ils font signe au garçon qui passe avec un plateau. Le petit cérémonial qui s'ensuit leur fait du bien, les rend à leur statut habituel dans le monde.

— Est-ce bientôt fini là-bas ? demande William Fowley au garçon penché sur leurs verres.

— En tout cas, ce n'est pas à cause de ma femme, dit simultanément Mr. Berg.

— Non, monsieur, répond le garçon.

— Tu vois, dit triomphalement Mr. Berg.

— Il y a une imprévue au programme, monsieur.
— Une imprévue ?
— Oui, une autre concurrente, monsieur.
— Ma femme n'est pas une concurrente, dit Mr. Berg, offusqué. Elle est trop belle pour ça.
— Oui, monsieur, dit le garçon.
— Oui, mon vieux, dit Will.

Will est un redoutable homme d'affaires. Des deux ex-associés, il est celui qui a réussi à surnager, et il n'a pas hésité à enfoncer son coéquipier pour sauver leur entreprise d'import-export. Mais les affaires dévorant tout ce qu'il y a de dureté en lui, le sentiment a le champ libre pour occuper les autres domaines de la vie. Au dollar il donne les mâchoires serrées, l'efficacité effilée comme une lame, et les calculs impitoyables. Le billet vert est son buisson ardent et la voix qui s'en élève ne souffre aucune entorse à ses commandements, n'accepte ni remords ni faiblesse. Will a l'humilité et l'inflexibilité d'un vrai fidèle. Mais dès que la voix tonnante du dollar ne sollicite plus son service, il devient aussi tendre qu'un enfançon. En cet instant le désarroi de Mr. Berg le frappe aussi directement qu'une catastrophe montrée à la télévision. Il revoit l'expression sombre qui couvre désormais le visage de la ravissante Mrs. Berg et c'est comme s'il voyait des plaques d'hydrocarbures venues envahir les plages blondes de Miami. Il en éprouve la même désolation impuissante et redoute de se mettre à pleurer lui aussi. Aussi essaye-t-il de retenir le garçon.

— Une concurrente de dernière minute ? demande-t-il. N'est-ce pas contraire au règlement ?
— Non, non, continue Mr. Berg qui a retrouvé le fil de ses sombres pensées et entend ne plus le

lâcher, ce n'est pas à cause de ma femme, c'est à cause, tu sais...

— Il doit y avoir une clause spéciale, monsieur, quelque chose comme le droit de grâce...

— Le droit de grâce, c'est ça, s'exclame Mr. Berg comme s'il venait d'entendre la première vérité de sa vie, et tout le monde ne l'a pas, dans ce pays tout le monde n'a pas ce droit, ce droit fondamental, c'est injuste, il faut en parler au Congrès, n'est-ce pas, n'est-ce pas ?

Mr. Berg s'accroche au garçon, le plateau tangue dangereusement, un autre serveur aux épaules extraordinairement carrées qui jusque-là se tenait dans l'invisibilité se met en mouvement, nonchalamment certes, mais néanmoins devenant ainsi visible, de plus en plus visible, bloquant même toute autre vue.

— On en parlera au Congrès, monsieur, dit ce nouveau Robocop d'une voix menaçante.

Interloqué, Mr. Berg lâche la veste qu'il avait commencé à secouer comme une banderole. Will Fowley en profite pour se lever.

— Changeons de coin, dit-il.

— Mais je ne demande que ça, moi, dit Mr. Berg, indigné maintenant, en montrant la montagne humaine qui fait obstacle juste devant son fauteuil.

Le premier serveur s'est prudemment éloigné. Après quelques secondes d'observation sévère, Robocop fait de même, à reculons.

Mr. Berg se lève. Son corps s'arrache au fauteuil, se redresse, se déploie. Il est debout.

Debout, il est comme on le sait, très grand, et puissant d'épaules aussi. Robocop s'arrête net. Cette taille, cette carrure, c'est une provocation. Sa programmation en est brouillée. Attaquer, laisser filer ?

Il reste figé comme dans un court-circuit. Mr. Berg pour sa part a déjà oublié l'incident, mais il y a cet homme à quelques pas de lui qui le regarde fixement, ce regard fixe le ramène à son obsession.

— C'est à cause de ma fille qu'il me regarde comme ça, celui-là ? fait-il à Will.

— Mais non, dit Will, en passant son bras sous le sien.

— Parce que si c'est ça...

— Je sais, dit Will en lui faisant faire demi-tour vers le couloir qui mène à la salle.

— Parce que si c'est ça, je vais lui casser la gueule.

— Mais non, dit Will.

— Parce que je l'aime, ma fille.

— Mais oui, dit Will.

— Même si elle est moche, je l'aime.

À cet instant, arrive William Fowley junior, dans sa livrée rouge de super-groom de la fête, à la recherche des deux hommes pour qu'ils assistent au clou de la soirée. Renfort inespéré, William Fowley senior l'attrape par le bras aussitôt.

— Quelque chose qui ne va pas, papa ? dit le jeune homme, inquiet.

— Non, ça ne va pas, dit Mr. Berg, pas du tout, et elle n'a même pas ses règles encore, à quinze ans.

Will junior rougit, Will senior jette un coup d'œil par-dessus son épaule. Robocop est toujours figé sur place, mais sa mâchoire d'acier reste menaçante.

— Aide-moi, dit Will à son fils.

Ils encadrent Mr. Berg, se mettent en marche. Encore quelques pas, le couloir, le tournant, encore un coup d'œil, plus de Robocop.

Soulagés, les deux Fowley lâchent enfin le bras du rescapé.

— Ça va, là-bas, tu t'en sors bien ? demande le père à son fils.

— Fantastique, dit le groom. J'ai fait la plus grosse collecte de toute l'histoire du club.

— Félicitations, jeune homme, dit Mr. Berg.

— Merci d'être venu, monsieur.

— Normal, dit Mr. Berg.

Mais le jeune homme insiste.

— C'est important que vous soyez là, monsieur. C'est pourquoi je suis venu vous chercher. Il faut absolument que vous veniez. Je ne peux pas rester, mais venez dans la salle, je ne veux pas commencer sans vous.

Fowley père, qui ne comprend pas ce déferlement d'amabilités, lui fait signe que ça suffit, qu'il peut retourner à sa tâche.

— Tu l'amènes, papa ?

— Mais oui, fait-il, vas-y, nous arrivons.

Le jeune homme s'éclipse en courant.

« Çà par exemple ! pense William Fowley, la plus grosse collecte de toute l'histoire du club ! » Il lui faut réviser son point de vue sur ce garçon. C'est que Willie a donné beaucoup de souci, il ne s'intéresse pas aux affaires, ne veut pas étudier la finance, ne veut pas entendre parler d'import-export. Il veut faire de « l'art », du moins c'est ce que Mr. Fowley a retenu de ses discours insensés. « On y repensera, se dit le père, je me suis peut-être trompé. »

« Bon garçon, pense Mr. Berg. Je serais bien content de l'avoir pour fils, moi. Fowley est un tordu, de le quereller tout le temps. Je vais lui en toucher un mot, et tout de suite. »

Ils vont normalement maintenant, deux hommes d'affaires dans leur club, le club pour lequel ils paient un droit annuel fort élevé, où ils se retrouvent depuis tant d'années, non pas pour parler affaires, mais pour parler de leurs familles, des familles de l'Amérique, des valeurs des familles de l'Amérique. William Fowley, dans sa mansuétude soudaine, éprouve le besoin de faire un peu de morale. Cette pauvre Beauty, bien sûr, elle ne vaut pas Liza, mais tout de même il l'aime bien lui. Il lui trouve même quelque chose de spécial. Et Willie la préfère aux jumelles, or ce garçon semble avoir de l'intuition. Et puis l'histoire des règles en retard lui est restée sur le cœur. C'est un puritain. Il va en toucher un mot sur-le-champ à son père.

— Je trouve que tu exagères. Elle n'est pas si...

Au même moment, Mr. Berg prononce à peu près les mêmes paroles.

— Je trouve que tu exagères, il n'est pas si...

Ils n'ont pas le temps d'élucider leur affaire. Ils sont arrivés devant la grande salle d'où ne parvient plus qu'une fine rumeur, qui laisse surnager quelques bruits indéterminés, inoffensifs. Ce calme les surprend.

— Mince, dit Mr. Fowley, on a raté le vote.

— Tant mieux, dit Mr. Berg.

Et il soulève lui-même la portière de velours.

À cet instant (à cet instant précis, répétera-t-il chaque fois qu'il racontera l'événement mémorable, et alors reviendra dans ses yeux la même lueur brumeuse d'émerveillement et d'humilité mêlés, car ce sont des choses qui ne s'expliquent pas, qu'il ne faut pas chercher à expliquer, parce qu'elles sont aussi étranges et mystérieuses que le mouvement des planètes, et celui qu'a un jour foudroyé leur simple évidence ne peut, ne doit que répéter cette simple évidence car tout discours serait blasphème), à cet instant donc une tempête d'applaudissements éclate dans la salle. Toute l'assistance est debout, scandant un mot, un seul, dans un ruissellement de lumière où tombent toutes les couleurs de l'arc-en-ciel et, devant cette pluie lumineuse qui semble jaillir de ses mains tendues et faire tournoyer la salle comme une immense queue de paon constellée de milliers de visages extatiques, unique point fixe de ce tourbillon, toute seule sur la scène, absolument et très purement souveraine, se tient...

— Qu'est-ce qu'ils disent ? crie Mr. Berg à l'oreille de son ex-associé.

Mais Will n'est plus à côté de lui. Comme les autres, il est entré dans la grande constellation des adorateurs de la beauté et le visage tourné vers la scène, balayé de panaches de lumières, il chante à son tour le nom magique, le nom de la soirée.

Là-dessus Mr. Berg s'évanouit.

Il s'évanouit tout simplement de chaleur.

Lorsqu'il revient à lui, dans un fauteuil déserté de son premier occupant, les choses se sont un peu clarifiées. La lumière est revenue à la normale, les climatiseurs pulsent enfin un air plus frais, l'assistance par petits groupes va saluer la reine de la soirée, « où est Will ? » est la première pensée de Mr. Berg, il est encore si étourdi qu'il lui semble entendre son nom, son nom à lui, « Berg », venant de tous côtés, il secoue la tête pour chasser ce vertige et à cet instant aperçoit Will qui lui fait de grands signes du bord du podium, « décidément il ne me lâchera pas ce soir », se dit-il, il se place donc dans la file des gens qui s'approchent du podium envahi, les haut-parleurs répètent une phrase qui lui cogne la tête et qu'il s'efforce de repousser, tout soucieux qu'il est de rejoindre son ex-associé, son ami, et (le soir même, le lendemain, toujours, il insistera sur ce dernier point, vibrant de sincérité, traquant la moindre lueur d'incrédulité, comme si de sa capacité à convaincre dépendait tout le merveilleux et plus encore la réalité même de l'histoire) ce n'est que lorsqu'il arrive à son tour au milieu du podium qu'il reconnaît celle qui est en train d'y recevoir les hommages et dans le même temps comprend enfin la phrase que répètent les haut-parleurs.

La phrase est la suivante :

« La gagnante du concours de beauté du Miami Club et de la ville de Miami est Miss Berg. »

La jeune fille extraordinairement belle qui le regarde en souriant est Beauty, sa fille.

« Et tu sais ce qu'il a fait ? dira Beauty en éclatant de rire.

— Non, dira Robin.

— Il m'a serré la main !

— Ah oui ? dira Robin.

— Mais tu ne comprends pas. Il est resté dans la file, et il m'a serré la main, comme les autres ! »

16

LA CRAVATE DE ROBIN

Robin a coupé ses cheveux, il a acheté un costume et plusieurs chemises. Il a aussi une paire de chaussures neuves. C'est monsieur Carel qui a avancé l'argent pour ces achats. Monsieur Carel ne veut pas que Robin touche au livret d'épargne qu'il alimente pour lui deux fois par an depuis sa naissance, une fois le jour de son anniversaire et une fois le jour de l'an et aussi à chaque occasion qui lui semble particulière, ce qui arrive souvent. Il lui a dit « ne lésine pas ».

Monsieur Carel est content. Finalement les choses se déroulent comme elles se doivent. Son fils a fini ses études, il vient de décrocher son premier travail. Oui, malgré ses années d'exil et toutes les étranges et cruelles déceptions qu'il a connues par la suite avec madame Carel, le bateau de sa vie n'a pas sombré entièrement. En ce moment, vu de l'extérieur, il flotte même de façon très satisfaisante, ce bateau, avec son fils comme capitaine et les cheminées crachant à toute vapeur sur l'océan bleu. Lorsqu'il pense à la vie, c'est toujours l'image de l'océan et du bateau qui vient à ce terrien. C'est une image simple et forte, sans aucun rapport avec son expérience personnelle, qui n'est encombrée pour lui d'aucun détail réaliste et qu'il peut donc manipuler comme il lui convient.

Il a dit « ne lésine pas ». Mais il est surpris lorsque Robin, venu lui rendre visite exprès, déploie devant lui le costume, veste et pantalon, acheté aux Galeries Lafayette, ce grand magasin luxueux qu'il ne songerait pas à fréquenter. Monsieur Carel n'a jamais pensé que ce magasin pouvait être fait pour des gens réels. C'est là dans la ville, comme les monuments et les musées, c'est ce qui fait que la ville est une capitale et qu'il y vient beaucoup d'étrangers, les habitants de la ville en sont fiers, ils en parlent aux étrangers lorsqu'ils les rencontrent dans leur pays à eux, mais ils ne pensent pas à s'y rendre pour leurs besoins propres.

Monsieur Carel est un orphelin de la guerre, il a gardé ses habitudes de frugalité. Il regarde son fils vêtu de ce magnifique costume griffé, il le trouve beau dans ce costume, il ne lui vient pas à l'idée de l'envier ou de lui faire des reproches.

Souterrainement il éprouve un peu de tristesse. Le costume est gris. Peut-être monsieur Carel pense-t-il au petit garçon toujours vêtu de couleurs vives. Ce petit garçon vient à l'instant de disparaître sous ses yeux. Son fils est un adulte comme lui, désormais, avec des horaires de travail, un salaire à gagner et des impôts à payer. Ce qu'il regrette, le papa en cet instant, ce sont les jolis survêtements brillants, qui avaient été le symbole de la jeunesse de son enfant et aussi d'une époque, si gaie, si prospère par rapport à son enfance à lui.

Plus souterrainement encore, il regrette les T-shirts bleus de l'école des Nations unies marqués du symbole de l'ONU, deux rameaux d'olivier autour d'une mappemonde. Madame Carel aussi aimait ces T-shirts. Il se moquait d'elle autrefois parce qu'elle les lavait à la main, à part. Il disait « qu'est-ce que c'est que cette manie ! » et elle disait « je ne veux pas que Tonio les touche ». S'il se mettait à y penser trop fort, il regretterait Tonio aussi, leurs stations devant la vieille Cadillac agonisante, leurs discussions dans un anglais à se rouler par terre de rire, coupé de jurons cubains et d'apartés en français, et leurs éternelles tentatives de réparation qui n'aboutissaient qu'à la déglinguer un peu plus, cela l'amusait beaucoup de bricoler cet engin invraisemblable, rose de surcroît, « une voiture de maquereau », avait dit Tonio avec une certaine admiration. Pour monsieur Carel c'était plutôt un gros jouet, qui compensait sans doute tous ceux qu'il n'avait pas eus dans son enfance pauvre, elle n'avait pas coûté grand-chose et s'en débarrasser ne serait pas plus dramatique que d'abandonner un vieux jouet cassé. Il s'était amusé, monsieur Carel, en Amérique, et à peu de frais.

Tout cela était fini, il avait à Paris un appartement plus étroit, un salaire inférieur, plus qu'une seule langue à sa disposition, et aucun des privilèges que donnent l'appartenance au personnel des Nations unies et la carte d'alien, petits privilèges temporaires mais étonnamment agréables pour qui jusque-là n'avait eu droit à rien. Et puis madame Carel avait voulu vivre seule, quelque temps, disait-elle, dans un studio. Ils se voyaient bien sûr, à cause de Robin et de leur longue histoire ensemble, mais cette nouvelle situation était déroutante pour monsieur Carel, il pensait parfois qu'ils n'avaient pas été assez forts pour l'Amérique, qu'ils s'étaient laissé embobiner. Et il n'arrivait pas à comprendre très bien comment cela s'était fait. Ils avaient tant aimé l'Amérique, ils y avaient été si heureux avec Robin.

Robin est en train de montrer ses chaussures maintenant, « elles sont très chères, pop », a-t-il claironné. Puis il remarque la tristesse qui est apparue sur le visage de son père. Il se méprend. C'est alors qu'il énonce la règle qu'il vient de découvrir en cette aube de sa vie d'adulte, une règle qui lui paraît splendide, qu'il lui faut absolument révéler à son père pour qu'il la mette en application lui aussi. Car il lui semble souvent que monsieur Carel en est resté aux règles d'une époque passée, qu'il ne sait pas se débrouiller avec l'époque nouvelle, il voudrait l'aider. Monsieur Carel voit bien ce que pense Robin, cela le fait rire doucement à l'intérieur, et il ne saurait dire si ce rire est agréable ou amer, mais à coup sûr il y éprouve pleinement ce que c'est qu'être le papa d'un autre être.

La règle de Robin est la suivante : « Mieux vaut acheter des chaussures chères que des chaussures bon marché. » Les raisons qu'il donne sont excellentes, mais le papa ne les écoute pas vraiment, il comprend bien que son fils est né dans un autre monde que le sien.

Ils ont contemplé le costume, ils ont contemplé les chaussures. Et maintenant, que va-t-il se passer ? Se passer entre eux deux ? Le moment de gloire est terminé, ces moments-là ont en propre de ne pouvoir durer et Robin ne sait pas très bien comment s'y prendre avec les périodes intermédiaires.

Robin sait créer beaucoup de moments de gloire, il lui faut peu de chose pour cela, c'est le côté le plus attachant de son caractère. Beauty qu'il va rencontrer bientôt, qu'il a peut-être même déjà rencontrée, l'aimera sur-le-champ et ce sera à cause de ce don que lui ont accordé les fées à sa naissance. La sirène qui vit en Beauty frémira soudain, l'eau bleue répandue en elle depuis le jour où est apparue à ses yeux émerveillés de bébé la surface miroitante de la piscine, l'eau bleue de son âme se mettra à onduler et clapoter et étinceler. La sirène montera vite en surface et n'aura plus qu'à découvrir celui qui en est la cause. Ce sera facile, il aura comme une auréole brillante autour de lui.

Robin sait créer les moments de gloire. Il n'en reste pas moins que les périodes intermédiaires sont plus longues, beaucoup plus fréquentes, et ne se laissent pas réduire aisément.

Le papa se gratte la tête, là juste au-dessus de la nuque où se trouve une plaque de démangeaison. Cette plaque lui est venue au moment de sa rupture avec l'Amérique, et elle n'est pas totalement partie.

Robin a la tentation de s'endormir. Il se retient. Il bâille. Une grande fatigue s'abat sur lui. D'un seul coup, tout son visage se transforme. La lumière s'en retire, des cernes apparaissent sous ses yeux, les traits ne semblent plus très bien tenir ensemble.

Dans ces périodes innommables qui reviennent aussitôt dès que la gloire d'un moment vacille, comment faut-il vivre ? On a l'impression d'avoir été oublié par une mémoire sans laquelle on n'est plus qu'un fantôme, on a l'impression d'être sur une plage après le passage du grand faisceau lumineux du phare, on est semblable à l'enfant lorsque l'écran de la télévision soudain s'éteint.

Robin est dans un fauteuil, il étire les jambes, il

fait craquer ses articulations, il tape sur ses cuisses. Peut-être lui faut-il s'assurer que son corps est encore là, le beau costume ne semble plus une garantie suffisante, il n'y prête plus attention.

— Attention de ne pas le froisser, dit monsieur Carel.

— Oui, dit Robin machinalement.

À ce jeu, ce jeu de la gloire qui se refuse, monsieur Carel est beaucoup plus fort. À vrai dire, les emballements de la vie lui causent plutôt de la méfiance. Il n'est pas perdu lorsque la vie se montre grognon, lorsqu'elle n'avance que parce qu'on la pousse, c'est ce qu'il a connu dans son enfance et son adolescence, il a l'habitude.

— Bon, dit-il, enlève tout ça et mangeons.

— O.K., dit Robin, content que quelqu'un prenne une décision.

Ils s'ébrouent, font quelques courses, reviennent.

— Quand même, dit Robin au bout d'un moment, ton truc, c'est un peu simpliste.

— Ouais, dit le papa nullement vexé.

Ils sont assis tous deux dans la petite cuisine de l'appartement. Cependant ils ne sont pas autour d'une table. Ils se sont confectionné deux immenses sandwiches, chacun long d'une demi-baguette, ils ont une bouteille de vin rouge et un fromage.

— Ouais, dit monsieur Carel, comme ça pas besoin de passer le balai.

Robin marmonne. Il a fini par s'installer comme son père, les jambes bien écartées sur la chaise, le dos légèrement penché en avant, les coudes sur les bras. Entre eux deux, bien ouverte, munie d'un sac propre, la poubelle reçoit les miettes.

— Et après, *Talala tata, charge !,* tu refermes le couvercle et le tour est joué, dit monsieur Carel.

Si les parents font de l'humour, c'est que tout va bien. Robin finit par rire. Il repense peut-être aux fenêtres coincées de New York (les horribles fenêtres-couperets), aux cafards grouillant dans l'évier, à la voiture ensevelie sous la neige, au portefeuille volé, au tas de ferraille rose qui ressemblait à une Cadillac, son père et Tonio se relevant de dessous le capot, madame Carel effarée à côté du portier goguenard, monsieur Carel disant « tu refermes le couvercle et le tour est joué ! », il était joué, ou il ne l'était pas, mais tant que les parents faisaient *Talala tata, charge !,* ce n'était pas grave, on n'avait pas perdu, Batman veillait et le petit garçon pouvait aller en paix.

Dans la rue, les voitures roulent en chuintant. On entend les cloches de l'église proche. Une lueur soudain tombe dans la pièce. Les réverbères viennent de s'allumer, éclairant la rue, faisant paraître obscur l'appartement.

— Tiens, il fait nuit, dit monsieur Carel.

Robin se tourne vers le commutateur, appuie, rien ne se passe.

— Encore une ampoule à changer, dit monsieur Carel, sans bouger de son siège.

— Je vais le faire, dit Robin.

— Non, en fait, c'est les plombs qui ont sauté, dit le papa.

— Je vais les changer, dit Robin, bien qu'il ne sache pas exactement, malgré ses nombreuses années d'études, comment on procède pour ce genre de problème.

273

— Oui, mais il faudrait que j'en achète, dit le papa.

— Quand même, dit Robin, tu devrais en avoir chez toi.

— Ouais, ouais, dit monsieur Carel en riant, il faut que j'y pense.

— Tu ne peux pas vivre dans le noir, dit Robin.

— Mais je ne suis pas dans le noir, tu vois bien, dit monsieur Carel en montrant le réverbère.

— Mais tu ne peux pas lire, dit Robin.

— Ah, dit monsieur Carel, quand j'ai des dossiers à finir, je reste au bureau, j'ai un très beau bureau, avec un frigidaire et un cabinet de toilette, je peux même y prendre ma douche, alors tu vois !

— Je peux finir ton sandwich, pop ? dit Robin, tout semblable en cet instant à Mr. Berg qui gobait fruit sur fruit lorsqu'un souci lui avait piqué l'âme.

Le papa se lève brusquement, file dans le couloir et tend l'oreille contre la porte. On entend quelques bruits sur le palier, une sorte de grognement, puis une porte qui claque.

Sur le même palier que monsieur Carel vit en effet une vieille dame, avec son fils malade mental, lui-même déjà avancé en âge et pas commode de caractère.

— Parfois je donne un coup de main à la vieille, quand ça va trop mal, dit monsieur Carel en revenant dans la cuisine.

Son visage un instant soucieux se détend.

— Alors tu as fini mon sandwich ?

— Quand même, tu devrais faire venir un électricien... dit Robin, résistant aux tentatives de diversion.

Venant après le dîner au-dessus de la poubelle, cette affaire d'électricité le travaille. Monsieur Carel ne disait-il pas autrefois qu'il fallait toujours bien entretenir sa maison ?

Monsieur Carel ne semble pas écouter, il est dans le salon, il triture des prises de courant, allume le téléviseur, qui s'anime brusquement.

— Qu'est-ce que tu dis ? crie-t-il par-dessus les coups de revolver d'un cow-boy énervé.

— L'électricien, crie Robin qui s'énerve aussi.

— L'électricien, il vient demain à huit heures, pas besoin de crier, je t'entends, dit monsieur Carel.

C'est comme cela que les choses se passent entre eux. Le papa fait ses petites farces, savoure ses petits triomphes, Robin se fait rouler dans la farine, et ne s'en trouve pas mécontent.

Monsieur Carel a rangé la poubelle, lavé les couteaux, rincé l'évier. Il fait ces tâches tranquillement, scrupuleusement. Il a même passé un coup de balai.

— Mais tu avais dit que ce n'était pas la peine, dit Robin qui s'impatiente.

— On ne sait jamais, dit le papa, les fourmis...

— Et les rats, et les serpents aussi ! dit Robin. Mais, pop, on n'est plus dans ton village d'après-guerre !

Le papa grommelle, ces petits échanges dont ils sont coutumiers lui plaisent énormément.

Les deux sont maintenant dans le salon, assis côte à côte sur le canapé. Monsieur Carel a amené son verre et la bouteille de vin. La lueur jaune du réverbère et la lueur bleue de la télévision se mêlent dans la pièce obscure. Ils rient ensemble, grognent, s'exclament. À un moment, peut-être à cause d'une publicité montrant la voiture d'un jeune couple ou une crème pour bébé, le papa dit :

— À ton âge, j'étais déjà marié.
— Oui, et tu avais déjà un fils, répond Robin.
— Émilie est à Bruxelles, elle fait de l'interprétariat.
— Ah bon, dit Robin.
— Tu te rappelles Émilie, quand même ?
— La fille qui voulait toujours gagner au foot et qui criait plus fort que tout le monde, dit Robin.
— Elle est devenue charmante, insiste monsieur Carel.
— Tant mieux, dit Robin.
— Il ne faut pas oublier ses anciens amis, dit monsieur Carel.
— Sûr, dit Robin.
— Bruxelles, ce n'est pas loin.
— ...
— Je suis sûr que tu as oublié Émilie.
— Hein, tu as oublié ?
— Hé, pop, dit enfin Robin, Émilie, figure-toi que je l'ai vue la semaine dernière.
— Tu te moques de moi.
— On a déjeuné ensemble à l'Hippopotamus, dit Robin, content de son effet.
— Alors ?
— C'est vrai, elle a changé.
— Alors ?
— Alors quoi, rien !
— Quand même, tu aurais pu me le dire ! s'énerve monsieur Carel.
— Ça y est, je te l'ai dit, s'énerve Robin.

La publicité cède la place à d'autres images, ils se laissent entraîner facilement, ils rient, ce ne sont pas des hargneux, ni l'un ni l'autre.

Dans l'immeuble, de l'autre côté de la rue, les fenêtres se sont éclairées. Parfois un rideau s'écarte, on voit une silhouette contre la vitre. Robin et monsieur Carel lèvent les yeux vers ces fenêtres, jettent un bref coup d'œil à celui ou celle qui semble les observer, puis se retournent aussitôt vers la télévision. À leur fenêtre à eux, il n'y a pas de rideaux.

À leur retour en France, monsieur et madame Carel avaient pris chacun un appartement séparé. Mais ils avaient cherché ensemble ces deux appartements, dans le même quartier. « C'est idiot de payer deux loyers », avait dit monsieur Carel. Cette histoire des deux loyers avait tracassé Robin. Il n'avait pas dit comme autrefois sur Broadway « allons-nous être pauvres ? », mais il en avait conclu qu'il lui fallait trouver un club de base-ball de toute urgence, devenir champion. Les champions gagnent de l'argent, il l'avait appris à la télévision. Le club était loin, il s'y était rendu avec acharnement, n'avait pas manqué un seul entraînement, c'était un petit garçon plein de courage. Madame Carel au début avait aidé à installer l'appartement de monsieur Carel. Lorsqu'elle venait le soir surveiller les devoirs de Robin, elle s'affairait beaucoup, rangeant à droite et à gauche, installant une étagère, un dessus-de-lit, et même la tringle à rideaux à la fenêtre du salon. Et puis les trimestres scolaires passant, les fatigues s'accumulant, les rideaux n'étaient jamais arrivés jusqu'à la tringle du salon et monsieur Carel ne s'en était pas préoccupé.

Il n'y avait plus de femme dans cet appartement. « Pas de femme chez moi tant que Robin n'aura pas fini le lycée », avait dit monsieur Carel à son vieux pote, Adrien, l'ancien moniteur du camp d'été de

New York, rentré en France en même temps que la famille Carel et à peu près dans les mêmes circonstances. Peut-être monsieur Carel ne l'avait-il pas dit d'ailleurs. Il répugnait à s'expliquer sur ce genre de sujet. Pour certains hommes, les situations lorsqu'elles sont mises en mots font encore plus mal. Non, il ne l'avait sans doute pas dit, mais cela s'était passé ainsi. Il avait une amie cependant, mais on ne la voyait jamais et le passage de cette mystérieuse jeune femme dans l'appartement ne laissait aucune trace. Et maintenant Robin avait fini le lycée, et même l'École supérieure d'aviation civile, il n'y avait toujours pas de rideaux.

— Tu n'as toujours pas de rideaux, dit Robin.

— Quand on a l'obscurité chez soi, personne ne vous voit, dit monsieur Carel sentencieusement.

— Super, dit Robin, mais ces gens à la fenêtre, à ton avis, qu'est-ce qu'ils font ?

— Ces gens ? Ils surveillent leur voiture, qui est en double file.

— Et la tienne ?

— Vendue.

— Vendue ? dit Robin, de nouveau inquiet.

— Fiston, il y en a trois au bureau que je peux utiliser comme je veux.

— Ah bon ? dit Robin, intéressé.

Pour résumer la situation, monsieur Carel tend vers un certain dépouillement personnel, tendance que l'on peut sans doute attribuer à son enfance d'orphelin, à son adolescence économe, à cette époque antique où paraît-il il y avait la guerre, pas assez à manger, et où on se couchait tôt pour ne pas user l'unique ampoule électrique. D'autre part il tend également vers un accroissement professionnel certain, il dispose en ville d'un vaste bureau avec frigo et de plusieurs voitures de fonction. On peut donc considérer qu'il ne s'en sort pas si mal. C'est sans doute à une conclusion de ce genre qu'arrive Robin, après des raisonnements souterrains qui doivent se déplacer à travers son corps comme des puces piqueuses car le voilà soudain qui se met à remuer les genoux à petits coups saccadés.

— Pourquoi tu remues comme ça ? dit monsieur Carel, moqueur. Tu as des puces ?

Robin s'arrête aussitôt.

— Tu ne vas pas te mettre à être nerveux comme ta mère, hein ? dit-il en lui donnant une bourrade.

— Du calme, dit Robin.

— Ça va, ça va, dit monsieur Carel.

Ils s'absorbent de nouveau dans la télévision, mais sans conviction, car il va être temps de se séparer. Monsieur Carel a un train à prendre tôt le lendemain et Robin doit se préparer à son premier jour de travailleur salarié.

C'est alors que va se produire la seule véritable querelle de cette soirée, et peut-être même de toute leur vie.

Robin a plié le costume neuf, son père a plié la chemise, ils ont glissé l'ensemble dans le grand sac des Galeries Lafayette, ils sont maintenant dans le couloir, prêts à s'embrasser pour se dire au revoir.

Soudain monsieur Carel s'immobilise.

— Qu'est-ce qu'il y a ? dit Robin, surpris.

— Ta cravate, dit monsieur Carel.

— Comment ça ? dit Robin.

— Où est ta cravate ?

— Quelle cravate ? dit Robin.

— Ta cravate pour le boulot.

Robin ne comprend pas. Il croit comprendre. Il ne veut pas comprendre.

— Tu l'as perdue ?

Robin hausse les sourcils.

— Tu n'en as pas acheté ?

Robin persiste dans l'incompréhension.

— Je vais t'en prêter une, dit monsieur Carel.

— Je n'en veux pas, dit Robin.

— Comment ça ? dit monsieur Carel qui à son tour ne comprend pas, ne veut pas comprendre.

— Je n'en veux pas, dit Robin.

— J'en ai des belles, celles que tu m'as offertes...

— Non, dit Robin.

— Et voilà, dit monsieur Carel, il fallait s'y attendre. Ils croient que tout va leur tomber tout cuit dans le bec, ils n'ont rien connu ni la guerre ni la faim ni la peur, ils n'ont jamais aidé personne de leur vie, ils n'ont fait que gober tout ce qu'on leur a donné, ça les a fait grandir comme des poulets gavés, ils ont vingt centimètres de plus que nous, et maintenant ils veulent faire les malins, ils se baladent avec des cheveux tondus jusqu'au crâne et des rats sur l'épaule, ils pétaradent avec des motos qu'ils n'ont même pas payées, ils empêchent les gens de dormir avec des musiques à canon...

— Des quoi ? dit Robin.

— Tu sais ce que je veux dire, et elles ce n'est pas mieux, elles...

— Je ne veux pas mettre de cravate, pop, c'est tout, dit Robin.

— C'est ça, c'est ça, dit le papa.

Il gratte furieusement sa plaque de démangeaison sur la nuque. Il a honte de son discours mais il ne peut plus s'en extraire. Il est debout devant la porte, qu'il bloque sans s'en rendre compte. La lueur du réverbère n'arrive qu'à peine jusqu'au couloir, il appuie sur le commutateur qui clique sans produire de lumière, il tire brusquement dessus et la petite boîte lui reste dans les mains.

— Et voilà, voilà, dit-il.

— Je ne veux pas être enfermé, dit Robin, je ne veux pas étouffer.

Monsieur Carel est penché sur l'objet arraché, s'évertue à le rattacher à son socle, dans la pénombre, en vain.

— Je ne veux pas crever, crie Robin.

— Tais-toi.

— Non, hurle Robin.

Mais soudain monsieur Carel change de visage, il lui met la main sur les lèvres, de son autre main il attrape la poignée de la porte, il fait chut chut, et soudain Robin se courbe vers le petit œil-de-bœuf, s'immobilise.

Ils sont tous deux contre la porte, épaule contre épaule, le souffle retenu.

— Je vois rien, pop, murmure Robin.

— Fais attention, murmure monsieur Carel, il peut être dangereux.

On entend des coups sourds, qui viennent de l'autre côté du palier, entrecoupés de silences, puis des sons comme une litanie étouffée.

— Il faut y aller, dit monsieur Carel.

— Je vais défoncer la porte, dit Robin.

— Non, non j'ai la clé, attends-moi seulement sur le palier.

— Tu es fou, on y va tous les deux.

— Hé, pose quand même ton sac, dit monsieur Carel.

Robin qui est déjà arrivé à l'autre porte lâche le sac des Galeries Lafayette sur le palier. Il est pâle, monsieur Carel un peu aussi.

Il leur faut une bonne heure pour calmer le vieux malade mental, et puis encore une heure pour ranger l'ignoble désordre, laver les parquets et le W.-C. (« mais il a chié partout ! » s'est exclamé Robin), puis ils restent au chevet de la vieille dame, à attendre qu'elle s'endorme.

Dans son lit, elle n'a pas l'air d'une vieille dame. Elle a l'air d'une morte. Robin n'a jamais vu de morts. Il n'a jamais vu de vieillards non plus. Ses grand-mères sont originaires de la campagne, des femmes à l'ancienne, qui ont juste l'air de grand-mères, pas de vieillards. Et lorsque ses grands-pères sont décédés, il était en Amérique, dans le Vermont, au camp d'été d'Adrien. À New York il y avait bien une catégorie de gens à part, qui s'habillaient comme les autres, c'est-à-dire comme les jeunes, mais avaient les cheveux blancs, la voix éraillée et trop de rouge sur les joues, il les trouvait un peu bizarres mais n'y avait pas vraiment lu le grand âge et la mort prochaine. En ce sens il pensait comme Mrs. Berg qui avait dit une fois à sa famille étonnée : « Nous les Américains, nous faisons semblant que nous pouvons tout vaincre, même la mort. »

Assis à côté de son père, dans la semi-obscurité de cet appartement étouffant et encore un peu malodorant, surveillant la respiration rauque de la vieille dame, et les balbutiements sinistres du malade mental, cet autre vieillard à peine moins vieux, une vision ancienne lui est revenue, qui l'avait inquiétée dans son enfance et qu'il avait réussi à effacer à grands coups dans son ballon. C'était sur le trottoir de

Broadway, un être à la fois jeune et vieux, fou et rusé, une clocharde qui s'attachait aux pas de madame Carel comme si celle-ci était sa sœur. Madame Carel avait dit « tu vois, c'est l'autre face de l'Amérique », et Robin avait été blessé, il n'aimait pas ces réflexions de madame Carel, elles lui faisaient peur. Il avait rejeté de tout son être la vision de la clocharde et la réflexion de madame Carel. L'Amérique c'était Batman, c'était le drapeau des Nations unies, et les grands héros du base-ball. Maintenant il pense à la mort, à la vieillesse, à la pauvreté, à la guerre. De tout son cœur il aspire à redevenir le petit garçon qu'il était, à retrouver son beau rêve brillant. C'en est fini, il le sait. Il ne sera pas champion de ballon, il ne sera pas américain, il ne sera pas toujours jeune. Ce qui faisait son rêve, c'était des enfantillages, et il s'était simplement trouvé dans un pays qui favorisait les enfantillages.

N'empêche, ce rêve reste toujours ce qui brille le plus fort en lui, et il suffira d'une petite sirène cachée dans le regard bleu d'une belle fille de Miami pour le ramener en lui, l'éblouir encore comme il l'avait été en Amérique, et ce sera demain, si cela ne s'est pas déjà passé.

Lorsqu'ils sont revenus sur le palier, le sac des Galeries Lafayette avait disparu.

— Bah ! a dit Mr. Carel.

Robin est trop épuisé pour repartir chez lui. Ils ont préparé chacun leur montre-réveil et se sont couchés aussitôt, Robin sur le lit, « sur le lit et ne discute pas », a dit monsieur Carel, et lui-même sur le canapé. Ils n'ont pas entendu leur montre, mais l'électricien les a réveillés à sept heures trente en cognant à la porte. « Tu vois, dit monsieur Carel, il faut toujours bien entretenir sa maison, même si on est un célibataire. Allez, bonne journée, fiston. »

Beauty aimera beaucoup les parents de Robin. Elle voudra leur faire des cadeaux, elle sera si riche alors, l'argent lui coulera entre les mains, ce sera comme un fleuve d'or qu'elle voudra répandre partout. « Mon père n'a besoin de rien, et ma mère n'aime que rêvasser », dira Robin. Cela étonnera Beauty, elle a tant dépensé pour sa famille, elle aura racheté les parts de son père dans l'entreprise de William Fowley, elle aura racheté l'hypothèque de la blanche maison de Miami, et payé les cures de ses sœurs et même, contre la promesse de ne plus embêter Alina, elle aura aidé Justo à assembler la caution qui lui aura permis de sortir de prison. Tout lui réussit, elle est si belle.

« Et Willie, tu l'as aidé aussi ? demandera Robin.
— Je ne sais plus ce qu'il devient, il est dans le cinéma, je crois, dira-t-elle. Et Émilie ?
— Sais pas, dira Robin, elle est à Bruxelles, je crois.
— Hi hi », riront-ils ensemble d'un bel accord.

Willie et Émilie sont deux i, qui ne sont pas ici, et c'est très bien ainsi. Ils servent d'épouvantail de temps en temps. Willie appartient à l'Amérique et Émilie à l'Europe. Ils ne font pas beaucoup rêver. Ce sont d'anciens copains d'enfance. Il n'y a plus que les parents pour parler d'eux.

17

LA VISITE DE BEAUTY

La belle fille de Miami est arrivée chez madame Carel. Elle est avec Robin, bien sûr.

Ils ne sont pas seuls. Avec eux, quelques camarades, Stéphane, Éric, Philippe, plus deux ou trois qu'elle ne connaît pas.

— Mum, c'est Beauty, dit Robin. Est-ce que tu as quelque chose à manger ?

Est-ce l'hiver, l'été ? L'appartement est toujours un peu sombre. Ce devait être un appartement provisoire, madame Carel devait en chercher un autre, plus grand, plus près de chez monsieur Carel. Cela ne s'est pas fait. Mais maintenant madame Carel voit que l'appartement est sombre. Elle le remarque à cause de cette lumière qui est dans la pièce, dont elle ne saisit pas tout de suite d'où elle vient.

La lumière vient de cette jeune fille qui s'appelle Beauty.

Beauty est vêtue d'une petite guimpe noire qui découvre les épaules et l'estomac, d'un pantalon noir et de grandes chaussures plates, noires. Elle a une veste noire aussi, qu'elle repousse en arrière, dont elle relève les manches. Ses vêtements semblent faire partie de son être. Ils ne la mettent pas en valeur, il s'agit de tout autre chose, ils sont comme le feuillage sur la tige qui mène jusqu'à la fleur. Beauty ressemble à une grande fleur. Elle n'a pas de maquillage.

Il fait gris, il fait un peu froid. C'est Paris, 49e parallèle, beaucoup de degrés au-dessus de New York, encore plus au-dessus de Miami. La guimpe de Beauty découvre les épaules et l'estomac et un peu la taille. Pas de rondeurs, pas de place pour aguicheries et flatteries, rien que la peau d'une fleur. Beauty a-t-elle froid ? Personne ne penserait à lui proposer un lainage. Elle sourit, protégée par sa beauté.

La beauté dérobe le corps au froid, aux maladies, au souci.

Lorsque Beauty arrive, c'est le royaume des dieux qui est là. Le corps des dieux est invulnérable. Pendant le court instant où ce royaume est là, les humains ordinaires partagent un peu de cette invulnérabilité. Ils se sentent forts, étrangement allégés, éloignés de la douleur.

— Euh, dit madame Carel par une sorte de réflexe, je vais dire à papa de venir, il sera content.

Depuis New York, elle a presque entièrement renoncé à la cuisine. Elle est un peu agitée soudain. Elle a besoin de monsieur Carel.

— Pop, on vient de le voir, dit Robin en riant. À son bureau. Il nous a présenté ses dossiers, son réfrigérateur, ses trois voitures et ses collaborateurs. Dans le frigo, il n'y avait que des bières et des cacahuètes !

Madame Carel se ressaisit. Il lui semble être revenue sur Broadway, lorsque le school bus jaune arrivait, déversant devant la pizzeria du Portoricain tout un groupe turbulent et excité, Robin bien sûr, mais aussi Brad, Jim et plusieurs autres camarades de l'UNIS, imprévus mais affamés tous...

— Je vais chercher des pizzas en bas, dit-elle, ragaillardie.

Aussitôt Robin saute sur ses pieds, aussitôt le voilà en bas dans la rue, aussitôt le voilà revenu, quatre gros cartons de pizza dans ses bras. Lui il porte un gros pull à col roulé, il est un peu enrhumé, sa barbe apparaît sous la peau des joues et ses cheveux drus semblent participer de la même puissance nocturne et ensommeillée que cette barbe qui lui fait les yeux un peu creux. Mais il rayonne. Son visage rayonne au-dessus des quatre cartons qui exhalent une chaude odeur de pâte.

Et il les tient ferme, il les porte en gloire sur sa poitrine comme lorsque enfant il portait les quatre paires de chaussures du magasin de Broadway. Il n'attend rien d'autre du monde en cet instant. Il a reçu la nourriture, elle est chaude, odorante et richement colorée, c'est la nourriture de l'homme et il en a sa part sur cette terre en cet instant, une part pour lui et une part pour chacun de ceux qui sont ici avec lui.

Robin regarde ses camarades. « Super », dit-il. Les camarades sont immédiatement convaincus. « Super », disent-ils. Quelques instants plus tard, la table est couverte de croûtes abandonnées, de boîtes de Coca-Cola ouvertes, d'assiettes de carton, et aussi d'assiettes de porcelaine, madame Carel a eu le temps d'en placer quelques-unes, mais les jeunes gens n'ont pas eu le temps de les utiliser, il y a des couteaux rougis de sauce tomate et des serviettes de papier froissées, la table est semblable à quelque plage livrée aux détritus, Robin ne le voit pas. Il est renversé en arrière sur sa chaise, il se balance, le dossier de la chaise à force s'est à moitié détaché du siège, il n'en a cure, il n'y a là autour de lui que munificence et don.

Beauty sourit. Voit-elle la table en désordre et les visages de ces étrangers dont elle ne comprend pas la langue ? Elle baigne dans sa beauté et dans la beauté de toutes les choses qui sont là, qui sont belles parce qu'elle est belle.

Les autres camarades ? Ils mangent, tout simplement. Pas d'autre communication entre eux et la pizza que cet acte-là. Leur sourire n'excède pas leur visage. Ils bavardent. Ce sont des êtres ordinaires, mais qu'on adore, et dont on a besoin pour admirer la beauté.

Robin et Beauty soudain éclatent de rire. Comme ils rient fort ! Les autres, qui ne comprennent pas l'américain, les regardent, interloqués. Un passant dans la rue sursaute, lève la tête vers la fenêtre restée ouverte. Robin ne peut résister à faire entrer ce nouvel être vivant dans sa joie.

— Désolé de t'avoir fait peur, camarade, lui crie-t-il en se dressant sur sa chaise.

— Hello, fait Beauty en se levant.

Tous deux sont maintenant à la fenêtre, ils l'emplissent totalement, ah ce ne sont pas de moroses Parisiens discrètement collés derrière un rideau à observer la rue avec méfiance, ce sont des anges modernes pleins d'une brutale bienveillance.

— Hello, hello, font-ils en agitant les bras.

L'interpellé n'en peut mais. Il n'était pas préparé, ce passant, il allait à ses affaires à lui, la rue c'est le lieu de l'intimité quoi qu'il en paraisse, c'est là qu'on peut anonymement ressasser ses petites choses à soi.

Or le voilà pris à partie, surpris, ébahi. Entraîné par ses jambes, il continue d'aller, il n'a pas eu la réponse, il sent un vague regret, il ne sait de quoi, mais qui le dérange. « Bruyants, ces Américains », se dit-il quelques mètres plus loin. Médiocre, très médiocre réponse, il le sent bien, il passe le tournant, oublié le minuscule incident, le passant parisien disparaît dans sa rue, Robin et Beauty reviennent à leur place.

Quoi maintenant ?

— Ça, dit Beauty, désignant le désordre.

— Ah oui, dit Robin.

Ils sont immenses, tous les deux, Beauty de la même taille que Robin. Ils ne sont pas vraiment à la taille d'un appartement parisien. Leurs mains qui tiennent les cartons sales semblent très loin de leurs visages. Et la poubelle où leurs mains déversent les cartons sales semble très basse, loin en dessous de leurs mains, plus loin encore de leur visage. Ils s'inclinent à peine pourtant.

Et pourtant le rangement s'effectue, la table se nettoie, la poubelle se remplit puis se referme.

« Comme c'est étrange, doit penser madame Carel, les détritus ne les contaminent pas, la poubelle ne montre pas de familiarité à leur égard, ils font un geste, le couvercle obéit, avale ce qu'on lui dit et se referme sans rouspéter. »

Avec les gens ordinaires, ça ne se passe pas comme ça. Avec les gens ordinaires, les choses ménagères sont d'une insupportable familiarité, elles commandent, on n'en finit jamais avec elles, quand on plonge vers la poubelle, on a toujours l'impression qu'elle va vous avaler un jour ou l'autre.

Le pouvoir de madame Carel sur les choses ménagères s'est usé, elles ne la respectent plus. Au début, elle s'était étonnée lorsqu'elle allait chez monsieur Carel d'y trouver si peu à ranger, puis elle avait découvert son système, et elle s'était gendarmée. « C'est primitif, c'est rudimentaire », avait-elle dit. « Oui, oui », avait-il dit. Elle s'était scandalisée. « Ce n'est pas un exemple pour Robin. » Monsieur Carel avait alors reparlé des deux loyers et rappelé qu'une vie de famille dans deux appartements séparés, ce n'était pas un exemple non plus. Madame Carel avait cessé ses reproches. Maintenant elle comprenait, elle n'était pas loin d'en venir au fameux système, elle ne savait plus se faire obéir des choses.

Mais la jeunesse de Beauty et Robin ne se laisse pas intimider, ils planent là-haut et les choses du ménage restent là en bas, la poubelle ne se plaint pas si le carton à pizza est tombé à côté, et le plancher ne se formalise pas s'il reste de nombreuses miettes. Ils passent, ils sont beaux, et les choses du ménage s'écrasent. Voilà.

Un souvenir occupe madame Carel.

C'était un grand jeune homme, c'était il y a des années. Madame Carel était une jeune femme alors, néanmoins plus âgée que le jeune homme.

Ils marchaient dans Central Park, qu'ils ne connaissaient pas bien ni l'un ni l'autre, les petits chemins tournaient, la pluie dégouttait des feuillages, on ne voyait plus les grands immeubles de la Cinquième Avenue, ni ceux de Central Park West ni ceux de Central Park South, le brouillard les cernait, c'est pour cela qu'ils étaient venus ici, pour que personne ne les voie, ils tournaient en rond depuis longtemps, ils étaient perdus, mais c'est dans cet égarement qu'ils pouvaient être ensemble, puisque ailleurs dans les lieux qui les connaissaient et qu'ils connaissaient ils ne pouvaient être ensemble, alors ils continuaient à marcher, dans la pluie qu'ils sentaient à peine, s'arrêtant parfois sous un feuillage qui leur faisait un abri précaire, et leur émotion devenait presque intolérable, d'être là tous les deux sous les feuillages qui s'abaissaient presque jusqu'à leur effleurer la joue, cernés par le brouillard et bercés par le crépitement doux des gouttes qui semblait leur murmurer quelque chose, « tu n'oses pas », disait le jeune homme, la jeune femme avait porté la main aux petites rides qu'elle avait au coin des yeux, infimes petites marques qu'elle avait remarquées depuis peu, mais le geste lui était devenu familier, les rides s'étaient nichées là sans son consentement et sa main aussi vingt fois par jour volait vers elles sans son consentement, il y avait beaucoup de choses sur lesquelles elle n'avait plus domination, son petit garçon par exemple qui grandissait, occupant de plus en plus de place, fermant de plus en plus d'issues dans le cercle qui l'entourait, « tu es dans un cercle, disait le jeune homme, et tu n'oses pas sauter au-dehors », la jeune femme avait été mordue au cœur, « tu ne sais pas ce qu'est la vie quotidienne, avait-elle crié, rien ne résiste à la vie quotidienne », le jeune homme s'était retourné, lui avait saisi les deux bras, « le quotidien, moi je le broie », avait-il crié, ils étaient face à face, comme fous, il y avait beaucoup de violence entre eux, la pluie ruisselait, glacée, des gens passaient courbés, ils étaient restés là longtemps sans bouger, sur l'étroit chemin les passants les contournaient, ce devait être la sortie des bureaux là-bas des trois côtés du parc, la nuit arrivait.

Trop de violence pour une jeune femme qui avait un petit garçon, l'histoire s'était arrêtée là.

Madame Carel regarde les jeunes gens autour de la table, il n'y a pas de violence en eux, ils ne semblent pas vouloir broyer quoi que ce soit, ils traitent l'instant ordinaire en bon camarade et en récompense l'instant ordinaire se met à rutiler.

— Mum, dit Robin, on s'en va !
— Bye bye, dit Beauty.

Son sourire s'ouvre comme s'ouvriraient les pétales d'une fleur. Il ne dit rien de particulier, ce sourire, mais il illumine tout l'appartement. Il illumine madame Carel. Ce qui parle sans arrêt dans sa tête, ce qui s'inquiète et raisonne, tout cela disparaît devant le sourire de Beauty. Elle sourit elle aussi. Ce n'est pas par politesse. C'est par pur plaisir d'exister sous le soleil de la beauté.

Les camarades disent au revoir à leur tour. Madame Carel les embrasse de bon cœur, même ceux qu'elle ne connaît pas. Puis ils dévalent tous l'escalier dans un grand bruit. On entend la grosse voix de Robin, le rire éclatant de Beauty, et tout autour comme des instruments d'orchestre autour des chanteurs ondulent les commentaires des autres. Elle reste en haut de l'escalier, écoutant cette symphonie résonner dans son cœur.

Mais ce n'est pas fini.

On l'appelle de la rue.

Elle quitte le palier, file à travers l'appartement, arrive à la fenêtre. Ils sont encore là, Robin et Beauty, en bas. Les autres ont déjà atteint le haut de la rue.

— Qu'est-ce qu'il y a ? dit-elle en se penchant.
— Salut, fait Robin en agitant les bras.

— Bye bye, dit Beauty agitant les bras de même.

Il n'y a rien. Il leur faut seulement faire vibrer un peu cette petite rue endormie. Et ils le font avec tant d'énergie que quelques voisins apparaissent aux fenêtres. Dans leur grande bonté, les deux jeunes gens leur adressent aussi leur salut de moulin à vent pris dans une brise fantasque.

Puis soudain, c'est fini. Plus personne en bas dans la rue.

Madame Carel se redresse, regarde autour d'elle. Miracle, les voisins ne se sont pas fâchés. Certains traînent même à la fenêtre, regardant le ciel, arrangent quelques plantes vertes, regardent encore le ciel, comme si la même brise les avait soulevés eux aussi, et maintenant qu'ils ont quitté les chambres intérieures où ils s'étiolaient dans l'obscurité, ils n'ont plus envie d'y retourner, ils ont envie d'air et de ciel, deux femmes se mettent à se parler d'une façade à l'autre, mais pour une fois madame Carel ne prête pas l'oreille.

Un autre souvenir lui revient et elle ne le rejette pas cette fois, elle veut se rappeler. Elle a une raison pour cela, elle veut tester ce souvenir.

C'était ici même à Paris. Ils étaient revenus en France après le long séjour aux États-Unis, ils avaient ramené Robin. Robin ne voulait pas quitter les États-Unis, on ne jouait pas au base-ball à Paris, il n'avait pas de camarades, les trottoirs étaient très étroits et le français une langue pleine de pièges. Pour entrer au lycée, on l'avait obligé à passer un examen. Après ce premier examen, il semblait qu'il y en avait sans cesse d'autres, il apprenait les subjonctifs des verbes français. C'était difficile, et le professeur mettait des zéros, le zéro était une notation inconnue à l'école des Nations unies. Après chaque séance de récitation, il descendait dans la rue, et il tapait avec son ballon contre le mur. Ce n'était même pas un mur de façade avec des fenêtres et des plantes aux balcons des fenêtres. C'était un pan aveugle situé dans un renfoncement où le trottoir était un peu plus large. Robin pensait que ce pan de mur était fait pour les enfants, pour les enfants qui avaient un ballon, comme lui justement. Ce n'était rien de bien fameux, mais tout de même ce n'était pas si mal, il tapait avec ardeur, il commençait à se dire que les subjonctifs n'avaient rien de bien terrible, il envisageait même de remonter pour s'attaquer à la seconde liste, pas grave puisque après il pourrait redescendre devant le mur, et on pouvait même espérer que quelque autre garçon, attiré par le bruit, serait déjà là, la vie à Paris commençait à s'éclairer pour Robin.

Ce n'était pas un autre petit garçon qui était apparu, mais une mégère qui lui avait enjoint de disparaître sur-le-champ sinon elle menaçait d'appeler la police.

— Tout ce tapage, criait-elle, les enfants ne respectent rien.

Et comme Robin la regardait, interloqué, essayant de comprendre le sens du mot « tapage », elle avait hurlé :

— Va-t'en, sauvage !

Robin avait levé les yeux vers les autres fenêtres, il était sûr que quelqu'un allait appeler la police pour le défendre lui, ou pour éloigner cette personne, une malade peut-être, ou une folle, de ces malheureux comme il y en avait sur son Broadway bien-aimé, il ne voulait pas être méchant, il serrait son ballon, il tremblait, il essayait d'enfoncer ses pieds dans le trottoir.

C'était un dimanche, les télévisions bramaient dans les cours et les ruelles, bramaient par les fenêtres, tant de bruit énorme et infâme auprès duquel celui de son ballon était si petit, petit et naturel et gracieux comme une aile de papillon.

« Mais ces salauds, ils écraseraient même les papillons ! », s'était dit madame Carel plus tard, trop tard. Si elle avait compris tout de suite, elle les aurait pris à partie, ces Parisiens infâmes qui trouvaient bon leur télévision et les crottes de leur chien mais ne supportaient pas le bruit du ballon d'un enfant, elle aurait crié sa rage à ce vieux pays cacochyme et paralytique. Mais elle n'avait pas compris tout de suite.

Elle avait trouvé Robin, assis sur le bord du trottoir, son ballon entre les jambes, rigide et muet, les yeux secs. Elle l'avait grondé. « Voilà voilà, avait-elle dit, tu dis que tu descends pour te détendre, pour mieux apprendre après, mais tu ne fais rien, tu ne joues même pas, tu traînes, alors retourne tout de suite à tes subjonctifs. »

Lorsqu'une affaire semblable s'était reproduite un peu plus tard, elle avait voulu agir vigoureusement, défendre les droits de Robin. Mais il avait refusé, il ne voulait plus jouer au ballon.

Madame Carel alors, malgré sa timidité, avait voulu se battre. « Ces immeubles neufs qu'on voit partout, il faudrait les obliger à construire en retrait du trottoir, à installer une salle de récréation pour les enfants, une par immeuble, à prévoir des aires de jeux dehors, une garderie, il y a bien assez d'argent partout, où passe cet argent, qu'est-ce qu'une ville où les enfants ne peuvent pas jouer ? » Elle était allée à la mairie, à la préfecture, avait contacté son ami d'enfance, Adrien, avait écrit à plusieurs journaux. Mais elle se battait contre plus fort qu'elle, elle était seule. À New York, elle aurait fait comme les Américaines, elle aurait fait appel aux femmes de son immeuble, Diana surtout, celle que le portier appelait la princesse juive et qui avait l'habitude des bagarres (on l'entendait hurler à l'étage en dessous avec son mari, un ancien de la guerre de Corée, un dur à cuire, sur lequel elle réussissait toujours à avoir le dessus), elle aurait fait appel aux mamans des enfants de l'UNIS, ces femmes en auraient recruté d'autres, il y avait des avocates parmi elles, elles seraient allées jusqu'au sénateur de l'État, jusqu'au Congrès, madame Carel avait admiré ces femmes, si différentes d'elles, elle avait connu là-bas les réunions de féministes, les groupes de prises de conscience, l'association contre les planteurs de salade de Californie, le moindre problème et hop tout le monde sautait dessus et en avant jusqu'à la victoire. Un zèle bizarre, parfois, fanatique, puritain, madame Carel n'avait pu rester dans ces groupes. Mais, oh, comme elle avait aimé l'Amérique, follement. Et pourtant elle n'avait pu y rester, elle était revenue, elle préférait la France, c'était à n'y rien comprendre.

Les exilés, les nouveaux et même les anciens exilés, sont ainsi. Il y a en eux un mécanisme de balance qu'ils ne peuvent plus arrêter, ils comparent sans cesse, là-bas et ici, ici et là-bas, peut-être leur faudrait-il une nationalité rien qu'à eux, la nationalité d'ici et de là-bas, et du mélange spécial que cela fait et qui n'a pas de nom.

Les souvenirs du genre de la mégère à la fenêtre font en général très mal à madame Carel. C'est comme l'histoire des tapettes à guêpe, un rien peut les ramener et vous donner envie de pleurer. Mais depuis quelques instants, la situation a changé. Elle éprouve que le méchant souvenir ne fait plus aussi mal. Il la fait même sourire. Voilà ce qu'elle a voulu vérifier.

C'est Beauty qui accomplit ce genre de miracle, sans aucun doute.

Robin, lui, sera un peu plus sceptique sur les miracles.

« Tout de même, dira-t-il, tu n'as pas un peu exagéré ces chiffres, cela paraît extravagant, tout cet argent ! »

Beauty ne répondra pas. Elle se contentera de faire un grand sourire. À partir du moment où elle est montée sur le podium du Miami Club, portant le maillot de Ruby sur lequel hâtivement on avait accroché le numéro 11, le numéro qui n'était pas au programme, tout a été miraculeux.

Mais Beauty n'a pas le temps de réfléchir aux miracles, c'est la petite sirène en elle qui s'en occupe, et Beauty se contente d'avancer sur la voie qu'elle lui trace.

Une prestigieuse agence l'a contactée. Elle est venue à Paris pour une première présentation, car c'est le moment des collections de Haute Couture. La cicatrice qui marquait le coin de son nez ne se voit plus. « En une semaine j'ai failli tout gagner et tout perdre », dira-t-elle à Robin. En effet dans la semaine qui a suivi son triomphe au Miami Club, elle s'est acheté une voiture, sans en rien dire à Mr. et Mrs. Berg, une petite voiture de sport étrangère, décapotable. Elle en a fait l'achat avec Willie, elle a conduit (« je n'avais jamais tenu un volant, mais je faisais attention »), il a conduit, Mr. Fowley venait d'accorder à son fils le droit de faire ses études « d'art » comme il disait, Willie était ivre de projets insensés (« il tournait la tête pour me parler »), la voiture est allée s'écraser sur la plage, une plage des Keys (« on a eu de la chance, mais... »).

« Mais ? dira Robin.

— Je ne fais pas confiance aux hommes de ce milieu. »

Robin ruminera cette phrase un moment. Qu'entend-elle par « les hommes de ce milieu » ? Elle lui aura raconté sa vie déjà, les gens qu'elle côtoie, les photographes, les dessinateurs, les recruteurs d'agence, les agents de collection, les mannequins, beaucoup de drogue, compétition, jalousie, vanité, argent, quelques réussites fabuleuses et des centaines de laissés-pour-compte, tous des excités, peu recommandables pour une femme, « jamais je ne vivrai avec quelqu'un de ce milieu », elle mène sa barque, elle tient ses comptes, et ne rêve pas de la couverture de *Vogue*. L'accident lui a été un avertissement très clair.

« Le regard des autres, je sais que c'est dangereux, dira-t-elle. Quand j'étais bébé, il paraît que mes parents se sont retournés en voiture pour la même raison. »

La petite sirène en elle a appris à dominer ce désir d'être regardée. Elle l'est à satiété désormais. Et ce n'est pas toujours comme elle l'avait cru. Les séances de photographie sont les plus pénibles. En plein hiver, il faut rester en maillot de bain dehors et faire semblant qu'on est baignée de soleil, alors qu'on a la chair de poule, et la chair de poule il faut arriver à la dominer aussi, et les photographes ne sont jamais contents de la lumière, on recommence, on recommence, reprendre la pose, le même sourire, se persuader qu'il fait bon, qu'on est en vacances sur un yacht ou sur une île, alors que l'énervement monte de tous côtés, et l'été même chose à l'envers, avec les manteaux de fourrure, quand tout le monde est en chemisette, le soir on ne pense qu'à une chose, se coucher, dormir, mais avant il faut enlever les couches de maquillage, se faire un masque, traquer le moindre bouton, on ne tient plus debout, on n'a pas envie de sortir, ou alors, alors c'est l'alcool, la drogue, pour tenir...

Pour elle, c'est bien de rester à la maison, de regarder les vieux films américains à la télévision, ça repose, c'est bien que Robin ait des horaires à peu près fixes, une vie normale, pas une vie excitée.

« Willie, pourtant, dira Robin, c'est lui qui t'a lancée.

— Mais non, dira-t-elle indignée, c'est l'inverse. »

Il faudra revenir en arrière alors, et ce ne sera pas facile, car finalement ce sont des détails qui font une vie, et les détails se tiennent tous les uns aux autres. Le chauffeur de taxi, par exemple, on pourrait dire que tout a commencé avec un chauffeur de taxi.

« C'était la première fois que quelqu'un me regardait vraiment, un homme je veux dire...

— Et Mr. Gordon Smith Durand DaSilva ?

— Oui, mais... il était très vieux.

— Et le père Fowley ?

— William Fowley ? Oui aussi, mais il voulait surtout plaire à ma mère.

— Et il n'y avait pas eu un infirmier avant ?

— Je t'ai raconté cela aussi ! dira-t-elle, tout étonnée. Oui l'infirmier, mais je n'étais qu'un bébé ! »

Il ne voulait pas s'arrêter, ce chauffeur de taxi, il avait l'air de chercher quelqu'un, ou de chercher une rue, il avait l'air furieux et peu accommodant, et Beauty avait voulu qu'il s'arrête, elle l'avait voulu d'une manière mystérieuse mais totale, elle avait redressé ses épaules, relevé sa tête, elle avait fait une moue ennuyée, puis soudain elle avait renvoyé pour la toute première fois sa grande aile de cheveux en arrière comme un drapeau dans la brise, dans ce geste que les photographes lui demanderont si souvent de répéter par la suite, elle avait senti la douceur foudroyante de cette aile de cheveux retombant doucement sur sa joue, elle avait souri, juste un peu, pas trop, et le taxi s'était arrêté, elle avait gagné.

« Tu imagines, si j'avais su que c'était Justo et pourquoi il s'était arrêté, je serais peut-être redevenue comme avant, ce que tu dis, tu sais, le vilain petit lapin.

— Le vilain petit canard, baby, dans le conte d'Andersen.

— En tout cas, je m'étais bien gourée. »

Elle ne s'était pas vraiment gourée, le destin était venu de cette façon, détournée et improbable, comme très souvent les destins, mais il était bien venu ce jour-là.

Comment l'avait-elle su ?

Parce que tout de suite après elle avait eu ses règles.

Tout de suite après ? Impossible. C'était plus tard, un an plus tard au moins. Beauty réfléchira, cette époque lui paraîtra si lointaine, elle n'aura eu le temps d'en parler avec personne, tant de choses se seront passées en si peu de temps, maintenant petit à petit elle aura envie d'y repenser, d'en parler, sans arrêt elle reviendra sur ses souvenirs, découvrant à mesure l'étonnante histoire de sa vie, la rendant de plus en plus étonnante au fil des jours, comme une légende qui s'enrichit au fur et à mesure qu'on la raconte.

« Ce Justo, c'était un voyou, il voulait que je couche avec lui, il me disait qu'on s'en irait tous les deux, qu'il m'emmènerait en croisière. Les croisières, j'en entendais parler par mon père tous les soirs, ça ne donnait pas envie d'en faire !

— Tu as couché avec lui ? »

Robin commencera peut-être à se lasser de ces souvenirs sans cesse repris, tout de même ce point-là sera nouveau, il voudra savoir.

« Avec Justo ? Jamais ! »

Ce qu'elle voulait Beauty, c'était coucher avec Bill.

« Avec Willie ?

— Non, avec Bill. »

Elle n'était pas amoureuse, non, elle voulait savoir ce que faisait sa sœur aînée avec ce garçon qui était dealer (adorable par ailleurs), elle voulait sauver sa sœur de la drogue, et pour ça il fallait y aller voir de plus près, il fallait se risquer. C'était le premier pas dans la régénération de la famille Berg. Liza était une coriace, mais tout de même c'était une gamine, la tâche était plus facile qu'avec des adultes.

Robin sera sceptique. Ce genre de discours lui paraîtra ressembler à Liza justement, pas à Beauty. On ne fait pas l'amour par dévouement. Cependant il réfléchira qu'il est enfant unique, qu'il n'a aucune idée de ce que cela implique d'être trois sœurs, sans doute finit-on par tout mélanger, tout échanger, les discours, les garçons... Lui avec son ballon ne risquait pas ce genre de confusion. Tout de même, Willie est sûrement venu avant Bill, et avant Willie ce soi-disant metteur en scène, l'artiste inconnu du Miami Club, venu de la côte ouest, ou peut-être d'Europe, ou peut-être du Japon.

Les amours qu'il y a eu avant, c'est la première chose qu'on se raconte, cela fait du mal et cela fait du bien, c'est comme une zone de haute tension, on ne peut s'empêcher de tourner autour.

« En tout cas, dira Beauty, je suis allée chez le médecin. J'avais toujours gardé sa carte. J'y suis allée toute seule, chez lui je veux dire, je ne voulais plus aller dans un cabinet médical. »

Le médecin le premier alors ?

« Il m'a soignée et j'ai eu mes règles.

— Et tu n'as pas dit à ta famille que tu avais eu tes règles ?

— Non parce que c'est sa femme qui m'a soignée en fait. Elle était psychologue et elle voulait que je ne parle qu'à elle, enfin tant que je n'aurais pas mes règles.

— Et qu'est-ce que tu lui disais ?

— Mais, tout ce que je t'ai raconté ! »

Robin en aura le tournis. Sa vie à lui semblera beaucoup plus simple, quelques incidents sur Broadway, une mauvaise journée dans Long Island, la séparation de ses parents, l'échec du club de base-ball et l'abandon du violoncelle, la bataille de frites avec Éric, Philippe et Stéphane, 18 sur vingt à un certain devoir, un entretien étourdissant avec l'examinateur d'anglais au concours de l'aviation civile, les championnats du Racing Club, et tout récemment une dispute avec son père pour une cravate, juste quelques repères de ce genre, rien de spécial à raconter.

Il dira à madame Carel : « Je n'ai pas de souvenirs.

— Oh mais tu te trompes, dira madame Carel, tu en as beaucoup.

— Où sont-ils alors ?

— Tu les as racontés à ton ballon. »

Robin réfléchira à cela. Il emmènera Beauty aux entraînements du Racing Club et aux rencontres de championnat. « Elle va s'ennuyer », se dira-t-il. Pas du tout. Beauty s'assiéra sagement sur les gradins, pas d'esbroufe, pas de dédain, elle suivra attentivement les passes, devinera les règles avant même qu'on ne les lui explique, et ensuite elle sera avec les garçons de l'équipe comme si elle en avait toujours fait partie, rieuse comme eux, et ne s'offusquant pas lorsqu'ils oublieront de parler anglais, une vraie bonne camarade, ni plus ni moins. Les garçons remarqueront sa taille inhabituelle, parfaite pour attraper le ballon par-dessus le filet, ils voudront la faire jouer, elle s'y prêtera gentiment, ils feront très attention de ne pas la bousculer, ses poignets sont si frêles. Mais ils remarqueront aussi son dos mince et droit comme un jonc, sa démarche si particulière que malgré elle, lorsqu'elle arrive dans les gradins, tout le monde regarde, un bref moment, pas plus. Là dans la salle du Racing Club et toutes les autres salles semblables, il n'y a que des sportifs, on respecte le corps et les particularités physiques de chacun, « j'aime tes copains », dira Beauty, et ce sera vrai, elle se sentira en sécurité avec eux.

Un jour, au milieu des Coca d'après-match, dans cet abandon las et heureux, Stéphane (ou Éric ou

Philippe) demandera : « Tu as un boulot, Beauty ? — Je suis mannequin », dira-t-elle tout simplement, et soudain ils comprendront son étonnante façon de marcher, pourquoi, certains soirs, elle préfère rentrer chez elle plutôt que de suivre la bande (elle doit se lever à cinq heures pour une journée de prises de vues), pourquoi on ne la voit plus soudain pendant un ou deux mois (« Elle est à Rome, ou à Tokyo », marmonnera Robin), ils hocheront la tête, ils ne seront pas impressionnés, ils seront compatissants, « ça doit être dur », diront-ils. Ils seront pleins de sympathie. Les photographes et les directeurs de collection, ce doit être comme les entraîneurs et les directeurs du club, pas commodes, toujours à vous surveiller et vous houspiller. « Oui, c'est ça », dira Beauty en riant joyeusement. Beauty et les garçons du volley-ball, ils feront une bonne équipe.

Et alors petit à petit Robin retrouvera ses souvenirs d'enfance, ces choses qui lui avaient paru si insignifiantes qu'il n'aurait jamais pensé à les raconter. Il les racontera à sa façon, par à-coups, au milieu de tout autre chose, toujours brièvement.

« Un jour sur Broadway, on m'a acheté quatre paires de chaussures d'un coup, j'étais content !

— Ah oui, les chaussures, c'est important », dira Beauty très sérieusement.

Robin se sentira parfaitement compris. Il retrouvera la sensation de l'énorme paquet tenu serré dans ses bras, il se rappellera le discours plein de sérieux et d'expertise du vendeur, « je te donne les mêmes que Brad, mais avec le bout renforcé, parce que tu uses de ce côté », il verra comme si elle était encore devant ses yeux, avec sa ligne noire graduée et ses chiffres dorés, l'extraordinaire machine à mesurer les pieds, ses pieds à lui, de petit garçon étranger à qui on reconnaissait le droit de marcher fermement sur le sol de l'Amérique. Il reverra la fiche que le vendeur avait établie à son nom, Robin Carel, son vrai passeport, son sésame délivré à lui tout personnellement.

« Tu comprends, je n'étais pas tout à fait comme les autres », dira-t-il.

Et Beauty comprendra cela aussi.

Elle sera trop occupée à débrouiller l'histoire de sa propre vie pour creuser les phrases que Robin jettera ainsi par-dessus son épaule, comme négligemment. Mais Robin ainsi reprendra possession des petits bouts épars de son enfance, pas trop, juste ce qu'il faut pour l'instant, il se sentira plus fort, son existence commencera à prendre des contours. Tout ce qu'il avait dit jusque-là à son ballon, muettement, il commencera à le dire à voix haute et, comme le ballon, Beauty sera toute compréhension et ne demandera pas autre chose, cela conviendra à Robin.

Une exception cependant : Willie et Émilie les deux i, les deux épines.

« Mais Émilie, c'était juste une copine, elle était française aussi, la fille d'Adrien.

— Adrien, celui de Dune Road ?

— Mais non, le moniteur du camp d'été du lycée français. Il aidait mon père à organiser les matchs de foot pour le personnel des Nations unies. Je la voyais sur le terrain le dimanche. On jouait au foot sur le côté.

— Elle était jolie ? »

Cela fera éclater de rire Robin. Jolie, cette fillette costaud qui tapait dans le ballon si fort qu'on voyait sa culotte sous sa jupe et qui l'avait baissée devant

Brad et Jim et Robin, cette même culotte, contre dix dollars (une somme colossale qu'ils avaient mis un mois à réunir), qui trichait dans les échanges de cartes de base-ball, connaissait dans les deux langues, en anglais et en français, les mots les plus épouvantables, et les balançait sans vergogne à la tête des garçons, pour les faire rougir. C'est elle qui avait appris à Robin le mot « vagina » (prononcé « vedgaïna » en anglais), et comme il avait demandé bêtement ce que cela voulait dire, elle avait dit « demande à ta mère, demeuré ».

Jolie, Émilie ? Quelle drôle d'idée !

« Une sorte de garçon manqué », dira-t-il pour rassurer Beauty.

Bon, et Willie ?

« Je ne dois rien à Willie. J'étais juste venue accompagner une copine, la fille du patron d'une boîte de nuit, et dans les coulisses après son passage, j'ai essayé son maillot (elle était numéro Un, il y avait le temps). C'était la plus belle, mais ils disaient que personne ne voterait pour elle, à cause de son père qui avait des ennemis, et elle aussi c'était une chipie, elle était "promiscuous", tu comprends, et les gens du club, ils n'aimaient pas ça.

— Mais comment était-ce ta copine alors ?

— Ce n'était pas ma copine, c'était celle de Liza, ou plutôt du copain de Liza, Bill. Les filles avaient besoin d'une assistante, pour se préparer et tout, et Liza ne voulait pas y aller, elle disait que c'était vulgaire, mais moi je voulais voir, à cause de Liza je t'ai déjà dit, il fallait que je comprenne bien les choses...

— Ça va, dira Robin, et après ?

— Ils étaient embêtés, les organisateurs du concours, les autres filles étaient moins belles, et à ce moment-là Ron (le type des purulents, suppurants, des scrofuleux et des difformes, celui qui savait si bien utiliser la laideur) est passé, il a dit "et celle-là, elle ne pourrait pas faire l'affaire ?" Ils m'ont maquillée et coiffée, m'ont fait marcher et tourner, ils étaient tous autour de moi excités comme des fous, et pendant ce temps Willie faisait attendre les spectateurs, et moi j'étais la plus calme, complètement à l'aise... »

Car pour Beauty, ce qui arrivait n'avait rien d'un miracle. Elle avait senti qu'elle touchait la terre ferme enfin, la réalité solide, elle s'était avancée sans peur vers le podium, vers les lumières, les lasers, les vagues houleuses des regards et les flashs des photographes. Elle était entrée dans sa beauté et c'était tout simple.

Si on veut. Mais le soi-disant metteur en scène qui l'avait draguée dans la rue sur Ocean Drive ? Robin n'insistera pas cette fois.

Tant de personnages nouveaux seront arrivés dans leur vie, les parents de l'un et de l'autre bien sûr, mais aussi tous ces gens qu'on n'aurait pas crus importants, des silhouettes de l'enfance, qui reviennent, il semblerait qu'on n'en finirait jamais.

Beauty et Robin laisseront tout en plan et ils fileront comme deux comètes au restaurant. Ils aimeront beaucoup aller au restaurant. L'essentiel du salaire de Robin y passera (« fiston, il te faut une femme pour faire la cuisine », dira monsieur Carel, riant à moitié, après avoir encore une fois renfloué le compte courant de son fils), Beauty aussi aimera le restaurant, certes ils reviendront regarder les vieux films américains la nuit à la maison, mais les dîners, tout seuls tous les deux à remuer des casseroles et faire le ménage ensuite, cela leur fera peur. Les pizzas livrées par coursier, d'accord, ce ne sera pas sérieux, ce sera encore du jeu, une dînette d'enfants, cela ne fera pas peur. Mais le restaurant, ce sera encore mieux, ce sera leur lieu, leur refuge, leur île.

Car il y aura de grosses peurs tapies autour de Robin et Beauty, guettant leur heure, l'heure des décisions adultes, ils n'y penseront pas, ils iront au restaurant, tous les regards se tourneront vers Beauty, vers eux deux ensemble, Robin y sera habitué, cela ne le troublera plus.

Beauty sera la plus grande de toutes, elle portera des chaussures plates, exactement comme sur le podium du Miami Club, pas par crainte de se grandir, elle n'aura plus honte de sa taille, bien au contraire, mais parce qu'elle n'aime pas les chaussures à talons. Mrs. Berg était une femme très séduisante, elle taillait ses vêtements elle-même (sa mère lui avait donné le goût de la coupe et des tissus), elle portait des robes contrairement à la plupart des femmes américaines et des chaussures à talons. Elle était très féminine et très jolie.

Beauty ne veut pas être jolie, elle veut être belle. La beauté est une chose presque abstraite, qui n'a rien à voir avec la féminité. Au Miami Club, elle avait refusé tout net (se rappeler son obstination) de mettre les chaussures dorées à talons aiguilles que portaient les autres concurrentes. Elle avait gardé ses chaussures noires austères (encore les chaussures de Mr. Berg ?) et cela avait été stupéfiant, cela avait été le coup de génie.

Si Alina, la maîtresse d'école, avait pu la voir ce soir-là (mais Alina bien sûr n'était pas membre du Miami Club), elle aurait tout compris d'un seul coup, elle aurait compris pourquoi Beauty marchait de cette façon si étrange et qui l'obsédait si fort dans la cour de l'école.

Les souliers noirs de Beauty, c'était déjà comme le podium du Miami Club, comme le podium des défilés de haute couture dans les grandes capitales. Beauty n'avait que la cour de l'école, mais elle s'était créé son podium à elle, bien étroit encore, juste quelques centimètres carrés de semelle raide, et sans la moindre prolongation d'aucun côté, sans faisceau lumineux bien sûr, et juste les regards méchants ou perplexes des autres mômes et de la maîtresse. Et sur cet étroit podium, ses très longues jambes allaient leur chemin, cherchant leur chemin, devinant qu'un jour les lumières s'allumeraient en gloire, les regards méchants ou perplexes disparaîtraient, et que devant elle s'étendrait la piste fabuleuse, celle où apparaît et défile devant ses véritables admirateurs la Beauté elle-même, dans sa splendeur abstraite, délivrée de toutes contingences, souverainement pure.

Après le passage de Robin et de ses camarades, madame Carel est restée un long moment à sa fenêtre, ne pensant à rien de précis, baignant dans un doux contentement, dans le sillage des rires laissé par les jeunes gens. Le téléphone sonne.

C'est monsieur Carel.

— Tiens, dit-il, j'ai vu Robin tout à l'heure.

— Moi aussi, dit-elle, toute joyeuse. Il est venu avec Éric, Stéphane et Philippe. Ils avaient faim, ils ont mangé des pizzas.

— Il y avait une jeune fille avec eux, coupe monsieur Carel.

— Oui, c'est Beauty, dit madame Carel.

— Très belle, cette jeune fille.
— Oh oui, dit madame Carel avec chaleur.
— Bon, dit monsieur Carel.
— Ils avaient l'air très gais.
Silence.
— Dommage pour Émilie, marmonne monsieur Carel comme pour lui-même.
— Euh..., commence madame Carel.
— Bon, dit monsieur Carel.
— Il a dit quelque chose ? demande madame Carel.
— Robin ?
— Oui.
— Il a dit « Pop, c'est juste une copine, je la connais à peine ».

Soudain ils éclatent de rire tous les deux. C'est bien là leur fils. Quand ils se mettent à rire ensemble, il se fait comme une trêve dans la complication du monde. L'écheveau de leur vie desserre ses nœuds, prend un air bonasse de corde à sauter, avec laquelle on peut s'amuser, comme des gosses.

« Bon, bon », dit monsieur Carel reprenant son sérieux, « oh là là », dit madame Carel en s'essuyant les yeux. Finalement ils conviennent de ne rien dire de tout cela aux grand-mères. Là-dessus ils se quittent, pas malheureux du tout, comme cela leur arrive.

18

RÊVES CROISÉS

Robin est à l'aéroport de Roissy-Charles de Gaulle. Il prend ses premières vacances de jeune cadre salarié.

Monsieur Carel a voulu offrir le prix du billet d'avion. Robin a refusé « Hey, je gagne ma vie maintenant », lui a-t-il dit, mi-sérieux mi-moqueur. « Ouais, et tu la dépenses surtout », a rétorqué monsieur Carel. « C'est comme ça, pop, on vit à crédit aujourd'hui ! » a répondu Robin pour clore la discussion, car les discussions avec les parents sont éprouvantes, on ne sait pas pourquoi.

Même lorsque les parents sont très indulgents, comme monsieur Carel, ou trop rêveurs pour imposer un point de vue, comme madame Carel, toute discussion avec eux met dans les muscles des vaguelettes d'agitation et dans la tête une brume qui fausse les réponses. On répond trop violemment pour réagir, ou à côté pour échapper, on s'en veut, on remue les jambes sans s'en rendre compte. Seul l'humour convient avec les parents. *Talala tata, charge!* Le cri magique est toujours là, même si les cordes vocales n'osent plus le lancer.

Robin part pour l'Amérique. Il ne part pas seul. Avec lui viennent Stéphane, Éric et Philippe.

Stéphane travaille désormais en Afrique, sur les systèmes d'irrigation. « Ah oui, un peu comme le Peace Corps », avait dit Robin. Stéphane n'avait pas été d'accord avec cette comparaison. Il avait exposé ses arguments avec obstination et même une tension dans la voix que Robin ne lui avait pas connue auparavant. Ils étaient dans une boîte de nuit, il y avait beaucoup de bruit et il avait eu un peu de mal à le suivre. Il s'y était efforcé cependant, malgré les autres qui essayaient de les arracher à ce face à face serré, ce front à front plutôt, car ils étaient penchés l'un vers l'autre pardessus la table, Stéphane pour ne pas perdre le fil de son discours et Robin pour rattraper les mots qui se perdaient dans le tintamarre de la musique et des conversations. Robin avait trop fumé et le lendemain il n'avait pas été très performant à son travail. C'est ce qu'avait dit son chef immédiat : « Pas performant ce matin, hein ! »

Éric est au Parti communiste français. On sait peu de choses là-dessus et on ne sait pas non plus s'il a une autre activité. Il est toujours secret sur ce qu'il fait et se confie peu. Il était ainsi au lycée et c'est grâce au club de volley-ball que petit à petit il est devenu ami avec les autres. « Écoute, vieux, il faudrait que tu viennes sur le terrain », avait dit Stéphane, le terrain en question étant sans doute l'Afrique. Cela se passait à la même soirée, dans la boîte de nuit. « Je ne discute pas dans ce genre d'endroit », avait dit Éric, mais cette réponse avait eu peu d'effet sur Stéphane et le front à front avait recommencé, le premier se contentant de secouer la tête pendant que le second reprenait une démonstration qu'avalait par bribes le tohu-bohu tout autour. Philippe s'était retiré sur le côté et décortiquait des cacahuètes qu'il avalait par poignées, regard vague et sourire béat. Mauvais signe et vieille histoire. Robin alors s'était mis en devoir d'arracher les deux polémiqueurs l'un à l'autre, et d'arracher les cacahuètes à l'esseulé vorace et de les entraîner dans le tourbillon confus et heureux pour qu'ils s'y fondent tous ensemble, comme les membres d'une partie mystique, unis par un invisible ballon, dans une vapeur de sueur et d'éclairs lumineux, jusqu'à épuisement.

« Merde, mec », avait dit Stéphane. « Oh bon, d'accord », avait fini par dire Éric en se levant, et les autres avaient suivi.

Éric est secret et taciturne comme autrefois et peut-être un peu plus cynique, mais il est aussi toujours solide au poste, c'est-à-dire au club de volley-ball et également à toutes les sorties ou aventures que proposent les autres. Il écoute les propositions, fronce le front, son expression devient encore plus morose, puis il dit un seul mot, toujours le même et rarement assorti d'un autre commentaire. Ce mot est : « D'accord. » Et il est le premier au rendez-vous, attendant au coin de la rue, calé sur sa moto, le casque à la main, attendant sans bouger d'un poil, longtemps parfois car Robin est souvent en retard et les autres aussi. Éric ne fait pas un reproche, il enfonce son casque sur sa tête, met le moteur en marche et le voilà parti à la suite des voitures des autres, solide au poste comme toujours. « Drôle de mec », dit Robin avec jubilation.

Robin est fier de ses camarades, fier de leurs particularités, fier de leur association qui dure depuis tant d'années et se poursuit sans qu'on sache pourquoi, surtout ne pas chercher à comprendre pourquoi, elle continue, c'est ainsi, c'est la vie, « j'ai vraiment de bons amis », dit-il avec émerveillement à madame Carel, qui s'émerveille aussitôt avec lui.

Philippe habite chez une vieille tante, il vit de petits boulots à droite et à gauche, en général dénichés pour lui par des copains et que, par la force des choses, il ne garde pas longtemps. Mais il reste souriant. Lorsque les autres ont un chagrin ou une difficulté, c'est à lui qu'ils téléphonent d'abord, car il est disponible pour écouter et ne porte pas de jugement. Curieusement, il s'avère de bon conseil.

Les quatre amis ne se sont pas perdus de vue. Éric et Philippe font encore partie de l'équipe première du Racing Club, et Stéphane à chacun de ses retours les rejoint aux entraînements. Robin est heureux : il a réussi à les convaincre de faire ce voyage ensemble, ce voyage de son retour en Amérique, « ça sera sympa », a-t-il dit, Éric a froncé les sourcils, puis il a dit « d'accord », après quoi les deux autres ont dit « O.K. », et l'affaire a été réglée.

L'annonce du voyage a fait sur madame Carel l'effet du 18 sur 20 du devoir de français, elle en a eu comme un tremblement. Monsieur Carel s'est moqué d'elle. Ce retour de Robin vers les lieux de son enfance, ils le perçoivent comme une réparation secrète, une sorte de rite de passage, un retour en arrière pour mieux rebondir vers l'avant. Ils sont très contents, ils n'en disent rien.

Les garçons sont à l'aéroport, tous les quatre, buvant un Coca (même Éric, même Stéphane) en attendant qu'on appelle leur vol. Robin se détourne légèrement et sort une carte postale de sa poche. Sur la partie gauche, il griffonne un seul mot, sa signature, à droite il écrit un nom et une adresse. Le nom est Beauty Berg. Les autres jettent un rapide coup d'œil, se regardent, haussent les épaules.

Dans l'avion, ils vont boire du champagne, regarder le film, boire encore du champagne, ils vont se remémorer leurs souvenirs de lycée, la bataille de frites, l'exclusion qui s'en est suivie, une nuit passée au commissariat pour un motif compliqué dont ils disputeront encore les détails. Ils évoqueront leurs errances à travers divers sports avant que tous ils ne se fixent sur le volley-ball. Ils parleront des matchs, de leurs entraîneurs au club, de l'un des directeurs honoraires, Pierre de Sevran, âgé maintenant mais qui demeure leur ami et soutien à tous, leur père dans le sport.

« Hey, dira Robin, envoyons-lui une carte.
— Tu as une carte, toi ?
— J'en ai tout un paquet ! »

Ces cartes étaient sur un présentoir, à la boutique de l'aéroport. Elles montrent des fruits, disposés en pyramide, dans des couleurs somptueuses. Sur le socle de la pyramide, on peut lire : « Kim's Paradise — Postcards from Florida. »

« On ne va pas en Floride, objecteront les autres, peu disposés à faire du courrier.
— Pas d'excuse, dira Robin, écrivez. »

Robin aura envie d'écrire à tout le monde.

« Fais braire », diront les autres, mais ils écriront.

Ils en viendront à la politique. Au bout d'un moment, Philippe se lèvera, ira se coller contre un hublot au fond de l'appareil, s'absorbera dans la contemplation des grands bancs de nuages. « Stop, on arrête », dira Robin aux deux autres.

Car les discussions sur la politique donnent des maux de tête à Philippe, il se met alors à manger des cacahuètes ou des croissants, et cela le fait grossir. Il ne faut pas que Philippe grossisse s'il veut être accepté pour des petits boulots, qui sont précaires, peu rémunérés, et souvent à la tête du postulant. « La présentation, c'est important, mon vieux », lui a dit Robin, et les deux autres pour une fois ont été d'accord. En ce qui concerne Philippe, ils ne font pas de théorie. Il ne faut pas qu'il grossisse non plus s'il veut continuer à jouer pour le Racing Club. C'est la raison majeure et déterminante, mais qu'on n'évoque pas en sa présence, tant l'enjeu est sérieux.

Stéphane avait un peu oublié cette difficulté particulière de Philippe, il sera d'abord moqueur. Éric, qu'excitent les problèmes de l'emploi, aura du mal à retenir ses remarques, brèves mais acerbes. Les débuts de leur voyage seront difficiles, puis ils se referont les uns aux autres, et bientôt fonctionneront à nouveau en équipe, comme du temps du lycée, avec leurs vieilles querelles enfantines, leurs brefs accès de crise, leurs manies, leurs retournements soudains, refaisant autour d'eux le cocon ancien, et toujours veillant à ce que Philippe ne retombe pas dans la pâte moelleuse, la pâte débonnaire mais si dangereuse de ses croissants, veillant qu'il ne grossisse pas, tous les quatre, comme autrefois.

Monsieur Carel ne sait que penser de ces amitiés. « Et Brad, et Jim ? dit-il. — Quoi, Brad et Jim ? » dit Robin, sur la défensive aussitôt, sans qu'il sache même pourquoi.

Monsieur Carel ne sait pas très bien lui-même ce qu'il veut dire. Peut-être voudrait-il que Robin n'oublie pas cette époque où monsieur Carel était un jeune père, où il créait le club de football européen des Nations unies, où il emmenait chaque dimanche dans la vieille Cadillac les trois petits garçons, plus Émilie, sur les terrains de Central Park ou de Queens, où il les faisait jouer avec des adultes de l'équipe, leur achetait leurs hamburgers-frites, et les ramenait le soir à leurs mères reconnaissantes, sales, exténués, mais totalement heureux de la vie et prêts à se laver les dents et se mettre au lit sans regimber.

Il aimait tant les entendre bavarder en américain dans le fond de la voiture (apprenant ainsi toutes sortes d'expressions qu'il n'aurait jamais trouvées dans le dictionnaire et qu'il ressortirait avec ravissement à ses collègues admiratifs le lendemain), il aimait les deviner dans le rétroviseur en train de s'endormir les uns sur les autres, et les voir se redresser brusquement, comme de petits fantômes ébahis, lorsque la voiture freinait devant la porte de leur immeuble.

« Quoi, Brad et Jim ? dit Robin. — Pourquoi ne vous écrivez-vous pas, là ! » marmonne monsieur Carel, décontenancé, sachant bien qu'il dit une bêtise. Comment expliquer à Robin qu'il aime les lettres, l'adresse où on lit son nom, la couleur des timbres, le cachet de la poste où on déchiffre l'heure et la ville d'origine, cet objet qu'on peut tenir dans la main un moment et qui permet le luxe de l'attente et de la spéculation ? Il a beaucoup écrit à la maman de Robin lorsqu'ils étaient adolescents, il écrit encore à sa propre mère, à son vieil instituteur, aux anciens collègues de l'ONU, à son copain Adrien, l'ancien moniteur du camp d'été du lycée français de New York, qui est retourné vivre à la Martinique et qui lui répond ponctuellement par retour du courrier.

Il voudrait bien que Robin lui écrive aussi, il se dit qu'il aurait mieux fait de se taire, qu'il va en prendre plein la figure et que ce sera bien fait pour lui.

Mais Robin n'est plus un petit garçon. Il a regardé monsieur Carel, il a dit gentiment : « Mais pop, on va les voir, Jim et Brad, à New York. — Ah oui ? — Bien sûr, a dit Robin, on s'est téléphoné, on a pris rendez-vous, qu'est-ce que tu crois ! » Et monsieur Carel en a été tout réconforté. C'est alors qu'il a proposé de payer le billet d'avion et que Robin énergiquement a refusé. Cela aussi a réconforté monsieur Carel. Et lorsqu'il recevra la fameuse carte montrant une pyramide de fruits et qu'il verra au dos, sous quatre signatures griffonnées, deux autres en écriture script américaine, il se sentira très heureux.

— On va voir mes vieux potes de l'UNIS, dit Robin à Éric, Stéphane et Philippe, au bar de l'aéroport.

— Qu'est-ce qu'ils font, ces mecs ? demande l'un d'eux.

— Brad doit travailler avec son père, au Garment Center, quelque chose comme le Sentier ici, et Jim doit être à l'armée, les Marines je crois, en tout cas c'est ce qu'il voulait faire.

— Ça promet, marmonne Stéphane.

— Ils parlent français ? demande Philippe.

— On était dans la section bilingue de l'école, il doit bien leur en rester quelque chose.

— Encore heureux, disent les deux autres, un peu jaloux de ces amitiés antérieures.

— Dommage, dit Philippe, qui a un talent pour les langues même s'il n'a pu, ou peut-être parce qu'il n'a pu, le monnayer.

— On ira jouer au base-ball dans Central Park, dit Robin pour les mettre tous d'accord.

— D'accord, dit Éric sombrement.

Le panneau central se met à cliqueter, les noms prestigieux se déplacent de plusieurs crans vers le haut, le vol de New York est annoncé, les quatre jeunes gens se lèvent comme un seul homme.

Dans le même temps ou à peu près, Beauty revient en France.

C'est le temps des collections et son agence lui a obtenu un excellent contrat. Elle ne vient pas seule, cette fois. Liza et Tania l'accompagnant, ainsi que deux autres jeunes filles, Tricia, la fille de William Fowley, et numéro UN, qui depuis la grande soirée du Miami Club s'est décorée du nom de Ruby.

Liza a récemment entendu au Club des jeunes filles démocrates de Miami une conférence qui l'a éblouie. Le sujet de la conférence était les problèmes sociaux américains et la conférencière une avocate belle et intelligente du nom de Hillary Clinton. Liza souhaite profiter de ce séjour en Europe avec sa sœur pour étudier les régimes de sécurité sociale en France et en Angleterre. Elle sent qu'elle a trouvé sa voie, elle a emmené des dossiers pour travailler dans l'avion, son désir de travail est presque insatiable, et elle découvre qu'elle a en elle des dons à la mesure de ce désir, une mémoire sans faille, une solide puissance mentale et une grande résistance physique. La satisfaction qu'elle en éprouve la comble, elle se montre agréable avec les autres, attentive et facilement compréhensive.

Liza accepte de mettre ses dossiers de côté pendant le voyage au-dessus de l'Atlantique pour bavarder avec Tania et Beauty, Tricia et Ruby.

Tania espère, grâce à sa sœur cadette, être acceptée pour un stage dans une maison de couture. Elle ne sait pas encore très bien comment les choses pourront se faire et ce qu'elle en attend, mais elle sait qu'elle est habile de ses mains et elle a envie d'essayer, c'est la première fois qu'elle a envie de quelque chose par elle-même, très fortement. Contrairement à ce qu'elle avait imaginé, dans son esprit craintif et inquiet, Mr. et Mrs. Berg l'ont encouragée et lui ont même donné suffisamment d'argent pour qu'elle soit indépendante de sa sœur pendant son séjour. Tania est très heureuse.

Numéro UN depuis la soirée fameuse du Miami Club est devenue l'inséparable des trois sœurs Berg. Elle n'en a pas voulu à Beauty de lui avoir pris sa place. « Hey, dit-elle, tu étais numéro 11, deux fois un, normal que tu m'aies doublée ! » Elle est devenue mannequin aussi, mais ses circuits sont moins prestigieux que ceux de Beauty. Elle s'en moque. Il n'y a pas au fond d'elle-même une petite sirène secrète, il n'y a qu'un solide appétit de rigolade, pas secret du tout, et tout est bon à cet appétit. Mr. et Mrs. Berg au début n'ont pas vu cette nouvelle amitié d'un bon œil. Ruby aurait pu s'en fâcher, mais sa bonne humeur emporte tous les obstacles, lui interdit même de les voir. Mr. et Mrs. Berg ont fini par convenir qu'ils aimaient sa présence. Elle est arrivée dans leur maison comme une tornade, a brillé nonstop comme un soleil pendant toute l'après-midi et est repartie le soir en laissant comme un vide. « C'est vraiment une bonne fille ! » a dit Mrs. Berg, égayée de cette visite inattendue. « La rumeur est une chose terrible », a reconnu Mr. Berg, qui pensait peut-être à Kim. Lui aussi avait été réchauffé par la visite de numéro UN.

L'association des sœurs Berg avec la fille du patron d'une boîte de nuit douteuse a surpris les membres du Miami Club, et leur a déplu. Mrs. Olivia Smith de Oliveira a fait des réflexions à son ami le président-directeur général, qui en a parlé à William Fowley, lequel en a parlé chez lui. Mal lui en a pris. Sa fille Tricia, d'ordinaire si effacée, lui a pratiquement sauté aux yeux. « Un vrai chat sauvage ! a-t-il dit à Mr. Berg. — Ah, lui a répondu celui-ci du haut de sa nouvelle sagesse, tu te plaignais qu'elle était molle et trop soumise. Maintenant tu te plains qu'elle est sauvage et qu'elle te résiste. Rappelle-toi ton fils Willie, tu as failli le perdre avec ton intransigeance. Ne fais pas la même chose avec Tricia. — Tout de même, a dit Mr. Fowley, cette Ruby, ce n'est pas une fréquentation... — Tu me déçois, a dit Mr. Berg. Ruby est charmante. Invite-la, tu verras. »

Ruby est arrivée chez les Fowley comme une tornade, a brillé toute l'après-midi comme un soleil, est repartie le soir en laissant comme un vide. « De toute façon, je n'ai pas le choix, a marmonné William Fowley, Tricia s'est entichée d'elle, et ma femme aussi, ce qui est le comble.

— Et toi aussi, mon vieux, mais tu ne veux pas le reconnaître », a dit Mr. Berg.

Cette phrase lui est venue toute seule, il en a été presque étonné. « Comment ça ? a dit Fowley. — Elle te plaît, a dit Mr. Berg, et si tu n'étais pas aussi hypocrite, tu le dirais ! » C'était une petite revanche, en somme, pour toutes les insinuations de son ex-associé concernant Kim. Mr. Berg avait tant aimé les belles pyramides de fruits que lui composait cette jeune fille, cela avait été une période si heureuse et innocente de sa vie. Mais Fowley ne comprenait rien à l'art et à la beauté, ne comprenait rien à l'amour de l'art et de la beauté. « Bah, c'est normal, a-t-il dit finalement pour calmer son ami. — Ruby est une fofolle, a répondu Fowley d'un ton sévère, et c'est bien à cause de toi que je laisse Tricia partir avec elle. »

Tricia Fowley a donc eu la permission de se joindre au quatuor des jeunes filles qui partent pour la France. Qu'espère-t-elle de ce voyage ? Rien de précis, rien d'autre peut-être que de se trouver un petit ami, même si c'est pour peu de temps. Depuis quelques mois elle a compris qu'elle ne serait jamais à la hauteur des ambitions de son père, elle est modeste et sait se contenter de peu. Avoir obtenu la permission de voyager avec ses quatre amies est le plus grand bonheur qu'elle ait connu. Elles sont toutes les quatre plus belles qu'elle, plus affirmées, plus rayonnantes. Loin d'en souffrir, elle se sent bien près d'elles, elle est comme la douce lune qu'éclairent les astres vivants, elle voudrait continuer à tourner dans leur orbite toujours. Et si par hasard un garçon pas assez beau et trop timide pour ces étoiles vient à elle, il trouvera bon accueil.

Tricia a une façon à elle d'envisager cette aventure. Cette façon n'est pas sans rapport avec son unique passion, les plantes d'appartement. Elle aime les plantes vertes, celles qui sont discrètes et se cultivent en pot, les étagères de sa chambre sont garnies de petites plantes de ce genre, bien soignées, bien arrosées, et gracieusement arrangées selon des affinités qu'elle est la seule à percevoir. « Je suis sûr qu'elle parle à ses plantes... a grondé William Fowley devant sa femme. — À qui la faute ? » a répondu celle-ci. William Fowley n'a pas compris comment ce pourrait être la faute d'un homme comme lui si une jeune fille américaine parle à ses plantes. « Elles sont folles », a-t-il dit à Mr. Berg. Cela veut dire : « Si seulement ma femme était comme la tienne et mes enfants comme les tiens ! »

Car depuis peu, William Fowley jalouse son ex-associé et cette jalousie le déconcerte. Il avait pris l'habitude de voir la famille Berg dans le souci. Du déclin de la famille Berg, il avait retiré l'énorme avantage d'éprouver de la compassion et de se découvrir fidèle en amitié. N'est-il pas celui qui maintes fois a accompagné et soutenu Mrs. Berg dans ces épreuves décourageantes qu'étaient les visites à la maîtresse d'école ? N'est-il pas celui qui a poussé Mr. Berg à revenir au Miami Club, payant même plusieurs fois de suite sa cotisation annuelle pour qu'il n'ait pas la honte de se voir exclu ? N'est-il pas aussi celui qui tant de fois l'a mis en garde contre un pessimisme exagéré à l'égard de cette pauvre petite Beauty ? Et qui a pris la peine de s'intéresser à Liza, qui a été le seul à prêter attention à ses insupportables discours, à lui donner la repartie, à la contrer, et finalement à la remettre dans le droit chemin ? C'est lui, toujours lui, William Fowley, et ce n'était pas si facile. Il avait d'autres chats à fouetter après tout, des susceptibilités à prendre en compte, celles du président-directeur général du Miami Club par exemple, de Mrs. Olivia Smith de Oliveira qui fait la pluie et le beau temps dans le domaine si redoutable de la moralité...

Et en fin de compte, qui sait si, sans son soutien ostentatoire (le soutien de William Fowley et celui de son fils Willie, bien sûr, mais Willie ne compte pas), qui sait si Beauty aurait été officiellement déclarée la gagnante du concours de beauté du Miami Club et de la ville de Miami ? Sans parler de la somme astronomique qu'il a versée comme contribution à ce même concours et qui est allée droit dans la poche de Mr. Berg, ou plutôt dans celle de Beauty, mais cela revient au même puisque c'est sur les fondations de cette fabuleuse recette (« la plus grosse de toute l'histoire du club », avait dit Willie et ce n'était pas une fanfaronnade) que la famille Berg avait pu remonter la pente et retrouver son lustre. Un lustre qui semble sur le point de dépasser celui de la famille Fowley.

William Fowley en vient à penser des choses peu gratifiantes. Comment des gens comme les Berg, des Européens finalement, des récents arrivés, peuvent-ils s'en sortir mieux en terre américaine que les Fowley, dont les ancêtres remontent aux premiers colons ? Cette pensée qui le décourage, il la confie à Mr. Berg d'ailleurs, après avoir pris deux ou trois verres au club avec lui. « Un Européen, moi ! s'exclame ce dernier. Mais, mon vieux, je n'ai jamais quitté la Floride ! » Et William Fowley est obligé de faire reculade, car oui, il est bien vrai que Mr. Berg n'aime pas voyager, c'était même un sujet de dispute lorsqu'ils étaient associés. « Voyage, toi, disait Mr. Berg, moi je garde la boutique. »

À l'occasion d'une de ces querelles, William Fowley avait commencé à nourrir des soupçons à l'endroit de Kim, dont il avait enfin découvert l'existence, et Mr. Berg pour la seule fois de sa vie peut-être s'était fâché très fort. « Un mot là-dessus et je mets mes avocats sur la manière dont tu as repris mes parts dans l'entreprise », avait-il dit.

Tout cela est du passé, de ces rudes souvenirs communs qui rendent les liens plus forts, l'un et l'autre finissent par en rire. Ils en reviennent au présent, « espérons qu'elles nous téléphoneront de temps en temps », disent-ils, pensant aux jeunes filles qui sont parties ensemble et dont ils pressentent bien que ce voyage n'est que le prélude à un envol définitif du nid familial. « C'est Tricia qui me tracasse le plus, finit par dire Fowley. — Je trouve que tu exagères, dit Mr. Berg, elle s'est beaucoup épanouie ces derniers temps. » Et comme Mr. Berg est probablement le seul homme honnête et sincère qu'il ait connu (c'était un défaut lorsqu'il était son associé, dans l'état de perplexité où il se trouve maintenant c'est une qualité), William Fowley reprend espoir.

Tricia en effet s'est épanouie. Son voyage loin de Mr. Fowley, Mrs. Fowley et Willie Fowley, lui a ouvert des perspectives nouvelles. Elle voit son aventure avec un garçon en France comme l'une de ses plantes, une aventure discrète, petite, qui tiendra dans l'espace de son voyage comme dans un pot. Elle se dit qu'elle ne parlera pas à sa famille de cette aventure, ni à son père, qui s'empresserait de la saccager, ni à sa mère qui la gâcherait par ses questions indiscrètes, ni à son frère Willie dont elle redoute les sarcasmes. Ce sera une petite plante rien que pour elle, et autour de laquelle ses quatre amies, Liza Tania Beauty et Ruby, feront comme un cercle bienveillant et protecteur.

Voilà ce que pense Tricia dans l'avion, tout en riant et bavardant trop fort, parce qu'elle aussi a bu du champagne, parce que malgré tout elle est américaine, fille d'un pays plein d'espace, où les habitants balancent les bras sans peur, sûrs que, si elle croise leur chemin, la grande roue empanachée et tournoyante du monde pivotera sur sa base et roulera vers eux comme vers son centre, comme vers son aimant naturel.

Les quatre jeunes gens s'envolent vers l'Amérique, pleins de joie et de rêves, et les cinq jeunes filles s'envolent vers l'Europe, pleines de joie et de rêves aussi. Les avions, comme leurs rêves, se croiseront au-dessus de l'Atlantique, puis ils ne se croiseront plus. Beauty recevra la carte portant pour tout texte une signature griffonnée, elle verra la pyramide de fruits, « mais c'est la pyramide de Kim », s'exclamera-t-elle. Une telle coïncidence, c'est un miracle, les miracles ont force d'autorité, qui pourrait y résister ?

Le rêve américain de Robin et le rêve européen de Beauty s'entrecroiseront et se mêleront, ils voyageront ensemble, Robin rencontrera la famille et les amis de Beauty, Beauty rencontrera la famille et les amis de Robin.

Ils prendront beaucoup de photos.

Sur l'une d'elles on devine en fond la façade blanche de la maison de Miami, une balancelle occupe le premier plan, au centre de la balancelle on reconnaît Robin, bronzé, radieux, et largement déployé. De part et d'autre de Robin sont assises deux ravissantes jeunes filles en short, il a passé les bras autour d'elles et elles se serrent contre lui.

Derrière Robin, le visage penché sur le sien, pris avec lui dans le plein éclat du flash, et souriant, se tient Mrs. Berg. On distingue mal le visage des jeunes filles, car elles sont tournées vers Robin et leurs cheveux ont coulé en deux nappes blondes et ondoyantes qui les masquent en partie. Mais, sans aucun doute possible, il s'agit des jumelles, Liza et Tania. Mr. Berg était derrière l'appareil, on ne le voit donc pas. C'est une photo très réussie, pleine de couleurs, rehaussée par l'exubérance des fleurs tropicales, des palmiers et des bougainvillées que Mr. Berg a su parfaitement cadrer.

Juste à côté de celle-là sur l'album des Berg, il y a une autre photo moins réussie sans doute, mais que Beauty a tenu à conserver. Cette photo-ci est prise dans un halo bleuâtre qui lui donne une atmosphère étrange, presque angoissante. Celui qui l'a prise l'a fait très vite, sans prendre le temps d'enclencher le flash, sous le coup d'une inspiration subite, inquiète peut-être. Sur le rebord d'une étendue aux reflets incertains et qui ressemble à un énorme nénuphar liquide, on devine une silhouette solitaire, des jambes très hautes et très minces comme celles d'un héron, un visage qui se perd dans une brume lumineuse et pourtant sombre. Personne ne se rappellera avoir pris la photo. « Tu as l'air d'une extraterrestre là-dessus, a dit Robin. — Justement », a répondu énigmatiquement Beauty. Cette photo, elle voudra qu'il la garde dans son portefeuille, plutôt que l'un quelconque des splendides clichés qu'auront pris d'elle les photographes professionnels au cours de sa fulgurante carrière.

Robin donc la portera contre son cœur, souvent il la sortira pour la regarder, et ses sourcils alors se fronceront avec perplexité comme lorsque, enfant, il avait lu le commentaire de sa professeur de français en marge de son premier devoir, la rédaction sur le pigeon. Mais il la remettra dans le portefeuille, contre son cœur, et lorsque ses copains voudront voir la belle Américaine de Miami, c'est bien cette photo-là qu'il sortira pour la leur montrer.

Il y a aussi une photo qui n'est pas dans l'album des Berg mais que Robin a montrée à madame Carel et que celle-ci a gardée quelque part dans un tiroir. On y voit, inondée de lumière dans tous ses détails remarquables, la fameuse cuisine blanche de Miami, création très coûteuse d'un styliste en vogue, et quelqu'un en contre-jour devant l'une des vastes baies, le bras tendu, comme s'il voulait désigner à l'attention de tous l'objet de son admiration enthousiaste. « On dirait un agent immobilier en train de vanter la maison », s'exclamera la famille Berg, sans doute hantée par un mauvais souvenir d'une époque heureusement passée. Mais madame Carel reconnaîtra très bien le bras de Robin, et comme Robin l'avait deviné, elle trouvera beaucoup d'intérêt à cette cuisine qui lui ressemble si peu.

Il y a aussi de nombreuses photos de groupe à Paris.

L'une d'elles rassemble presque tous les jeunes gens de cette histoire. Sur la gauche Éric, le visage rendu presque méconnaissable par ce qui doit être un éclat de rire, puis collée contre lui et le tenant fermement par le cou et également collée contre Stéphane qu'elle tient fermement de la même façon vient Ruby, les seins opulents sous le T-shirt, puis Robin et Beauty, hiératiquement droits et solennels au milieu, puis Philippe et Tricia discrètement penchés l'un vers l'autre, puis Tania qui brandit victorieusement un ballon, puis, un peu sur le côté, souriant avec une certaine condescendance, mais souriant largement néanmoins, Liza. Les garçons portent le short et le T-shirt bleu du Racing Club et les grosses chaussures de volley-ball, les jeunes filles également, ce qui leur donne des airs de lutin, car bien sûr les vêtements prêtés sont trop grands, seule Beauty est en noir, petite guimpe au-dessus du nombril, pantalon strict, chaussures plates.

La photo a été prise par le directeur honoraire, Pierre de Sevran, leur ami à tous. Agrandie et encadrée, elle trône dans son bureau du Racing Club. Pierre de Sevran est leur esprit tutélaire, le témoin bienveillant d'une saison qui leur paraît aller de soi, à laquelle ils ne réfléchissent pas, mais dont sûrement ils pressentent la fragilité. Par son grand âge, Pierre de Sevran a apposé sur la photo comme la garantie d'une durée hors du temps. Il lui a donné sa légitimité.

Sur ces photos, n'apparaissent ni Émilie, la copine d'enfance de Robin, ni Willie, le copain d'enfance de Beauty.

Émilie est à Bruxelles, Willie à Los Angeles, ces villes ne sont pas pour l'instant sur le chemin de Robin et Beauty. Cependant l'un et l'autre auront reçu des cartes postales, quelques mots « hello, salut, bises » et, jetées hâtivement dans tous les sens, de multiples signatures qui ne leur auront pas nécessairement fait plaisir.

Willie et Emilie sont deux i qui ne sont pas là mais qui attendent leur heure, on ne sait pas si cette heure viendra, leurs chances néanmoins ne sont pas à négliger, l'amour peut faire beaucoup de détours et nul n'en connaît le but. Willie veut être producteur de cinéma, il est moins excité qu'à l'époque de son grand coup au Miami Club et plus précis dans ses ambitions. Émilie a perdu l'allure imposante qui lui venait de sa mère normande et faisait d'elle une petite fille agressive, elle a le teint de miel de son père martiniquais, les langues et l'interprétariat la passionnent, elle n'a plus rien d'un garçon manqué.

Willie pose ses jalons en Amérique, Émilie pose les siens en Europe, qui sait si les oiseaux transatlantiques ne viendront pas un jour chercher leur nid auprès d'eux ?

Il y a d'autres photos, à New York dans l'album de Brad, dans l'album de Jim, où l'on retrouve les mêmes, tous ou en partie, avec des battes de base-ball à Central Park, assis à Riverside sur les marches du monument aux héros, se tenant par l'épaule dans l'allée de l'UNIS, sur l'esplanade de l'ONU. Monsieur Carel en a reçu certaines, il les a mises sous verre dans son bureau.

Toutes ces photos circuleront beaucoup. Elles échoueront çà et là, au gré de chacun ou au hasard. Finalement Robin n'en aura qu'une en sa possession, l'étrange photo au nénuphar et au héron. Beauty aura trop à faire avec ses albums professionnels, ses « press-books », pour se soucier de s'en constituer un personnel.

Lorsqu'ils y penseront, ils se diront qu'ils pourront toujours les retrouver, qu'il suffira de demander à un tel ou un tel.

Ils penseront qu'ils ont tout le temps.

Ainsi qu'on pourrait le deviner en regardant attentivement l'une de ces photos, Tricia a eu son aventure, son aventure à elle avec un garçon en France. Les jeunes filles sont beaucoup sorties à Paris, parfois sans Beauty, trop occupée par les défilés, mais souvent ensemble tout de même, toujours pilotées par Ruby qui s'est d'emblée établie sur un plan de familiarité avec la ville (mais il en sera de même à Londres, à Rome, à Berlin, à Madrid). Elles attiraient l'attention, les cinq jeunes Américaines, et ne manquaient pas de poursuivants. Ruby, Beauty et Liza ont intimidé Philippe, chacune pour des raisons différentes, et Tania aussi en sa qualité de jumelle de la plus intimidante de toutes. Mais Tricia ne lui a pas fait peur.

C'est avec Philippe que Tricia a eu son aventure. Ils ont mangé beaucoup de cacahuètes et de croissants ensemble, et pour une fois les autres n'en ont rien su. Philippe n'a pas grossi, peut-être parce qu'il a énormément marché avec Tricia, dans le marché aux fleurs de l'île de la Cité et sur le quai de la Mégisserie.

Ruby a entraîné Éric et Stéphane dans son sillage, elle les a aimés tous les deux en même temps (elle aurait pu aimer Robin et Philippe aussi, mais c'est une bonne camarade, et elle sait tenir son appétit, la rigolade d'accord mais pas les ennuis). Elle est allée à une réunion de militants avec Éric, « nice guys », a-t-elle dit avec sincérité. Puis, pendant une semaine au moins, elle a tout su concernant les systèmes d'irrigation dans les villages africains où a travaillé Stéphane. Elle aime la France parce qu'on peut y avoir deux amants en même temps au vu et au su de tout le monde, et même des intéressés. « Nice country », dira-t-elle. Il n'est pas sûr que, une fois revenue chez elle en Floride, elle ne voie pas tout cela comme une expérience de touriste et la France comme un pays de rigolos. Nul ne sait encore, et pas même elle, que son véritable rêve est probablement un mari et de nombreux enfants.

Pendant tous ces voyages, Liza, qui a désormais des ambitions politiques, s'en tiendra aux relations de travail et Tania préférera les hommes plus âgés, des Américains tout de même, de ceux qui ont choisi l'Europe parce que c'est une façon honorable d'échapper au grand aigle américain qu'ils refusent. Il se peut que Tania soit la seule qui reste en France et s'y établisse pour de bon. C'est en tout cas ce que prédit Alina, l'ancienne maîtresse d'école de Beauty, répétant les paroles de son nouvel ami, le psychologue scolaire. « Il faut parfois un océan entre des jumelles », a-t-il dit. À quelle jumelle pensait-il, à quel océan ? Il n'a pas précisé s'il s'agissait de l'Atlantique et de Tania, mais c'est ce que tout le monde a cru, et c'est peut-être suffisant pour déterminer un destin.

Pendant ce temps, que disent les grand-mères ?

Elles s'inquiètent du chômage, elles redoutent les discordes qui couvent en Europe, rappellent leurs souvenirs d'avant-guerre. « Ces jeunes sont insouciants », disent-elles. Madame Carel se met en colère. « Laissez-les, dit-elle, ne leur faites pas peur. — Ils ne sont pas préparés, disent les grand-mères, ils ne veulent rien savoir. — Se préparer ne sert à rien, dit madame Carel, et quand ce qui doit arriver arrivera, ils en sauront autant que tout le monde. » Elle pense : « Étiez-vous mieux préparées, vous ? Quel autre devoir y a-t-il que de vivre lorsqu'il en est temps ? » Robin téléphone, demande comment vont les grand-mères. « Elles vont très bien, tout va très bien », dit madame Carel. Puis elle appelle monsieur Carel et lui demande : « Les grand-mères ont-elles raison de s'inquiéter ? » Monsieur Carel rigole. Il a l'habitude de ces crises soudaines. « Ne t'en fais pas », dit-il.

Puis il raconte qu'il a reçu une lettre, oui une lettre, devine de qui ?

— Adrien ? dit madame Carel.

— Tu n'y es pas du tout ! Bien plus extraordinaire que cela. Une lettre, allez devine...

Madame Carel ne devine pas.

— Une lettre de Tonio, figure-toi !

Et que veut Tonio ? Il veut savoir si par Robin il ne pourrait pas avoir des places d'avion à tarif réduit pour aller à Cuba, maintenant qu'on peut aller à Cuba. Par Robin, par celui qu'il appelait le « demonio », lui Antonio, le super-intendant fanatique, le roi des voitures cassées, l'ennemi juré des enfants ! Monsieur et madame Carel n'en peuvent plus de rire.

— Enfin c'est ce que j'ai cru comprendre, ce n'était ni vraiment de l'espagnol ni vraiment de l'anglais, et l'écriture, on dirait des pattes de... des pattes de...

— De cafard d'eau ! s'écrie madame Carel.

Monsieur Carel sait très bien de quoi elle parle.

Les voilà partis dans une longue conversation animée, pleine de moitiés de phrases et d'exclamations, incompréhensible pour quiconque en dehors d'eux, bien loin des inquiétudes des grand-mères, du chômage, de la guerre, et de tout ce qui peut arriver d'affreux dans la vie.

Deux fois par an : les présentations de collections et les défilés de haute couture à Paris. Plusieurs fois par an : les déplacements aux États-Unis pour l'aviation civile. Entre-temps, les vacances. Beaucoup de voyages, beaucoup d'aéroports, les avions sillonnent le ciel au-dessus de l'Atlantique.

Robin ne se lasse pas de la langue américaine, ne se lasse pas des rues de New York et des plages de Floride, l'avion l'entraîne tel un ballon magique, il va et vient d'un continent à l'autre, c'est sa respiration, la respiration de sa jeunesse, c'est un enfant transatlantique, est-ce lui-même ou le monde qui devra changer, pour que change cette respiration ? Et de ces changements combien en faudra-t-il, de nombreux et menus, un seul et énorme ?

Beauty ne se lasse pas de l'Europe. Elle aime Miami bien sûr, c'est sa ville, mais comme elle l'avait pressenti tout enfant, là n'est pas le lieu qui convient à la petite sirène maîtresse de son destin. Il lui faut les parapets anciens du vieux continent, le front massif des façades, les rues et les cafés où depuis des siècles s'échangent les regards, et même le temps gris et même l'austérité. Sous le soleil de Miami poussent et croissent à l'infini les jolies filles semblables à Ruby. Mais c'est en Europe que l'exigeante petite sirène cherche la beauté à laquelle elle aspire, la beauté abstraite et impersonnelle qui s'épanouit sur les podiums au temps des grands défilés.

Là, sous les yeux des plus grands connaisseurs du monde, vêtue des atours les plus raffinés, parée et exaltée par les génies de la haute couture, chaque mannequin est la fière et respectueuse servante de la Beauté.

Les mannequins défilent. Pas une ne peut prétendre être la Beauté elle-même. Elles ne sont toutes que sublimes tentatives, images éphémères d'une Idée qui ne peut s'incarner sur cette terre. C'est ce que n'a pas compris Ruby. Ruby n'a eu d'autre ambition que d'être la gagnante d'un concours. Son ambition se limite à sa personne. Opulente et aguichante, toujours sur le qui-vive de la séduction, elle occupe entièrement son corps. Mais elle ne sait pas s'effacer devant l'Idée de la beauté. Ruby ne fera pas une grande carrière dans ce métier.

En dehors du podium des défilés de haute couture, Beauty s'habille simplement, toujours en noir, ne se maquille pas, ne cherche pas à frapper les regards. Seule sa démarche et son éblouissant sourire révèlent ce qu'elle est et qui elle sert.

Si Platon l'avait connue, peut-être l'aurait-il prise en exemple pour sa célèbre théorie, et peut-être l'aurait-il aimée. Car si notre monde n'offre que les pâles reflets d'un monde parfait, certains de ces reflets semblent approcher parfois de si près leur modèle, le modèle inconnu à tout jamais inaccessible, qu'on ne peut qu'être saisi d'amour et cet amour aussi n'est que le reflet d'un amour plus vaste interdit aux humains.

Si Phidias l'avait vue, peut-être l'aurait-il sculptée. Et certes il aurait peint de bleu les iris et de rouge les pommettes et placé des drapés et donné au visage les traits d'un être de son époque. Mais un jour, le temps effaçant les couleurs et détails superflus, son œuvre de marbre aurait révélé ce qu'elle abritait secrètement, l'une des formes très pures de la beauté abstraite.

Peut-être, et ainsi de suite le long des siècles jusqu'à nos jours.

Beauty ne sait rien de tout cela, elle accomplit son destin. Dansant parmi les vaguelettes d'une piscine bleue de Miami, éblouissant les yeux d'un bébé solitaire et disgracié, il s'était présenté pour la première fois il y a des années, puis avait attendu, veillé par une petite sirène silencieuse et patiente, jusqu'à ce que la pluie d'or des regards du Miami Club l'amène à la surface, sous la forme d'une jeune fille très belle, née d'un seul instant, droite et fière sur ses longues jambes, prête enfin.

Scrupuleusement, Beauty accomplit son destin.

Les rêves de Beauty et Robin s'enlacent et se mêlent. Leurs rêves valent ce que leur présent peut en faire, le présent n'est pas le temps du conteur, le temps du conteur est celui du passé, un passé qu'il constitue à partir de bribes vécues, entendues ou imaginées, pour l'unique besoin de sa cause, ou bien celui du futur, un futur qu'il constitue de même et de façon tout aussi hasardeuse, ou bien encore (mais il s'agit de la même chose) ce présent de narration qu'affectionne la langue française et qui n'est qu'un passé ou un futur déguisés, ou les deux mêlés, pour faire plus vrai et donner plus de puissance au récit.

Il ne saurait être le présent de deux êtres vivants, celui de l'irrésistible, de l'invincible réalité que seuls ils doivent découvrir.

19

ALLONS-NOUS
ÊTRE HEUREUX ?

Robin et Beauty donnent une grande soirée. Tous ont répondu à l'appel, les copains du Racing Club et du bureau de l'aviation civile, les copains de l'agence de mannequins, et bien sûr les intimes, Éric, Stéphane et Philippe d'un côté, Liza, Tania et Tricia de l'autre côté. Seule manque encore Ruby, qui est à Miami.

Pierre de Sevran l'appelle de son bureau au Racing.

Sur le mur principal, à côté de la fenêtre, trône la grande photo de tous les jeunes gens réunis. Sous cet angle, on dirait que Ruby se détache du groupe, son corps opulent éclipse celui des autres, elle semble la vie en personne.

— Si c'est toi qui appelles, cela aura plus de poids, dis-lui que la soirée est en ton honneur, dis-lui qu'elle est obligée de venir...

Les garçons sont autour du vieil homme, ils le pressent gentiment. Ils viennent d'inventer ce prétexte à la soirée, mais aussitôt ils savent qu'en effet c'était bien pour lui que cette soirée devait se faire. Ils rient et chahutent, plus fort que d'ordinaire peut-être.

— Dis-lui que si je suis venu d'Afrique, elle peut bien venir de Miami, veut ajouter Stéphane, mais quelque chose se coince dans sa gorge, il n'arrive pas à finir sa phrase. Il jette un coup d'œil à Robin, leurs regards se croisent.

Le vieil homme est en train de composer le numéro de Miami. Ses mains tremblent, il se trompe, recommence.

— Dis-lui que c'est en ton honneur, n'oublie pas, murmure Robin, se penchant brusquement vers lui et l'entourant de ses bras.

— Ruby ? dit le vieil homme dans l'appareil.

Ils se taisent, tous. Mais ce qu'ils écoutent, ce n'est pas la réponse de Ruby. Ils écoutent la voix de leur vieil ami et mentor, cette voix qui les a si souvent encouragés et grondés dans les salles de sport et tout à l'heure encore avait résonné avec force des gradins et semblait devoir les accompagner toujours. Dans le silence du bureau, elle leur paraît soudain faible, presque chevrotante.

— Alors ? dit Pierre de Sevran, en reposant l'appareil.

Son visage aussi a changé, ses cheveux ont blanchi, de grosses veines tordues sont apparues sur ses mains. Se peut-il que tout cela soit arrivé en quelques heures ?

Les garçons ne bougent pas, ils le regardent.

— Alors on ne me remercie **pas** ? J'offre le voyage à cette péronnelle que je connais à peine et vous ne dites rien ?

— Elle vient ? dit enfin Éric.

— Qu'est-ce que vous avez, dit le vieil homme, vous n'avez pas entendu ? Oui, elle vient.

Et comme personne n'applaudit, il se méprend.

— Elle avait l'air un peu bizarre, dit-il, c'est cela qui vous tracasse ?

Aussitôt les garçons sautent sur cette phrase, se lancent dans une série de plaisanteries.

— Ah ah, disent-ils, c'est toi qui es bizarre, elle te plaît Ruby, n'est-ce pas, la soirée ne t'intéresse pas sans elle, n'est-ce pas, avoue, allez avoue, c'est la femme de ta vie, tu en as marre de nous...

Pierre de Sevran rit, tout est comme toujours, il les invite au restaurant à côté du Racing, et les insouciants, les égoïstes oublient vite cette voix faible et chevrotante qu'ils ont dû imaginer dans leur fatigue d'après le match, cette voix qui en aucun cas ne peut être celle de leur chef, de leur mentor, de leur ami de presque toujours. D'ailleurs on ne voit plus ses cheveux blancs, ni les grosses veines sur ses mains. Les jeunes gens ne pensent pas à Ruby, non plus.

Ils pensent à la soirée qu'il faut préparer.

Robin a téléphoné à Annie. Adrien a quitté New York lui aussi, il n'est plus le responsable de son entreprise de cosmétiques pour tout le secteur des Amériques, il est maintenant au siège central à Paris, dans le dernier goulot d'étranglement avant le poste final de directeur général. Il possède près de l'Étoile un vaste appartement qui convient particulièrement aux grandes soirées. « O.K., a dit Annie, ça tombe bien, Adrien est en Asie, je vous préparerai un dîner debout, viens seulement m'aider à installer le grand salon ! »

Madame Carel, mise au courant, a balbutié : « Tu vas la déranger. — Mum, a dit gentiment Robin, elle me l'a proposé. »

Monsieur Carel a dit que la soirée aurait pu se faire

chez lui. « Pop, a dit Robin, c'est trop petit chez toi ! — Trop petit, trop petit, a grondé monsieur Carel, tu veux inviter la terre entière ou quoi ? » Mais, comme d'habitude, le même jour, il a viré un chèque sur le compte de Robin. « Autant prévenir que guérir », a-t-il dit à madame Carel.

Beauty s'est fâchée contre Robin, elle a dit que c'était à elle de payer, qu'elle avait trop d'argent de toute façon.

« Pas d'accord, fiston, a dit monsieur Carel à Robin, la pauvre petite aura bien besoin de son argent un jour, elle ne pourra pas toujours être mannequin, hein ! »

— C'est mon père tout craché, ça, dit Robin à Annie en l'aidant à déplacer un fauteuil dans le grand appartement de l'Étoile.
— Aieh, dit Annie.
— Qu'est-ce qu'il y a ?
— Mon dos, dit-elle, attends une seconde.

Annie s'assoit dans le fauteuil, elle souffle lourdement. Robin regarde cette grande et solide femme qui l'a toujours impressionné. En fait, elle lui fait encore un peu peur. Peut-être n'a-t-il pas oublié ce jour de son enfance, à Dune Road, Long Island, où elle soulevait avec tant d'énergie leurs bagages dans le coffre de la petite Austin jaune, tout en disant allégrement à madame Carel « moi aussi, ça m'arrive de me tromper de route, surtout quand les gosses se chamaillent à l'arrière ». Robin n'avait pas aimé cette réflexion, il n'était pas un gosse, il ne s'était pas chamaillé, sans lui madame Carel aurait perdu son chemin, comme il trouvait les adultes injustes !

Il revoit tout cela en un instant, le démarrage

brutal de l'Austin devant la maison de bois, l'errance sur la route envahie de nuit, la voiturette de hot-dogs devant le supermarché éteint, il entend ses propres paroles d'enfant, « je ne veux pas retourner là-bas, mum, never ! », il entend le roulement lointain des vagues, il entend le bruit du ballon, si menu, si solitaire... C'est étrange, ces choses qui lui reviennent, lui qui ne pense jamais à son passé. Elles font un brouillard de sensations floues au centre duquel il entend un tap tap, sourd, ralenti, comme chargé de pensées lourdes, celui de son ballon qui venait de rencontrer sa première défaite, qui venait de prendre la mesure de sa place dans le monde, qui ne croyait plus en Batman...

Le tap tap bat loin dans sa tête, quelque part à la base de la nuque. Est-ce un début normal pour une soirée ? Fallait-il amener ses copains, sa vie, ici dans ce vaste appartement trop luxueux et qu'il connaît à peine ? Une vague envie de pleurer l'étreint.

Robin est désemparé, puis aussitôt, comme sur le terrain de volley-ball lorsque le ballon qu'on a lancé avec toute sa conviction est tombé hors de la ligne, il se ressaisit. Ce mouvement est inscrit dans ses muscles, il se fait tout seul, Robin se redresse.

— Écoute, dit-il à Annie, tu me dis ce qu'il faut faire, mais toi tu ne bouges plus, O.K. ?

— Bon, dit Annie.

Robin se met à pousser un canapé.

— C'est comme ça, dit Annie. Adrien est en pleine forme, il voyage tout le temps, il est au sommet de sa carrière, les enfants sont contents dans leurs universités américaines, ils n'ont plus besoin de moi, personne n'a plus besoin de moi.

— Mais non, dit Robin mal à l'aise.

— Toi, ce n'est pas pareil, tu comprends les choses, tu es plus mûr, à cause de tes parents, la séparation, pas beaucoup d'argent, tout ça...

Robin ne répond rien. Sa vie, ainsi résumée, ne lui paraît pas être la sienne. Le mot « mûr » lui fait une impression désagréable. Cela lui arrive encore, des mots qui le surprennent, qui le prennent en traître, comme autrefois le mot « veuillez ». Il traduit pour lui-même en anglais, « mature ». Mature, cela va mieux. Il resserre sa prise sur le canapé, il lui semble qu'il pousse ce canapé depuis plusieurs kilomètres. Annie continue de parler, elle se tient un peu déhanchée contre l'accoudoir du fauteuil, les deux mains collées aux reins, il s'aperçoit qu'il n'a pas écouté...

— Tu veux que je te masse le dos ? dit-il brusquement.

— Ma foi oui, dit Annie, je mérite bien ça, non ?

Dans la chambre, elle enlève son chemisier, son soutien-gorge, descend sa jupe, s'étend sur le lit.

— Adrien n'a jamais le temps, dit-elle.

— On a l'habitude, nous, dans le sport, dit Robin en posant les mains sur le dos meurtri. On a toujours mal ici ou là.

— Je ne lui reproche rien, dit Annie, il travaille beaucoup.

— Je n'ai pas envie de faire une carrière, dit Robin, je veux continuer à jouer au volley.

— Je l'ai beaucoup aidé, dit Annie, et puis on arrive à cinquante ans, et voilà c'est comme ça.

Le dos que masse Robin ne ressemble pas aux dos de ses camarades du volley-ball, ni bien sûr au dos de Beauty, qui est si droit et si fin. Il y a des bourrelets, cela fait une drôle d'impression sous les doigts, il ne retrouve pas bien les muscles, il a un peu mal à la tête.

Des idées lui passent dans la tête, il pense à sa mère, à ce jeune homme qu'il avait vu une ou deux fois avec elle, il y a très longtemps dans Central Park, qu'il avait détesté sur-le-champ sans trop comprendre pourquoi, il pense à monsieur Carel, à Mr. Berg, à cette jeune fille Kim dont Beauty a fait un tel épouvantail, des phrases fusent dans sa tête, des phrases qu'il ne savait pas avoir entendues, « pas de femme chez moi avant que Robin ait fini le lycée », « c'était terrible, terrible, cette fille avec mon père », « tu es dans un cercle et tu n'oses pas en sortir », comme les histoires de couples sont étranges et difficiles, sa nuque lui fait de plus en plus mal, cette femme, là sur le lit, cherche-t-elle des caresses, un réconfort, combien de temps cela va-t-il durer, en attendant il s'applique et masse, masse...

— Ouf, ça va mieux, dit Annie en se relevant, on va pouvoir finir d'installer le salon.

— Je peux prendre une aspirine ? dit Robin.

— Ah, dit Annie, ne me dis pas que tu es déjà fatigué, on a encore les portes vitrées à démonter !

Elle a exactement la même voix qu'à Dune Road, une voix qui porte dans le vent, qui donne des ordres, pleine d'assurance et de vigueur.

— J'adore ça, dit-elle en riant, j'adore préparer les soirées...

Robin va et vient, soulève, démonte, transporte. On sonne, trois messieurs se présentent, en costume sombre et portant solennellement de grandes boîtes carrées empilées. Robin a un coup au cœur, il lui semble voir trois croque-morts, lui qui n'en a jamais vu, il a envie qu'ils déguerpissent, « partez, partez, il n'y a pas d'enterrement ici... »

— Les extras, dit Annie.

— Mais... dit Robin.

— Ne discute pas, dit Annie, je n'ai pas envie que vous mettiez mon salon à feu et à sang. Ils serviront, ça fera moins de dégâts.

Robin n'a pas le temps de discuter, car déjà les premiers invités arrivent. Ce ne sont pas ses invités à lui, il ne les connaît pas, heureusement Annie les reçoit, les installe, les invités ont l'air très contents de bavarder avec elle, finalement Robin décide de prendre une aspirine.

Il est encore dans la salle de bains, assis sur le rebord de la baignoire, à remuer le fond du verre où nagent quelques points blancs, lorsque Annie vient lui faire ses dernières instructions, un manteau sous le bras et prête à partir.

— Je vais à l'Opéra et ensuite chez ma sœur, appelle-moi demain matin, dit-elle.

— Merci, dit Robin.

— Au fait, comment vont tes parents ?

— Mes parents ?

— Toujours pareils, je suppose, dit Annie.

— Ils sont à la Martinique, dit Robin.

— À la Martinique ? s'exclame Annie.

— C'est-à-dire que...

— Ensemble ?

— Mon père a un copain là-bas qui l'a invité, et sa femme a invité ma mère, et mon père a dit que deux voyages séparés c'était idiot, enfin plus cher, alors, oui, ils sont partis ensemble...

— Je ne comprends pas tes parents, dit Annie, je

ne les ai jamais compris, et cette fille, ce mannequin, comment elle s'appelle ?

— Beauty.

— Et tu veux épouser un mannequin ?

— Mais...

— Je ne te le conseille pas. Et pense à ta carrière. Le volley, ce n'est pas sérieux. Prends modèle sur Adrien. Au revoir. Et n'oublie pas de m'appeler demain matin, mets le réveil !

Elle a déjà quitté la pièce.

— Un réveil, pourquoi, pourquoi ? crie Robin qui la suit.

— Il faut bien te réveiller, non, crie Annie au bout du couloir.

Robin dans son élan bute sur elle. Annie s'est arrêtée net, semble figée sur place de stupeur.

Beauty est arrivée.

Elle est là, au milieu du salon, dans le vaste espace vide où les longues lames brillantes du parquet semblent toutes converger vers elle, elle porte un fourreau noir, des chaussures plates, pas un bijou. Ses épaules nues irradient une lueur presque surnaturelle, sa peau a capturé toute la lumière éparse dans la pièce, elle est très grande, on dirait la statue d'une déesse antique. Les invités déjà présents se sont brusquement levés, ils se tiennent immobiles le long du mur, Robin et Annie avancent en silence à travers le salon, Beauty ne bouge pas, les regarde avancer, le visage sévère, sans faire un geste.

— Annie, voici Beauty, dit Robin.

Alors sur le visage de Beauty s'ouvre un grand sourire, un sourire semblable à un éventail éclatant et soudain le salon silencieux s'anime, des brises semblent circuler, des murmures s'élèvent, les verres tintent.

— C'est Beauty, répète Robin.

Il se retourne, Annie est déjà partie, mais on entend sa voix qui flotte à travers l'espace vide : « Passez une bonne soirée, amusez-vous, dansez... »

— Quoi ? crie Robin.

— Soyez heureux, s'élève la voix d'Annie de la cabine d'ascenseur qui l'emporte.

— Comprends pas, dit Robin, se retournant à nouveau.

Beauty à son tour a disparu.

Le salon est plein de monde maintenant. C'est à peine si l'on peut bouger. Pourtant on danse, et d'autres invités arrivent encore.

— Il faut que je monte le réveil, dit Robin.

Mais il n'a pas le temps, Stéphane et Éric sont à la porte, casques de moto à la main et bouteilles de champagne dans les casques de moto.

— Il faut que j'aille me laver les dents, dit Robin.

Pas le temps, voici Philippe et Tricia, portant entre eux deux une plante en pot, ornée d'un ruban et très grande.

— Le réveil...

Tania et Liza surgissent de l'ascenseur, en grandes robes de bal, tournent autour de lui, lui attrapent le cou.

— Me laver les dents...

— Qu'est-ce qu'il a avec son réveil et ses dents ! se mettent à crier les autres. Il devient fou !

— J'ai encore de l'aspirine dans les dents, ça grince, essaye d'expliquer Robin, mais personne ne l'entend.

Depuis le début de la soirée, il lui semble percevoir quelque chose d'inhabituel dans l'air, comme si de plusieurs points de l'horizon des vents égarés cherchaient cet espace où ils se tiennent tous, comme s'il entendait leur souffle, loin encore, parfois d'un côté parfois d'un autre, mais incessant, lancinant, les enveloppant dans un nuage de vibrations. « Comme l'approche d'un ouragan, j'ai connu ça à Miami », dira Beauty un peu plus tard dans la soirée. Robin à un moment se dira « tout cela est peut-être une erreur », puis il oubliera aussitôt.

Les trépidations sont celles du parquet, qui tremble sous les pas des danseurs, des courants d'air filent et s'entrechoquent entre les fenêtres ouvertes, la musique fait vibrer les murs. Pourtant les jeunes gens n'arrivent pas à entendre la musique, le téléphone obstinément semble les en empêcher, le téléphone crie comme une sirène dans la brume, sonneries à intervalles répétés, comme pour avertir, comme pour prévenir...

Mais de quoi, et qu'auraient-ils pu faire ? Et qu'y a-t-il à faire ?

— Silence, crie Stéphane d'un coin du salon, c'est Pierre !

— Pierre qui ?

— De Sevran, idiots.

Un peu de calme se fait, pas assez pour permettre d'entendre, trop pour ne pas voir l'expression sur le visage de Stéphane.

Stéphane fronce les sourcils, il a l'air perplexe.

— Qu'est-ce qu'il a dit ? demandent les autres après qu'il a raccroché.

— Il a dit « soyez heureux... »

— Quoi ?

— « Soyez heureux », c'est tout.
— Qu'est-ce que ça veut dire ?
— Je ne sais pas.

Quelques secondes après, le téléphone sonne à nouveau.

— Quelqu'un de la Martinique, crie à la ronde le serveur qui a pris l'appel.

Robin se précipite.

— Mum, dad, crie-t-il, tout essoufflé.
— C'est Émilie, ne crie pas, tu n'es pas sur l'océan !
— Ça va ! dit Robin, qu'est-ce que tu fais là-bas, où sont mes parents ?
— Je suis en vacances, dit Émilie, les parents se promènent, t'inquiète pas, le volcan n'est pas en éruption.

Clac, fin.

— Il y a un volcan à la Martinique ? demande-t-il à Stéphane en passant contre lui dans le couloir bondé.
— Me semble. La Soufrière. Ou c'est à la Guadeloupe.
— Quelle connerie ! siffle Robin.
— Merci bien ! dit Stéphane.
— C'est pas toi, c'est le volcan.
— Je ne sais pas ce qu'il a, dit Stéphane à Éric, c'est plus le réveil et les dents maintenant, c'est un volcan.

Le volcan hante Robin un bon moment.

— Je ne sais pas ce que j'ai, dit-il à Philippe qu'il heurte à l'entrée de la salle à manger, les mots me collent au crâne.
— T'en fais pas, dit Philippe.
— M'en faire pourquoi ?

— Je sais pas, dit Philippe, on s'en fait tous.
— De quoi tu parles ?
— Je sais pas, on se demande si on va être heureux, c'est ça, non ?

Robin hausse les épaules, il tombe sur Tricia un peu plus loin.

— Philippe est givré ce soir, dit Robin à Tricia, tu devrais t'occuper de lui.

Tricia va voir Beauty, lui dit que Robin est un peu givré ce soir, qu'elle devrait s'occuper de lui.

— Je m'inquiète pour Ruby, dit Beauty.
— Ruby ?
— Elle devrait être là depuis longtemps.
— Elle n'est peut-être pas partie.
— Téléphonons à Miami.
— Je ne sais pas ce que j'ai, je n'ose pas, dit Beauty.
— Allons chercher Liza, dit Tricia, elle téléphonera, elle.

Tricia, Liza et Beauty arrivent dans la chambre, où il y a un autre téléphone. Mais il est occupé, Robin est penché sur l'appareil, leur fait signe de se taire, qu'il a presque fini.

— Bye Brad, bye Jim.

Il raccroche.

— Brad et Jim vous embrassent toutes.
— Brad et Jim ? Mais comment ont-ils eu le numéro ?
— C'est moi qui les ai appelés. Sais pas pourquoi. Où est Tania ?

En effet, où est Tania ? Brusquement il devient important de trouver Tania. À quatre dans la cohue, on n'avance pas. Le groupe se scinde en deux, chacun des deux sous-groupes avance avec peine, essaye de prendre des directions différentes, se retrouve face à face, Robin s'empare de Beauty, la tire à lui, un courant les déporte aussitôt vers une fenêtre. Robin s'amarre contre le balcon de fer forgé, colle sa bouche à l'oreille de Beauty.

— Tu sais ce qu'a dit Brad ?
— Il a dit de nous embrasser toutes ! répond la jeune fille, collant à son tour ses lèvres à l'oreille de Robin.
— Non, il n'a pas dit ça.
— Quoi alors ?
— Il a dit « soyez heureux ! »
— Comme Pierre de Sevran ?
— Ça me rend fou, dit Robin.
— Est-ce que c'est normal ? dit Beauty dans l'oreille de Robin.
— Qu'est-ce qui est normal ? dit Robin dans l'oreille de Beauty.

Ils s'entendent mal. Ce n'est pas une façon normale de converser, si près et si loin en même temps, chacun alternativement comme aspiré par l'orifice d'un haut-parleur démoniaque, qui ne leur renvoie que des syllabes perdues, signaux défaits par le fracas de la fête, indéchiffrables.

« Je veux être normal », avait dit Robin enfant à son instituteur de l'UNIS. « Elle n'est pas normale », avaient crié les élèves à la maîtresse d'école de Beauty. « C'est une extraterrestre, ta môme », avait dit Justo. « Tu es différente », avait dit Liza avant de laisser tomber le bébé sur la dalle de la piscine. « Mais c'est elle qui est laide », s'était dit Mrs. Berg en regardant Liza. « La mère de mon enfant ne comprend pas la société », avait dit monsieur Carel. « Le temps ici est avili », avait dit Rangoona. « Fowley déraille », avait pensé Mr. Berg. « Elle parle à ses plantes », avait dit Fowley. « Vous n'êtes pas comme les autres mamans », avait dit Rosen le portier. « Ma mère ne fait que rêvasser », avait dit Robin. « Je ne comprends pas tes parents », a dit Annie, c'est peut-être normal, qu'est-ce qui est normal, que faut-il faire, où est le chemin, où est le seuil ?

Le téléphone sonne encore.

— Quelqu'un de Los Angeles, je n'ai pas compris, j'ai raccroché, crie Éric entre deux tourbillons de danseurs.

— De Los Angeles, mais c'est mon frère, c'est Willie, crie Tricia.

— Et Ruby, Ruby, crie Tania, elle n'est pas arrivée, on ne l'a pas appelée.

Soudain, ils sont tous là, dans la chambre, le petit groupe des jeunes gens, les uns assis sur le lit, les autres par terre, le téléphone entre eux. Ils ont fermé la porte, la musique ne parvient plus qu'assourdie, ils sont un peu sonnés dans ce silence relatif, ils parlent trop fort, puis ils chuchotent, leurs voix ne trouvent pas tout de suite la bonne hauteur. De se voir là réunis ensemble, par hasard puisqu'ils étaient tous fondus dans la foule, sans même savoir qui a fermé la porte et tiré le téléphone au milieu du lit, leur fait peur soudain.

— Pierre, dit l'un.
— Il n'est pas venu, dit un autre.
— C'est bizarre quand même.
— Il faudrait l'appeler.
— Qu'est-ce qu'il a dit ?
— On te l'a déjà dit.
— C'est pas ça le problème.
— Quoi ?

— C'est Ruby.
— Non, c'est Willie.
— Qui est Willie ?
— Le frère de Tricia.
— Je comprends pas.
— Tu comprends pas quoi ?
— Ce qu'a dit Pierre.
— Ce qu'a dit Annie.
— Qui est Annie ?
— Quelqu'un a appelé ?
— Émilie.
— Non, Willie.
— Quoi, un volcan ?
— J'ai peur, dit Tania.
— T'as toujours peur, dit Liza.
— Ruby, dit Beauty, c'est Ruby.
— Écoutez, dit Robin.

Ils se taisent, ils écoutent.
— J'ai entendu sonner.
— Ça s'est arrêté tout de suite.
— Silence, dit Robin.

Ils attendent, attendent. Puis le téléphone sonne, ils se regardent, presque pâles tous. C'est Philippe qui décroche.
— Yes, dit-il.

La voix de Philippe devient sombre.
— Yes Willie... dit-il. Yes... Yes...

Il regarde Tricia. Tricia éclate en sanglots.
— Je sais qu'il s'est passé quelque chose, dit-elle, laisse-moi lui parler, je sais, laissez-moi, sortez, tout à l'heure...

Dans le salon, il y a un peu moins d'invités, ceux qui restent sont fatigués, des petits groupes sont assis à même le parquet, de-ci de-là, les serveurs commencent à ranger, plus de disques dans la hi-fi, quelqu'un a mis la radio, une musique tranquille à peine plus haute que le murmure des paroles, est-il possible que la soirée soit finie, ils ont à peine dansé, à peine entendu la musique, ils n'ont entendu que le téléphone, des sonneries tout du long, les jeunes gens se sont regroupés dans la salle de bains, Philippe explique ce qu'il a compris. Il a du mal à trouver ses mots, il a l'impression de dire des bêtises, de raconter un film. C'est comme dans les jobs qu'il a eus, toujours à un moment ou un autre les choses lui semblent irréelles, ridicules, il n'a plus qu'une envie, laisser tomber, retrouver ses copains et aller faire un match de volley. Il a cette envie maintenant, mais il ne peut pas partir, il est obligé de rester, d'être là, dans cette situation qui empire d'instant en instant.

— Pauvre Mrs. Fowley, pleure Tania.

— Pauvre Ruby, plutôt, dit Liza âprement.

— On va s'en aller, disent Éric et Stéphane.

— Oui, c'est mieux, dit Robin, et toi aussi Philippe.

— Essayez de faire partir les autres, dit Beauty.

Quand Tricia sort enfin de la chambre, le grand salon est désert. Il n'y a plus que Robin et Beauty.

— Les jumelles sont parties chercher tes affaires, disent-ils.

Tricia hoche la tête, elle ne pleure plus.

— Mangeons, dit Robin, en attendant.

Ils s'installent à la table que les serveurs ont laissée au milieu du salon, Beauty trouve des assiettes propres, fait réchauffer dans le four un plat que personne n'a touché et qui semble être resté là exprès pour eux, Robin trouve du vin, des verres, leurs gestes se font tout seuls, ils discutent posément. On dirait qu'ils énoncent les données d'un problème de géométrie, dans le but non pas de le résoudre, mais d'en conjurer la difficulté.

Tous trois à cette table, isolés dans le vide du grand salon, ils ont l'air d'être sur une île.

— Ma mère s'en sortira, ce n'étaient pas des pilules très fortes, explique Tricia. Mon père aussi, la balle lui a juste effleuré la tête. Mais Ruby est dans le coma. Ça s'est passé au club, au Miami Club, reprend-elle. On ne sait pas qui a tiré.

— Ils trouveront, dit Robin, ne t'en fais pas.

— Mais pourquoi, pourquoi Ruby ?

— Il ne faut pas lui en vouloir, dit Beauty. Elle est comme ça avec tout le monde, tu sais comment elle est.

— Je ne lui en veux pas, dit Tricia, j'en veux à mon père.

— C'est peut-être Justo, dit Beauty. Stan lui a peut-être commandé un contrat.

— Mais pas pour tuer sa fille !

Ils tournent et retournent l'affaire dans tous les sens. Ils n'y comprennent rien finalement, la seule chose qui est sûre est aussi la plus incroyable, la passion brutale de Mr. Fowley pour Ruby, Willie a été très clair là-dessus au téléphone, Mr. Fowley avait une liaison avec Ruby depuis plusieurs mois.

— Je ne sais pas où je vais vivre maintenant, dit Tricia.

— J'ai eu mal à la tête toute la soirée, c'est bizarre, dit Robin.

— Moi aussi, dit Beauty, comme pendant les ouragans.

— On dirait que je ne sens rien, dit Tricia. Tout est cotonneux.

À cet instant ils sursautent tous les trois, un bip bip aigre juste sous la table, un petit couinement persistant, comme la sonnerie d'un téléphone détraqué.

Ils plongent en même temps sous la nappe, en retirent un réveil de poche qui continue à bip biper et qu'ils n'arrivent pas à faire taire parce qu'ils se le passent de main en main comme s'il leur brûlait les doigts. Enfin Robin se souvient que c'est lui qui a remonté le réveil, que c'était pour ne pas oublier, ne pas oublier quoi, « de ranger », dit Beauty, aussitôt le réveil se tait, « tout finit dans le rangement », marmonne Robin, un fou rire contagieux les prend, les secoue jusqu'au dernier de leurs muscles, ils sont blêmes dans le jour qui se lève, ils rangent comme des automates, canapés fauteuils tables portes vitrées, Beauty demande ce qu'il faut faire de la plante, Tricia ne sait plus, trop grande de toute façon, trop encombrante, ils l'avaient achetée comme ça, pour rien, c'était formidable sur le moment, maintenant elle ne comprend plus, il faut qu'elle fasse sa valise, il faut qu'elle parte au plus vite.

Les jumelles justement reviennent. Elles sont lourdement chargées, plusieurs valises, celle de Tricia, mais aussi les leurs, et celle de Beauty.

— Qu'est-ce que... ? dit Robin.

— Maman a téléphoné, dit Liza.

Mrs. Berg ? Robin et Beauty se jettent un coup d'œil.

— Elle veut qu'on rentre nous aussi, tout de suite.

— Et papa, dit Beauty ?

— Il ne peut pas parler, il tourne autour de la piscine...

Mr. Berg tourne en rond autour de sa piscine, il est très secoué, il pense que tout est de sa faute, il a besoin de ses filles, il faut qu'elles reviennent toutes les trois, avec Tricia.

« Tu vas vraiment partir ? » interroge le regard de Robin.

« Tu ne vas pas venir avec moi ? » interroge celui de Beauty.

Ils ne disent rien. Ils s'affairent avec les valises, leurs gestes sont heurtés, « on a trop bu », pense Robin.

Les voici dans la rue, tous. Ils cherchent un taxi. Le taxi refuse de prendre les quatre jeunes filles et Robin à la fois, Beauty et Robin attendent un autre taxi à l'Étoile, Beauty se demande si son agence va la renvoyer, Robin se demande comment il va tenir au bureau, tous deux avaient des rendez-vous importants. « Est-ce que tu crois... ? » disent-ils en même temps, ils n'ont pas de réponse ni l'un ni l'autre.

À l'aéroport les jeunes filles trouvent trois places sur un premier vol et une place sur un autre, l'attente est longue, Beauty part la dernière, sur son beau visage les traits un peu tirés font ressortir sa bouche et ses oreilles, toujours un peu trop grandes, Robin a trouvé sur un siège du hall une petite balle en mousse qu'il fait rebondir mécaniquement, tap tap, en regardant la valise qui s'en va sur le tapis roulant, tap tap, et Beauty qui s'éloigne sur l'escalier roulant, tap tap, c'est fini, sur le trottoir dehors il aperçoit trois motards qui lui font signe, Éric, Stéphane et Philippe, gros casque sur la tête, « trop tard ! » entend-il, « attendez, attendez », crie Robin, mais ils ne sont plus là, « je me suis trompé », se dit Robin.

Dans le taxi où il s'effondre, il dort à demi, à un moment il secoue la tête, il se demande ce qui se passe, s'il a passé le seuil, s'il est en deçà, ou même s'il l'a seulement vu, et plus encore il se demande quel est ce mot « seuil » qui lui colle au crâne, il fait un effort, ouvre les yeux, « vous n'avez pas dit où aller », dit le chauffeur, « à l'aéroport », dit Robin, « ça ne va pas ? » dit le chauffeur, « vite » dit Robin, tout va très vite, il se précipite vers les guichets, l'avion n'est pas encore parti, Robin court, court, une hôtesse défait la chaîne, le pousse dans la passerelle d'embarquement, le sangle dans un fauteuil près du sien, « juste à temps », dit-elle, « j'ai un poids dans la tête », dit-il, « ça va s'alléger en l'air », dit l'hôtesse en riant, les réacteurs s'emballent, Robin retombe aussitôt dans le sommeil.

À un moment dans l'avion, après avoir somnolé lourdement, Beauty se réveille, elle se demande ce qui se passe, ne sait plus si elle vogue vers l'Amérique ou la France, elle cherche l'Atlantique par le hublot, elle ne voit que des nuages, un banc de nuages épais, onduleux, tout blancs, c'est un rêve, pense-t-elle, toute cette nuit doit être un rêve...

Robin à son tour se réveille, regarde par le hublot, voit les grands nuages blancs épandus, l'Atlantique est invisible, « il faut que je parle à Beauty », se dit-il, « il faut qu'on décide », mais il ne peut s'arracher à son siège. Beauty sait que Robin est dans son rêve, mais elle ne sait pas s'il est dans son avion, s'ils sont ensemble finalement et pour la vie, « il faut que je sache », se dit-elle.

Ils font de grands efforts chacun de leur côté, les nuages et le chuintement des réacteurs et l'atmosphère confinée les anesthésient, ils sont dans le rêve l'un de l'autre, ils font de si grands efforts, la voix du pilote déroule une suite de chiffres, la voix du steward déroule des mots « faites bon voyage, soyez heureux », leur enfance s'éloigne, le temps est venu pour eux, le temps de la vie d'adulte, des seuils à franchir, des choix à faire.

Dans l'avion qui porte leur rêve, à travers les voix qui leur parlent et les souvenirs qui les encerclent, Robin et Beauty luttent très fort, tandis que tout autour d'eux les nuages blancs, en bancs épais, en bancs onduleux, masquent l'Atlantique d'un continent à l'autre, pour des années à venir ou jusqu'à la prochaine éclaircie.

1. Robin	9
2. Beauty	16
3. Le ballon	23
4. Beauty sourit	34
5. « La vie, ça fait pleurer »	44
6. Mr. Berg tombe dans la piscine	57
7. « Allons-nous être pauvres ? »	70
8. Les souliers de Beauty	90
9. Les souliers de Robin	110
10. Le vilain petit canard	127
11. Étoiles et barreaux	151
12. Dune Road	171
13. Malheur chez les Berg	192
14. Robin quitte l'Amérique	212
15. La gloire de Beauty	240
16. La cravate de Robin	267
17. La visite de Beauty	285
18. Rêves croisés	311
19. Allons-nous être heureux ?	337

DU MÊME AUTEUR

Aux Éditions Gallimard

MÉTAMORPHOSES DE LA REINE. (Goncourt de la nouvelle 1985.) Repris en Folio, n° 2183.

NOUS SOMMES ÉTERNELS, *roman*. (Prix Femina 1990.) Repris en Folio, n° 2413.

SAUVÉE !, *nouvelles*. Repris en Folio, n° 2719.

Aux Éditions Julliard

HISTOIRE DE LA CHAUVE-SOURIS, *roman*. (Avant-propos de Julio Cortázar.) Repris en Folio, n° 2445.

HISTOIRE DU GOUFFRE ET DE LA LUNETTE, *nouvelles*.

HISTOIRE DU TABLEAU, *roman*. (prix Marie-Claire Femmes.) Repris en Folio, n° 2447.

LA FORTERESSE, *nouvelles*.

COLLECTION FOLIO

Dernières parutions

2793. Jacques Réda — *L'herbe des talus.*
2794. Roger Vrigny — *Accident de parcours.*
2795. Blaise Cendrars — *Le Lotissement du ciel.*
2796. Alexandre Pouchkine — *Eugène Onéguine.*
2797. Pierre Assouline — *Simenon.*
2798. Frédéric H. Fajardie — *Bleu de méthylène.*
2799. Diane de Margerie — *La volière suivi de Duplicités.*
2800. François Nourissier — *Mauvais genre.*
2801. Jean d'Ormesson — *La Douane de mer.*
2802. Amo Oz — *Un juste repos.*
2803. Philip Roth — *Tromperie.*
2804. Jean-Paul Sartre — *L'Engrenage.*
2805. Jean-Paul Sartre — *Les jeux sont faits.*
2806. Charles Sorel — *Histoire comique de Francion.*
2807. Chico Buarque — *Embrouille.*
2808. Ya Ding — *La jeune fille Tong.*
2809. Hervé Guibert — *Le Paradis.*
2810. Martin Luis Guzman — *L'ombre du caudillo.*
2811. Peter Handke — *Essai sur la fatigue.*
2812. Philippe Labro — *Un début à Paris.*
2813. Michel Mohrt — *L'ours des Adirondacks.*
2814. N. Scott Momaday — *La maison de L'aube.*
2815. Banana Yoshimoto — *Kitchen.*
2816. Virginia Woolf — *Vers le phare.*
2817. Honoré de Balzac — *Sarrasine.*
2818. Alexandre Dumas — *Vingt ans après.*
2819. Christian Bobin — *L'inespérée.*
2820. Christian Bobin — *Isabelle Bruges.*
2821. Louis Calaferte — *C'est la guerre.*
2822. Louis Calaferte — *Rosa mystica.*
2823. Jean-Paul Demure — *Découpe sombre.*

2824.	Lawrence Durrell	*L'ombre infinie de César.*
2825.	Mircea Eliade	*Les dix-neuf roses.*
2826.	Roger Grenier	*Le Pierrot noir.*
2827.	David McNeil	*Tous les bars de Zanzibar.*
2828.	René Frégni	*Le voleur d'innocence.*
2829.	Louvet de Couvray	*Les Amours de chevalier de Faublas.*
2830.	James Joyce	*Ulysse.*
2831.	François-Régis Bastide	*L'homme au désir d'amour lointain.*
2832.	Thomas Bernhard	*L'origine.*
2833.	Daniel Boulanger	*Les noces du merle.*
2834.	Michel del Castillo	*Rue des Archives.*
2835.	Pierre Drieu la Rochelle	*Une femme à sa fenêtre.*
2836.	Joseph Kesel	*Dames de Californie.*
2837.	Patrick Mosconi	*La nuit apache.*
2838.	Marguerite Yourcenar	*Conte bleu.*
2839.	Pascal Quignard	*Le sexe et l'effroi.*
2840.	Guy de Maupassant	*L'inutile beauté.*
2841.	Kôbô Abe	*Rendez-vous secret.*
2842.	Nicolas Bouvier	*Le poisson-scorpion*
2843.	Patrick Chamoiseau	*Chemin-d'école.*
2844.	Patrick Chamoiseau	*Antan d'enfance.*
2845.	Philippe Djian	*Assassins.*
2846.	Lawrence Durrell	*Le carrousel sicilien.*
2847.	Jean-Marie Laclavetine	*Le Rouge et le Blanc.*
2848.	D.H. Lawrence	*Kangourou.*
2849.	Francine Prose	*Les petits miracles.*
2850.	Jean-Jacques Sempé	*Insondables mystères.*
2851.	Béatrix Beck	*Accommodements avec le ciel.*
2852.	Herman Melville	*Moby Dick.*
2853.	Jean-Claude Brisville	*Beaumarchais, l'insolent.*
2854.	James Baldwin	*Face à l'homme blanc.*
2855.	James Baldwin	*La prochaine fois, le feu.*
2856.	W.R. Burnett	*Rien dans les manches.*
2857.	Michel Déon	*Un déjeuner de soleil.*
2858.	Michel Déon	*Le jeune homme vert.*
2859.	Philippe Le Guillou	*Le passage de l'Aulne.*
2860.	Claude Brami	*Mon amie d'enfance.*
2861.	Serge Brussolo	*La moisson d'hiver.*

2862.	René de Ceccatty	*L'accompagnement.*
2863.	Jerome Charyn	*Les filles de Maria.*
2864.	Paule Constant	*La fille du Gobernator.*
2865.	Didier Daeninckx	*Un château en Bohême.*
2866.	Christian Giudicelli	*Quartiers d'Italie.*
2867.	Isabelle Jarry	*L'archange perdu.*
2868.	Marie Nimier	*La caresse.*
2869.	Arto Paasilinna	*La forêt des renards pendus.*
2870.	Jorge Semprun	*L'écriture ou la vie.*
2871.	Tito Topin	*Piano barjo.*
2872.	Michel Del Castillo	*Tanguy.*
2873.	Huysmans	*En route.*
2874.	James M. Cain	*Le bluffeur*
2875.	Réjean Ducharme	*Va savoir.*
2876.	Matthieu Lindon	*Champion du monde.*
2877.	Robert Littell	*Le sphinx de Sibérie.*
2878.	Claude Roy	*Les rencontres des jours 1992-1993.*
2879.	Danièle Sallenave	*Les trois minutes du diable.*
2880.	Philippe Sollers	*La guerre du goût.*

*Composition Euronumérique
Impression Société Nouvelle Firmin-Didot.
le 24 octobre 1996.
Dépôt légal : octobre 1996.
Numéro d'imprimeur : 36287.*

ISBN 2-07-040080-8/Imprimé en France.

76856